最後來的是烏鴉

伊塔羅・卡爾維諾

譯　倪安宇

目錄

推薦文

依然卡爾維諾

吳曉樂（作家）

伊塔羅·卡爾維諾，義大利文學巨擘，才思敏捷，聰明得不得了。臺灣讀者最熟悉的作品應為《如果在冬夜，一個旅人》、《看不見的城市》，前些年有《困難的愛》、《收藏沙子的人》，此際《最後來的是烏鴉》翩然降臨臺灣書市，如最後一片拼圖，恰好嵌上。於是，我們很難不發現到，時至今日，我們依然渴望卡爾維諾。

並不是每一位收藏卡爾維諾書籍的人，均能理所當然地成為他的讀者。書如同一張門票，讓人得以進入戲院，僅止於此，之後我們得在昏暗的燈光下，狼狽與興奮交雜地尋找自己的位置。卡爾維諾並不介意讓你費點心力才能坐下，他始終在探尋文字作為載體的可能性，他多變，且始終抗拒重複，若我們輕而易舉地就能走入卡爾維諾的世界，此處的輕，容許我曖昧地說，或許更為靠近「輕」浮的輕。

《最後來的是烏鴉》收錄了卡爾維諾自一九四五年至一九四九年完成的短篇小說，是處女作《蛛巢小徑》與《分成兩半的子爵》之間的作品。從五〇年代後卡爾維諾果斷地轉向寓言色彩更濃厚的創作，我們不難掌握到《最後來的是烏鴉》的過渡性特質。彼時，卡爾維諾對於俗世的紛擾投以更直覺的凝視，作品中反覆強調人類之間的折磨、辜負與逞欲。

以〈與牧羊人共進午餐〉為例，主角是富人之子昆多，父親邀請即將為他們牧羊的男孩到家裡共進晚餐。昆多在開場時宣示：「一如既往，又是我們父親的錯」，暗示著這不是父親第一次「搞不清楚狀況」，再按主角的認知，「我們的父親搞不懂人與人的區別」，昆多則自認「我時時刻刻體會到不同階級和文化差異之間的距離」。飯桌上，昆多、父親、哥哥馬可，以及其他人輪流與牧羊人開展對話，過程中不乏一些為了炒熱氣氛（卻失敗）的本色演出，以及出於好奇（或好事）的冒犯詢問，昆多把一切瞧得格外仔細，他十分清楚家人的舉止可能對牧羊人產生的干擾，且昆多對牧羊人的凝視不無溫情。我們幾乎要為了尾聲，昆多腦海中那逼真的想像而泫然了：「他此刻一個人待在我們山上的農舍裡，肯定已經吃完裝在便當裡加熱後的湯，躺在草蓆上，周圍幾乎一片漆黑，可以聽見羊群走動、碰撞、牙齒咀嚼草的聲音……螢火蟲忽明忽暗，看起來好大一群，但是當他伸手在空中揮舞，卻一隻也碰不到」。然而，昆多完全幫不了牧羊人，這背後既有個性的因素，也有現實的侷限。卡爾維諾竟只用一頓餐飯的篇幅，就完整呈現了人類，特別是知識分子常面臨的痛苦：他們對於既存的秩序有一定的批判與理解，弔詭的是，他們關懷的對象卻不一定有能力，或有意願回應他們的觀察。在兩者建立聯繫的過程中，既有的秩序會不斷地出面，或打斷，或誘惑。於是徒有溫情，卻發揮不了作用。

除此以外，我們仍可觀察到卡爾維諾試著伸出觸角，把視角拉高，仰望一些更形而上、更精神性的概念。其中最明顯的例子為〈魔法花園〉，一對男女小喬凡尼與小賽琳娜，他們走在鐵道上，不知不覺進入花園，往上看有一棟別墅，往前行有一座游泳池。他們沿路探索，並忍不住取走、或使用一些屬於這花園的物件，他們分分秒秒都處於焦慮中，難以擔保自己的作為會得到何種後果，他們一邊逞欲，一邊觀察四周，思忖著後路，像是「萬一得翻過籬笆逃跑，恐怕得把這些花都丟掉」、「他們把兩個杯子裝滿，切了兩塊蛋糕，但是他們沒辦法好好坐著，只敢坐在椅子邊緣」，終於他們遇見了擁有一切的主人：一位臉色蒼白的少年。他竟也和小喬凡尼與小賽琳娜一樣，擔心隨時會有人進來驅趕他，宣稱這所有不過是誤會一場。

卡爾維諾擅長以一時的場景回應亙久的議題。小喬凡尼與小賽琳娜、花園和別墅，也是「人生」的隱喻，我們都是那個坐在椅子邊緣的人，不確定自己與萬物之間的聯繫，何時是借，何時是偷，何時能心安理得？小喬凡尼與小賽琳娜一日的探索，不如視之為延長為我們一生的嘗試，偶然地偏移了軌道，期望著新世界。卡爾維諾更高招的是安排了少年的出現，少年的擔心是另一種層次：看似擁有實物，然而轉瞬間皆可能成空，新世界裡有新的焦慮，並遙遙呼應舊世界的不安。少年和小喬凡尼、小賽琳娜並無二致，他們都無法免於「無法掌握人生」的恐懼。見過少年的小喬凡尼、小賽琳娜，循著原路回到軌道上。這一次他們走向海邊，進行嬉戲。

卡爾維諾曾提出他對文學風格的見解——輕盈，要輕得像鳥，而不是羽毛。回頭來看《最後來的是烏鴉》中的每一篇，你很難不發現卡爾維諾一路走來，雖結構創新，視角多變，但有一些美學的觀點顯然奠基得極早。多數不是什麼宏大的敘事，且流動從容。比較像是從人類的日子中截一小片，再往載玻片上一嵌。而卡爾維諾技術精良，雖是一小片，也是能呼應整體的一小片。若是習慣鉅細靡遺敘事的作者，不妨欣賞卡爾維諾精密的裁切之術，為了遠行而輕省重量，又得擔保這樣的架構足以飛翔。卡爾維諾彷佛來自更高維度的人類，對於人類的躊躇與命運了然於心，他甚至握有遙控器，能夠決定在哪一個地方定格，放大，再放大，直到微言裡有大義乍現。

卡爾維諾曾說過，「我對文學的未來有信心，因為我知道世界上存在著只有文學才能以其獨特的手段給予我們的感受。」或許此言也能獻給這位不世出的作家。每一位作家都有自己與文本、讀者對話的系統，我認為，有一些直入胸臆的伏擊與暗暗抒懷，必須經由卡爾維諾，並且，只有卡爾維諾。於是我們依然渴望卡爾維諾。

推薦文

一以貫之的輕盈

李奕樵（作家）

一九四五年五月，義大利戰役隨著德國投降而結束了，英國、加拿大、美國的聯軍一路以西西里島為踏板攻上義大利半島本土南端的卡拉布里亞（Calabria），那時也從事義大利抵抗運動的卡爾維諾還未滿二十二歲。接下來的三年內，卡爾維諾出了他的第一本小說《蛛巢小徑》，並且在報紙上大量發表他的第二本小說集中收錄的短篇小說作品，也就是我們手上這本《最後來的是烏鴉》的由來。作為喜愛卡爾維諾的讀者，必然會十分熟悉他的《宇宙連環圖》（1965）、《看不見的城市》（1970）、《如果在冬夜，一個旅人》（1979）等奇想傑作，這些作品都在他四十歲之後才出版，可以說是小說家體系完熟的結晶。而這些作品與《最後來的是烏鴉》，便在作家生命光譜兩端遙遙相望。

《最後來的是烏鴉》的兩大看點。第一，是戰後非常年輕，而且還在跟寫實主義討價還價，沒有辦法全面離地的文學新人，如何在臺灣當代創作者肯定也非常熟悉的三千到六千字篇幅之間，快速輕巧地展現自己的魅力。年輕卡爾維諾碰到的種種挑戰，當代創作者多半也避不過——真是文學自己的永劫回歸啊——這本書可以當成三十盤棋的棋譜，無論這些棋譜的成敗或者最終的威力大小，品味一個天才的思路總是充滿驚喜的。第二個看點，是非常後見之明地，從卡爾維諾晚期的作品與理論回過頭去檢視那些發亮的結晶的起點或碎片。

全書被分成四個部分，「抗戰」跟「追憶」某種程度上來說都是回憶之書，「戰後」、「政治寓言」則是面對世界更即時的小說回應。

可能受限於篇幅還有對寫實性細節的需求，這些作品泰半都像是一種情境式的切片，結尾的事件大多缺乏全篇文本結構性的支撐，也就是以因果鍊來檢視這些作品的話，會發現它們並不是意圖召喚真理或說教的小說。但相反地，小說陳列細節之快速精準，動員的技術之綿密，絕大多數以寫實主義自我保護的臺灣當代短篇小說，恐怕是要感到慚愧的。尤其「追憶」這個篇章的文本，其美學核心與臺灣的鄉土文學，有不少重疊之處，但卡爾維諾光在描繪其小說時空與人物的環節，就避開不少常見的弊病，舉例來說，你很少會感覺到卡爾維諾在居高臨下地「關懷」他筆下的角色，因為不把自己強硬擺上關懷者的高處，也就不需要刻意地將筆下角色弱化（免於失手變成醜化的風險），這些角色的生命力跟個性得以自由呈現，即便是孩童、弱者或愚者，也都有其複雜韻味。〈爬滿螃蟹的貨輪〉、〈地主的眼睛〉、〈巴尼亞斯科兄弟〉、〈蜂窩〉是我覺得值得當代創作者注意的作品。

〈血濃於水〉、〈在飯店等死〉、〈軍營焦慮症〉是在「抗戰」篇章中我最喜歡的幾篇，卡爾維諾後來將這幾篇自選集中刪除的理由也很有趣。其餘諸篇的核心事件有種寓言式的簡潔感，又或者結尾有輕佻的轉折，幾乎就像是他日後編著的《義大利童話》。大概像「奧斯維辛之後，詩是野蠻的」，卡爾維諾標誌性的美學與寫實戰爭題材的相性不是最面面俱到的。他後來刪除的這三篇少作，直到現在看來仍然有強大效力，而且據作者再版序中描述，這三篇基於他的親身經歷所寫，對當代研究者來說必然極具價值。

與「抗戰」相較，「戰後」篇章的流浪冒險故事，就顯得與《義大利童話》式的輕盈更加適配。〈糕餅店失竊記〉、〈美金和徐娘半老風塵女〉、〈席地而睡〉、〈十一月的願望〉都有一種身分相異的眾人的欲望同時在一個空間內流竄，感覺到一種雜亂但是生機蓬勃的希望，而且那些欲望都極度簡單而原始：物資貧乏時的食慾、美軍在異國的性慾、戰敗國人民的金錢欲、火車難民的睡眠欲、平民對衣物的需求、步入戰後重建的文明規範時重新懷念戰時的混亂自由。如果要譬喻的話，描述戰後人民的貧乏與欲望，就像是回憶我們權力匱乏的童年，所有的欲望看起來都會更令人陶醉，像是我們重溫生命的種種美好一樣。因為這個幾乎是喜劇調性的視野，輕盈的因果鍊與自由發展的事件走向，也都成為一種奔跳的探索。

新版新增的第四部分，〈貓與警察〉、〈誰往海裡丟地雷？〉整體調性與「戰後」還滿接近的，整個小說世界都洋溢著混亂的喜悅與生命力，也都是意象與場景精巧的傑作。〈法官之死〉的布局筆觸則更像是「抗戰」篇章的作品。

卡爾維諾的演講稿集《給下一輪太平盛世的備忘錄》裡提及的諸多概念，用來檢視這些作品也會有有趣的印證。「抗戰」的寓言化可以看做是「以輕盈的形式承載生命的沉重」的一種嘗試。而他在諸篇作品中開場時極度精鍊的語言，也可以用「快」、「準」、「顯」來印證。進一步來說，《最後來的是烏鴉》裡的作品，時常可見輕與重的意圖互相拉扯。卡爾維諾的語言是快速精鍊的，是輕。但此書的場景寫實意圖常常追求一種豐厚程度的極大化，是重。但為了在極短的篇幅內承載這麼龐大的場景資訊，核心情節又迫於精簡的後期加速型，是為了沉重的意圖而採取的輕。不是誰都能在這麼年輕的時候觸及小說輕與重的極限之牆，而且還能有調和它們的野心。

最後給讀者的一點忠告是，不要試圖從這些小說中擷取廉價的道德教訓。比較好的方式是，舉例來說，閱讀〈爬滿螃蟹的貨輪〉時，可以逐句感覺這個小說世界如何在自己的心裡開始鮮活起來。然後文中的角色，如何用一句話、一個動作讓你感覺他們是真的孩子。最後，問問自己是否喜歡剛剛經驗的這一切。卡爾維諾追求意義上的輕盈，幾乎像是詩，讀者如果太執著與某些困惑或是自己的需求，而讓小說閱讀經驗變得遲滯的話，就有些可惜了。

前言

《最後來的是烏鴉》於一九四九年八月由艾伊瑙迪出版社（Einaudi）珊瑚蟲叢書（I coralli）出版，當時的文案介紹應該是由帕維瑟（Cesare Pavese）執筆。今天奧斯卡叢書（Oscar）重新出版《最後來的是烏鴉》，借用了艾伊瑙迪出版社後來推出的兩個不同版本中一則未具名的說明，以及一則僅標注卡爾維諾姓名縮寫I. C.的說明，向讀者介紹這本書。帕維瑟的文案介紹則改為注。

新珊瑚蟲叢書（Nuovi coralli）這個版本的《最後來的是烏鴉》與一九四九年珊瑚蟲叢書的初版（僅印製了一千五百本）相同，收錄了卡爾維諾自一九四五年夏天至一九四九年春天完成的短篇小說，共三十篇[1]。

其中二十篇被作者收入一九五八年出版、內容更完整的《短篇小說集》（*Racconti*）。一九六九年《最後來的是烏鴉》新版問世，仍然由珊瑚蟲叢書出版。新版自初版中選了二十五篇短篇小說，另加入稍晚才完成的五篇，排列順序亦與初版不同。

這個版本（一九七六年）則沿用一九四九年初版的內容及順序，包括被作者「汰除」、未收入後來版本中的幾個短篇。其中包括卡爾維諾於一九四五年義大利解放後幾個月內完成的最初幾個短篇〈血濃於水〉、〈在飯店等死〉和〈軍營焦慮症〉。卡爾維諾之所以不願意讓這幾個短篇故事再版，是因為當時文中描述的抗戰經驗仍以情感面向出發，與他後來的創作風格迥異。

艾伊瑙迪出版社於一九四九年出版我的第一本短篇小說集，書名是《最後來的是烏鴉》。這本書收錄了我自一九四五年至一九四八年間完成的三十篇故事，大多已在報紙上發表。

相隔二十年再版，我不能背棄收錄更完整作品的《短篇小說集》編輯準則。不過與其說那是一個價值判斷（如果是今天，恐怕會更加嚴謹），不如說是我期許在這個新版本中能看到更明確的時代感，某個特定時期的風格，儘管有些矯情。

我的確汰除初版中看似「過時」的幾篇故事，加入了隨後完成、屬於同一脈絡的另外幾個短篇（後來收入《短篇小說集》）。

有人執著於語文學文獻研究，因此請容我再就一九四九年版和這本新版之間的差異做進一步說明。新版刪除的是一九四五年的三個短篇〈軍營焦慮症〉、〈血濃於水〉和〈在飯店等死〉，那是我在戰後最早完成的作品，我試圖用敘事模式記錄之前的親身經驗，憶述時過度偏向從情感面出發。另外兩個完成於一九四六年的短篇〈光禿禿枝椏上的晨光〉和〈代代相傳〉則過於囿限於區域性的鄉村自然主義。

我在新版加入了一九四八年之後完成的幾個短篇（一九四八年之後，我的短篇小說創作銳減，開始往兩個不同的方向發展：一個是以嘲諷的表現手法切入，寫政治寓言故事，不過屬於報導文學類的這些作品從未集結成冊；一個是從〈小兵奇遇記〉開始比較自由奔放的書寫模式，〈小兵奇遇記〉也是唯一一篇完成於一九四九年，收入此書初版的短篇），但是仍然可以視其為舊作，包括〈盜賊奇遇記〉（寫於一九四九年底）、〈大魚，小魚〉、〈快樂時光匆匆〉、〈言而無信〉（分別完成於一九五〇年、一九五二年和一九五三年，但是延續了前幾年的想像主軸）。另外一篇並未收入初版的是〈你這樣很好〉，這個短篇完成於一九四七年，是某個半途而廢的長篇小說片段，後來以短篇小說形式刊載。初版中的〈再過一會兒重新上路〉和〈收割者的午後〉更名為〈巴尼亞斯科兄弟〉和〈地主的眼睛〉，分別於一九四七年、一九四八年在報紙上發表過。《最後來的是烏鴉》初版是依照故事屬性相似程度做短篇的排列，但是未做分類。一九五八年版則有比較細膩的編輯架構。我將這個新版的內容分為三個部分，以凸顯我在那些年寫作的三大主軸[2]。第一是「抗戰」故事（談戰爭或暴力），充滿掛慮或恐懼的經歷，當時投入這一類敘事創作的人所在多有。第二個也是那幾年的熱門議題，戰後的流浪冒險故事，充滿各種精彩人物和基本欲望。第三個是以義大利西北方濱海一帶為背景，以青少年和動物為主角，彷彿是「追憶文學」的一種個人延伸。無須贅言，這三個主軸並非涇渭分明，常常彼此交融。

初版書末最後三篇故事完成於一九四七年至一九四八年間，因為其政治寓言色彩多過於直觀與再現，所以新版中也被安排放在最後[3]。這些有明確「日期」的短篇故事（或許整本書都是）跟那些年義大利文壇和藝術界呈現的「新表現」主義況味有諸多相似之處，在今天可以當作文獻資料閱讀。

一九六九年十月

1 （原注）《最後來的是烏鴉》是一本精選短篇小說集，這本書清楚呈現了卡爾維諾的詩意世界。這是一個澄明且清新的世界，不見一絲焦慮和苦悶，固然有議論，但不因議論而挑釁。在這個世界裡你可以呼吸到純淨空氣，儘管有時候處理的議題頗為棘手。卡爾維諾不刻意取悅，他敘述小兵托馬葛拉遇到戴著黑色頭紗寡婦的奇遇故事，或鋪陳美國海軍、風塵女子和美金之間混亂關係時的狡黠不帶一絲有色眼光。在這個旋轉木馬上，還有許許多多讓人憐憫，又叫人驚喜連連的人物，例如：在海上稱霸的英雄〈爬滿螃蟹的貨輪〉、穿上一件又一件香噴噴皮草的遊民巴巴卡洛〈十一月的願望〉、只顧著吃奶油點心對執法毫不在意的小偷和警察〈糕餅店失竊記〉、少年神槍手和著迷於敵人槍法的德軍〈最後來的是烏鴉〉、承襲父蔭的無所事事兒子〈懶人兄弟〉及〈收割者的午後〉、以每半小時五十里拉出租床墊給在火車站過夜旅客的精明的貝爾莫雷托〈席地而睡〉、嘴巴如螃蟹口器般不停咀嚼的黑市女販和沒落的貴族〈食堂見聞〉、風塵女子米蕾摩斯和米雷娜和貝寶萍和青蔥少年〈美金和徐娘半老風塵女〉，以及失手沒打中野兔的好福氣巴齊沁〈荒蕪之地的男人〉。

2 第一部分：〈去指揮部報到〉、〈山麓驚魂〉、〈最後來的是烏鴉〉、〈地雷區〉、〈三個之中有一個還活著〉、〈貝維拉河谷鬧飢荒〉、〈動物森林〉、〈言而無信〉。第二部分：〈糕餅店失竊記〉、〈食堂見聞〉、〈美金和徐娘半老風塵女〉、〈席地而睡〉、〈你這樣很好〉、〈十一月的願望〉、〈盜賊奇遇記〉、〈小兵奇遇記〉。第三部分：〈荒蕪之地的男人〉、〈巴尼亞斯科兄弟〉、〈蜂窩〉、〈地主的眼睛〉、〈午後，亞當〉、〈爬滿螃蟹的貨輪〉、〈懶人兄弟〉、〈與牧羊人共進午餐〉、〈魔法花園〉、〈快樂時光匆匆〉、〈大魚，小魚〉。

3 第四部分：〈法官之死〉、〈貓與警察〉、〈誰往海裡丟地雷？〉。

午後，亞當

新來的園丁是留著長髮的少年，他用布巾在頭上打了個結以固定頭髮。少年沿著花園小徑走，一手提著裝滿的澆花水壺，另一隻手為了平衡往外高高抬起。他幫金蓮花澆水，動作很慢，彷彿在給拿鐵拉花。金蓮花周圍土壤的深色水漬漸漸外擴，等水漬夠大、土壤鬆軟之後他便收回澆花水壺，朝下一株金蓮花前進。園丁應該是很不錯的工作，不管做什麼都可以慢慢來。瑪利亞努茲亞塔站在廚房窗口看著他。少年已經不是小孩子了，但是仍然穿著短褲，一頭長髮讓他看起來像個女孩。她停止沖洗碗盤，拍了拍玻璃窗。

「欸。」她說。

園丁少年抬起頭，看見瑪利亞努茲亞塔，露出微笑。瑪利亞努茲亞塔也微笑，既是為了回應他，也是因為她從未見過男生留這麼長的頭髮，而且還在頭上戴布巾。園丁少年招手叫她「你來。」瑪利亞努茲亞塔則繼續傻呼呼地笑著，也打手勢解釋她有碗盤要洗。園丁少年一手招她，另一手指著大理花盆栽。指著大理花盆栽是什麼意思？瑪利亞努茲亞塔打開玻璃窗，探出頭去。

「什麼事？」她邊說邊笑。

「你想不想看一個好東西？」

「什麼東西？」

「好東西，你過來看，快點。」

「你先說是什麼東西。」

「我送你，我有好東西送你。」

「我有盤子要洗。等下太太來找不到我不行。」

「你到底要不要？快點來。」

「你等一下。」瑪利亞努茲亞塔說完關上窗戶，從後門走出去，園丁少年還在那裡給金蓮花澆水。

「嗨。」瑪利亞努茲亞塔說。

瑪利亞努茲亞塔看起來比較高，因為她穿了一雙很美的繫帶鞋，她很喜歡這雙鞋，但是穿來工作有些可惜。瑪利亞努茲亞塔是娃娃臉，黑色捲髮中臉龐小小的，腿很細，也像小女孩，但是圍裙下的身體已經成熟而飽滿。她愛笑，不管是聽別人說話或是自己說話，總是笑咪咪的。

「嗨。」園丁少年說。他一身古銅色肌膚，臉、脖子、胸口都是，或許是因為他都打赤膊的關係。

「你叫什麼名字？」瑪利亞努茲亞塔問他。

「李伯雷索。」園丁少年說。

瑪利亞努茲亞塔笑了，重複唸道：「李伯雷索……李伯雷索……，這是什麼名字啊，李伯雷索。」

「這是世界語，」他說。「意思是『自由』，世界語叫李伯雷索。」

「世界語。」瑪利亞努茲亞塔問。「你是世界語人？」

「世界語是一種語言。」李伯雷索解釋給她聽。「我爸爸說世界語。」

「我是卡拉布里亞人。」瑪利亞努茲亞塔說。

「你叫什麼名字？」

「瑪利亞努茲亞塔。」她微笑。

「你為什麼老是笑？」

「那你為什麼叫世界語？」

「我不叫世界語，我叫李伯雷索。」

「為什麼？」

「那你為什麼叫瑪利亞努茲亞塔？」

「因為瑪利亞是聖母的名字。我跟聖母同名，我弟弟跟聖約瑟同名。」

「你弟弟叫聖約瑟？」

瑪利亞努茲亞塔放聲大笑。「什麼聖約瑟！是約瑟，不是聖約瑟！」

「我弟弟，」李伯雷索說。「叫哲米納，我妹妹叫歐姆妮雅。」

「那個東西，」瑪利亞努茲亞塔說。「給我看你說的那個東西。」

「來。」李伯雷索放下澆花水壺，牽起她的手。

瑪利亞努茲亞塔不肯走。「你先說是什麼。」

「你等下就會看到。」他說。「你得答應我好好珍藏。」

「你要送我？」

「對，送你。」他帶著她走到花園圍牆的轉角，那裡的大理花盆栽跟他們一樣高。

「在那裡。」

「什麼東西？」

「你等一下。」

瑪利亞努茲亞塔站在李伯雷索身後，他彎下腰去挪開一個盆栽，再抬起靠牆的另一個盆栽，然後指著地上。

「在那裡。」他說。

「什麼東西？」瑪利亞努茲亞塔什麼都沒看到，那個轉角在陰暗處，落葉和地面都很潮濕。

「你看，牠會動。」少年說完，她就看到一坨樹葉在動，溼答答的，有眼睛也有腳。原來是一隻癩蛤蟆。

「我的媽啊！」

穿著繫帶鞋的瑪利亞努茲亞塔跳起來跑走，李伯雷索蹲下去靠近癩蛤蟆，帶著微笑，古銅色的臉上露出白色的牙。

「你居然害怕！那是一隻癩蛤蟆，你為什麼怕牠？」

「那是癩蝦蟆！」瑪利亞努茲亞塔囁嚅回答。

「是癩蝦蟆。你來。」李伯雷索說。

她用一根指頭指著他說：「把牠殺了。」

少年伸出雙臂擋在前面，彷彿要保護那隻癩蛤蟆。「我不要，牠是好的。」

「牠是隻好癩蛤蟆？」

「所有癩蛤蟆都是好的，牠們會吃毛毛蟲。」

「哦。」瑪利亞努茲亞塔還是不肯靠近，她咬著圍裙的領子，瞇著眼睛看過去。

「你看牠多好看。」李伯雷索放下手臂，瑪利亞努茲亞塔慢慢靠近，她的笑容沒了，嘴巴開開地看著那隻癩蛤蟆：「不行，你別碰牠！」

李伯雷索伸出手指輕撫那隻癩蛤蟆綠灰色的背脊，上面布滿了黏糊糊的疣。

「你瘋了？你不知道摸了手會腫起來，會刺痛嗎？」

少年攤開古銅色的雙手給她看，掌心有一層黃色的繭。

「我不會受傷的。」他說。「牠真好看。」

他像拎貓那樣抓著癩蛤蟆的後頸，放到另一隻手上。瑪利亞努茲亞塔咬著圍裙的領口，走過去，慢慢蹲了下來。

「我的媽啊，真嚇人。」她說。

他們兩個蹲在大理花盆栽後面，瑪利亞努茲亞塔粉紅色的膝蓋微微抵著李伯雷索滿是擦傷的古銅色膝蓋。李伯雷索用手摸癩蛤蟆的背、蹼，再摸背，癩蛤蟆快要滑下去的時候再一把抓回來。

「瑪利亞努茲亞塔，你也摸摸牠。」他說。

女孩把手藏到圍裙下面。

「我不要。」她說。

「啊？」他說。「你不要牠？」

女孩垂下眼簾，然後看看癩蛤蟆，又立刻垂下眼簾。

「不要。」她說。

「牠是你的，我送你。」李伯雷索說。

瑪利亞努茲亞塔眼睛起了霧。要放棄一個禮物她很難過，從來沒有人送過她禮物，可是她真的覺得癩蛤蟆很噁心。

「你要的話，我讓你把牠帶回家，跟你作伴。」

「不要。」她說。李伯雷索把癩蛤蟆放回地上，牠立刻躲進樹葉堆裡。

「我要走了，李伯雷索。」

「等一下。」

「我得回去洗碗，太太不喜歡我到花園來。」

「等一下，我想送你東西，真的很好看的東西。你跟我來。」

她跟在他後面走在鵝卵石鋪的小徑上。李伯雷索真是個奇怪的少年，留了一頭長髮，還會用手抓癩蛤蟆。

「李伯雷索，你幾歲？」

「十五歲。你呢？」

「十四歲。」

「滿十四歲，還是未滿？」

「天使報喜節那天滿十四歲。」

「已經過了嗎？」

「你不知道天使報喜節是哪一天？」

她又開始笑。

「不知道。」

「天使報喜節，就是有遊行慶典的那一天。你沒參加過？」

「沒有。」

「在我的家鄉那裡有很精彩的遊行慶典。我的家鄉跟這裡不一樣，那裡有大片大片農地，全都種著香柑，只有香柑。所有人從早到晚都在採收香柑。我們家有十四個兄弟姊妹，每個人都去採收香柑，其中五個還沒長大就死了，我媽媽得了破傷風，我們坐火車坐了一個星期來找我舅舅卡梅洛，八個人擠在一間車庫裡睡覺。欸，你為什麼留這麼長的頭髮啊？」

他們站在馬蹄蓮花壇前方。

「沒有為什麼，你也留長髮。」

「但我是女生，你留這麼長，跟女生一樣。」

「我跟女生不一樣。男生女生又不是看頭髮長度。」

「怎麼不是？」

「反正不是。」

「為什麼不是？」

「你想不想我送你一個好看的東西？」

「想。」

李伯雷索在馬蹄蓮之間轉來轉去。花朵盛開，像白色小喇叭朝天空綻放。李伯雷索檢查每一個花苞，伸出兩根指頭在裡面翻找，然後把某個東西藏進握緊的拳頭裡。瑪利亞努茲亞塔在花壇外面，安安靜靜地笑著看他。李伯雷索在幹什麼？他已經檢查完所有馬蹄蓮，兩手交握在胸前走過來。

「把手打開。」他說。瑪利亞努茲亞塔伸手交疊成碗狀，但是不敢去接。

「你手裡是什麼？」

「好看的東西，你等下就知道。」

「先讓我看看。」

李伯雷索鬆開手讓她看。他手中有好多甲蟲，什麼顏色都有。最漂亮的是綠色，還有粉紅色和黑色的甲蟲，甚至還有一隻土耳其藍的。甲蟲嗡嗡作響，滾來滾去，四腳朝天。瑪利亞努茲亞塔把手縮到圍裙下面。

「給你，」李伯雷索說。「你不喜歡嗎？」

「喜歡。」瑪利亞努茲亞塔說，可是手仍然藏在圍裙底下不肯伸出來。

「放在手裡感覺癢癢的，你要不要試試看？」

瑪利亞努茲亞塔扭扭捏捏地伸出手來，一小撮彩色昆蟲從李伯雷索手中滑落。

「別怕，牠們不會咬人。」

「我的媽啊！」她沒想到甲蟲會咬她的這個可能，手一鬆，騰空的甲蟲紛紛張開翅膀，五彩繽紛頓時消失不見，只剩下一片黑色在空中飛翔，然後落在大理花上。

「好可惜，我想送你禮物，可是你不要。」

「我得回去洗碗了，太太如果沒看到我會罵人。」

「你不想要禮物？」

「你要送我什麼？」

「跟我來。」

他又牽起她的手穿梭在花壇中。

「李伯雷索，我得趕快回廚房去，我還有一隻雞要拔毛。」

「哇！」

「為什麼『哇』？」

「我們不吃死掉的動物。」

「所以你們一直齋戒？」

「什麼齋戒？」

「那你們都吃什麼？」

「很多啊，洋薊、萵苣、番茄。我爸爸不喜歡我們吃死掉的動物，也不喝咖啡，不吃糖。」

「那配給的糖要幹嘛？」

「拿到黑市去賣。」

他們走到一片茂密的植物前方，那裡開滿紅色的花。

「好美的花。」瑪利亞努茲亞塔說。「你從來不摘花嗎？」

「摘花幹什麼？」

「送給聖母啊，花就是要送給聖母瑪利亞的。」

「松葉菊花。」

「什麼？」

「這種植物叫松葉菊，學名Mesembryanthemum，是拉丁文，所有植物的學名都是拉丁文。」

「望彌撒也用拉丁文。」

「這個我不知道。」

李伯雷索在牆面上蜿蜒攀爬的藤蔓中尋找。

「在那裡。」他說。

「什麼東西？」

有一隻翠綠蜥在陽光下動也不動，綠色的身體上有黑色的斑紋。

「我要抓牠。」

「不要。」

但是他依然打開手掌慢慢靠近，猛然撲上去，抓到了！李伯雷索笑得很開心，那是古銅色和白色的笑容。「你看牠想跑！」他闔起來的手掌裡一下露出一個慌張的小腦袋，一下露出一截尾巴。瑪利亞努茲亞塔也笑了，但是她每看一眼翠綠蜥就往後跳，膝蓋處的襯裙都揪成一團。

「所以，你真的不想收我送你的禮物喔？」李伯雷索有點懊惱，輕輕地把那隻翠綠蜥放到一堵矮牆上，蜥蜴一溜煙跑走了。瑪利亞努茲亞塔低下頭。

「跟我來。」李伯雷索再度牽起她的手。

「我比較想要口紅，可以在星期天擦了口紅去跳舞。不然黑紗頭巾也好，參加儀典的時候可以戴。」

「星期天，」李伯雷索說。「我會跟我弟弟去森林裡撿松果，撿滿兩袋後回家。晚上我爸爸會大聲朗讀埃利塞・何克律[4]寫的書。我爸爸頭髮留到肩膀，鬍子留到胸口那麼長。不管夏天或冬天，他都穿短褲。我幫義大利無政府組織的櫥窗畫畫，戴大禮帽的是金融家，戴軍帽的是將軍，戴小圓頂帽的是神職人員，然後用水彩上色。」

那裡有一個水缸，圓形的蓮葉漂在水面。

「別講話。」李伯雷索說。

一隻青蛙張牙舞爪從水裡彈跳出來，蹦到蓮葉上，坐在葉中央。

「你看。」李伯雷索伸手要抓，瑪利亞努茲亞塔說：「欸！」青蛙又跳回水裡。李伯雷索鼻子貼著水面找啊找。

「在那下面。」

他伸手進去，把青蛙包在手心裡抓了出來。

「一次抓兩隻。」他說。「你看，這兩隻疊在一起。」

「為什麼啊？」瑪利亞努茲亞塔說。

「公蛙跟母蛙黏在一起，」李伯雷索說。「你看牠們在幹什麼。」

他想把那一對青蛙放到瑪利亞努茲亞塔手上，但是她害怕，不知道是害怕青蛙，還是害怕黏在一起的公蛙和母蛙。

「放牠們走啦，」她說。「不要碰牠們。」

「公蛙和母蛙在一起，」李伯雷索說。「之後就會生小蝌蚪。」

一朵雲飄過，遮住了太陽。瑪利亞努茲亞塔突然擔心起來。

「很晚了，太太一定在找我。」

但是她沒有離開，繼續在花園裡走來走去，陽光不見了。這次的禮物是一條蛇，躲在竹籬笆後面的一條小蛇，那是一條蛇蜥。李伯雷索讓蛇纏繞在自己手臂上，輕輕撫摸牠的腦袋。

「我以前養過蛇，養了十幾條，其中一條黃色的好長好長，是水蛇。後來牠蛻皮就溜走了。你看這隻張開嘴巴，你看牠的舌尖分叉成兩半。你摸摸牠，牠不會咬人。」

可是瑪利亞努茲亞塔也怕蛇。於是他們到石頭砌的小水池旁，李伯雷索打開所有水龍頭帶她看水柱噴湧，她很開心，再帶她看紅色金魚。那是一條孤零零的紅色金魚，已經年邁，鱗片都開始變白。瑪利亞努茲亞塔也喜歡紅色金魚。李伯雷索伸手到水裡去想抓魚，不太容易抓，但是之後她可以放在小魚缸裡擺在廚房。他抓到魚了，為了不讓魚窒息，並沒有把魚撈出水面。

「你伸手過來摸摸牠，」李伯雷索說。「你會感覺到牠在呼吸，牠的魚鰭很像紙做的，鱗片有一點刺，只有一點。」

結果瑪利亞努茲亞塔也不肯摸魚。

牽牛花花壇的土很鬆軟，李伯雷索用手撥一撥，拉出了幾條又長又軟的蚯蚓。

瑪利亞努茲亞塔小聲尖叫跑走了。

「你把手放這裡。」李伯雷索指著一株老桃樹的樹幹。瑪利亞努茲亞塔不明所以，但還是照做，結果又尖叫跑走，把手浸到水缸裡，原來她滿手都是螞蟻。原來桃樹上爬滿了小小隻的阿根廷螞蟻。

「你看我。」李伯雷索把手放到樹幹上，看著螞蟻爬到他的手上也不收回。

「為什麼？」瑪利亞努茲亞塔說。「你為什麼要讓螞蟻爬到你手上？」

李伯雷索的手已經變成黑色，螞蟻繼續往手腕爬。

「快把手拿走。」瑪利亞努茲亞塔嗚咽地說。「螞蟻會咬你。」

螞蟻爬上李伯雷索光溜溜的手臂，爬到手肘，然後整隻手臂都被會移動的黑色小點覆蓋。螞蟻爬到他的腋下，但他依然不走開。

「李伯雷索，你別這樣，快把手浸到水裡。」

李伯雷索笑了，有幾隻螞蟻從他的脖子爬到臉上。

「李伯雷索！我都答應你，你送我什麼我都要！」

瑪利亞努茲亞塔伸手拍他的脖子，把螞蟻拍掉。

李伯雷索這才把手從樹幹上挪開，露出古銅色和白色的笑容，一副無所謂的樣子拍打自己的手臂。但是看得出來他很感動。

「好吧，那我要送你一份大禮。我能力所及可以送你的最大禮物。」

「是什麼？」

「一頭箭豬。」

「我的媽啊……。啊，太太，太太在叫我！」

瑪利亞努茲亞塔洗完碗盤的時候，聽見有人用小石頭丟玻璃窗的聲音。原來是李伯雷索在窗戶下方，他還帶了一個大籃子。

「瑪利亞努茲亞塔，讓我進去，我要給你一個驚喜。」

「你不能進來。籃子裡面裝了什麼？」

就在這時候太太按鈴叫人，瑪利亞努茲亞塔轉身就走。

她回到廚房的時候，李伯雷索不見了，窗戶裡或窗戶外都沒看到他。瑪利亞努茲亞塔走向水槽，看到他留下來的驚喜。

她放著晾乾的每個盤子上都有一隻蹦蹦跳的小青蛙，平底鍋裡有蜷縮成一團的蛇，湯鍋裡裝滿了翠綠蜥，水晶碗裡有蝸牛留下一道道彩虹色的黏液。洗衣盆裡裝滿了水，那隻年邁孤單的紅色金魚在裡面悠然划水。

瑪利亞努茲亞塔往後退了一步，看到腳邊有一隻癩蛤蟆，一隻肥碩的癩蛤蟆。牠應該是母的，因為後面還跟了五隻排成一列的小癩蛤蟆，在黑白相間的磁磚地上一彈一跳往前進。

4（譯注）埃利塞·何克律（Élisée Reclus, 1830-1905），法國地理學家、無政府主義者。因政治主張遭驅逐出境，在科學界奔走下，改為流放十年，期間他周遊各國，將所見所聞整理成文字出版。

爬滿螃蟹的貨輪

今年四月的某個星期天，多羅利廣場的少年第一次下海。天空蔚藍清新，初夏陽光宜人。他們沿著窄巷奔跑，縫了補丁的漁夫褲褲管隨風飛揚，有人穿著木底拖鞋在鵝卵石鋪面上踢踢躂躂，更多人連鞋都不穿，免去腳弄濕後還得穿回鞋子的麻煩。他們跑到防波堤上，跳著越過攤在地上的漁網，原本蹲著補網的漁民只得站起來，露出長了老繭的光腳丫。少年在礁石間脫去衣服，開心地聞著海藻腐爛的刺鼻氣味，看著飛翔的海鷗試圖填滿過於遼闊的天空。他們把衣服和鞋子藏在礁石縫隙裡，害得原本躲在裡面的小螃蟹紛紛向外逃亡，然後打著赤腳、打著赤膊，在一個個礁石上跳來跳去，看誰率先跳進海裡。

海面很平靜，但是海水並不清澈，暗藍色泛著綠光。綽號馬利阿薩的強馬利亞爬上一個高聳礁石頂端，大拇指放在鼻子下方吹一口氣，那是他打拳時的習慣動作。

「走嘍！」他說完，雙手往前一伸，一頭栽下跳進水裡，在數公尺外冒出來，嘴裡吐出小水柱，然後動也不動地裝死。

「冷嗎？」大家問他。

「超熱。」他高聲回答完，開始大力搓自己的臂膀取暖。

「大夥兒，跟我跳！」奇沁老是覺得自己是領頭的，但其實沒有人理他。

大家都跳了。皮耶林傑拉翻了一個跟斗，彭博洛肚皮朝下入水，接著是保羅和卡魯巴，最後跳的是梅寧，他很怕水，手捏著鼻子，頭上腳下往海裡跳。

皮耶林傑拉在水裡特別厲害，把大家的腦袋一個個按進水裡，然後其他人一起聯手把他按進水裡。

綽號馬利阿薩的強馬利亞提議道：「去船上！我們去船上！」

一艘貨輪擱淺在港口，是大戰期間德軍為了阻撓港口船隻進出擊沉的。其實是兩艘貨輪，一艘貨輪壓在另一艘上面，看得到的是上面那艘船，下面還有一艘完全沒入海底。

「走嘍！」大家說。

「可以上船嗎？」梅寧問。「有水雷吧。」

「亂講，哪有水雷！」卡魯巴說。「阿雷內拉那幫人想去就去，還在船上面玩槍戰呢。」

於是大家往船的方向游去。

「大夥兒，跟我走！」想當領頭的奇沁說，但是其他人比他厲害，紛紛超過他，只有游蛙式的梅寧例外，永遠是最後一名。

他們游到貨輪下方，高聳的船舷上塗著陳年黑色焦油，光禿禿的發了霉，上層結構被拆解一空，暴露在晴朗蔚藍天空下。已經腐爛的海藻雜亂無章地從龍骨往上攀爬，大塊油漆一片片剝落。這群少年繞著船游了一圈，停在船尾那裡看著幾乎消失的船名：埃及阿布基爾。繫著船錨的鐵鍊斜曳著，偶爾隨著波浪搖曳，巨大的生鏽鐵環便發出吱吱嘎嘎的聲音。

「我們還是別上去吧。」彭博洛說。

「怕什麼。」皮耶林傑拉說完就一馬當先爬上鐵鍊，他手腳並用，跟猴子一樣靈活，其他人跟進。

彭博洛爬到一半滑下去，又是肚皮朝下落海。梅寧爬不動，靠另外兩個人把他拉了上去。

上船之後，大家安安靜靜地開始參觀這艘被拆解得七零八落的貨輪，找舵、汽笛、船艙口、小艇等等大船上應該會有的東西。只可惜這艘船跟救生筏一樣乏善可陳，只有海鷗的白色排泄物到處都是。原本有五隻海鷗停在船舷上，聽到這群赤腳少年的腳步聲，拍著翅膀一隻接著一隻飛走了。

「嗷嗚！」保羅怪叫一聲，撿起一顆螺絲釘朝最後一隻海鷗丟去。

「大夥兒，我們去機房！」奇沁說。想當然耳，去機房或貨艙玩肯定更有趣。

「真的可以到下面的船艙去嗎？」卡魯巴問。那簡直太棒了，船艙下面，全部密閉，四周和上面都是海，跟潛水艇一樣。

「下面船艙有水雷！」梅寧說。

「你比水雷麻煩！」大家齊聲說。

他們沿著一個小樓梯往下走，才走了幾階就停下來，腳下是在密閉空間中晃動的一汪黑水，水底有閃爍著暗光的海中刺蝟：成群海膽緩緩蠕動著外殼的棘刺。四面艙壁上覆滿帽貝，一叢叢綠色海藻附著在貝殼上，也攀附在鐵質艙壁上，彷彿整個啃蝕了進去。四周有螃蟹爬來爬去，上千隻各種形狀、大小互異的螃蟹移動著放射狀的彎曲蟹足，揮舞著蟹螯，瞪著突出但無神的眼睛。那四面鐵牆圍出的一方海洋低吟沖刷，輕拂螃蟹扁平的腹部。或許整個船艙內都是成群結隊的螃蟹，有一天那艘船會被螃蟹撐起來，在海面上行走。

他們回到甲板上，走去船首，看見一個小女孩。他們之前沒看到她，但是她似乎一直在那兒。小女孩大約六歲，胖嘟嘟的，一頭長捲髮。她曬得很黑，身上只有一條白內褲。不知道是從哪裡冒出來的。小女孩不理他們，全神貫注盯著木頭甲板上翻著肚皮的水母看，軟綿綿的觸手扭曲散落，小女孩用一根小樹枝努力想讓水母翻過來。

多羅利廣場的少年站在她身邊圍觀，目瞪口呆。馬利阿薩吸了一下鼻子，第一個開口。

「你是誰？」他問。

小女孩抬起小麥色的圓潤臉龐上那雙藍色的眼睛，隨即又低頭繼續用小樹枝翻弄水母。

「應該是阿雷內拉幫的。」卡魯巴知道的事不少。有幾個小女孩會跟著阿雷內拉那群少年一起游泳、玩球，也會拿著甘蔗參加槍戰遊戲。

「你，」馬利阿薩說。「現在是我們的俘虜。」

「大夥兒！」奇沁說。「把她拿下！」

小女孩忙著對付那隻水母。

「當心！」保羅湊巧回頭看了一眼。「阿雷內拉幫來了！」

他們專心圍觀那個小女孩的時候，成日泡在海裡的阿雷內拉幫少年在水面下潛游到船邊，靜悄悄地爬上船錨鐵鍊，壓著身子翻過船舷。他們個頭矮但很結實，身段柔軟如貓，剃了平頭，皮膚黝黑，不像多羅利廣場少年穿著鬆垮垮的黑色漁夫長褲，只用一條白布裹身。

混戰開始。多羅利廣場的少年精瘦敏捷，只有彭博洛挺個肥肚子，他們對打架有一股狂熱，跟聖西羅幫和小花園幫的人在老城狹窄巷弄裡打群架的經驗豐富。阿雷內拉幫因為突襲，剛開始佔了上風，但多羅利廣場少年駐守幾處階梯後便寸步不移，他們無論如何不能被逼上船舷，否則很容易被打落海。體格最壯、年紀最長，只是因為留級才跟他們一起混的皮耶林傑拉把阿雷內拉幫一個傢伙逼得節節後退，最後伸手把對方從船緣推下水去。

接下來多羅利廣場少年展開攻勢，阿雷內拉幫本來水性就比較好，而且務實，也不堅持無謂的自尊心，便一個接著一個閃開敵人跳進海裡。

「你們有種就下來抓我們。」阿雷內拉幫齊聲大喊。

「大夥兒，跟我跳！」奇沁擺好跳水姿勢。

「你白癡喔？」馬利阿薩阻止他。「在水裡面他們就贏定了！」隨即回罵那些開溜的敵人。

阿雷內拉幫從下面往船上潑水，他們很用力，船上被潑得到處都是水。之後他們累了，頭埋在水裡划著手臂游走了，偶爾抬頭換氣，激起小小水花。

多羅利廣場少年拿下了戰場，又回到船首，小女孩仍然在那裡。她終於把水母翻了個身，現在正努力用樹枝把水母挑起來。

「他們留下了一個人質。」馬利阿薩說。

「大夥兒，我們有人質欸！」奇沁很興奮。

「膽小鬼！」卡魯巴對著開溜的敵人嚷嚷。「居然把婦孺留給敵人！」

多羅利廣場的少年最重視榮譽了。

「你跟我們走。」馬利阿薩一邊說一邊伸手去拍小女孩的肩膀。

小女孩做了一個手勢叫他不要動：她就快要把水母挑起來了。馬利阿薩彎下腰看，小女孩抬高樹枝，水母掛在上面搖搖晃晃，她抬高，再抬高，然後把水母丟到馬利阿薩臉上。

「靠！」馬利阿薩吐口水捂住自己的臉。

小女孩笑嘻嘻地看著大家，然後轉身站上船首，舉高手臂指尖相觸後，如大鵬展翅般縱身一躍跳進海裡，頭也不回地游泳離開。多羅利廣場的少年們全都呆立原地。

「喂，」馬利阿薩拍打著臉頰問。「水母真的會螫傷皮膚嗎？」

「再等一下你就會知道了，」皮耶林傑拉說。「不過你最好趕快跳進海裡泡著。」

「走嘍。」馬利阿薩一邊說一邊走向其他人。

他走到一半停下腳步：「從現在開始，我們幫裡也要有一個女的！梅寧，讓你妹加入我們！」

「我妹是個笨蛋！」梅寧說。

「沒關係，」馬利阿薩說。「走嘍。」他用力推了梅寧一把，把他推落海，反正梅寧不會跳水。然後大家跟著撲通撲通跳進海裡。

魔法花園

小喬凡尼和小賽琳娜走在鐵道上，下方是銀光閃閃、深藍淺藍交錯的大海，上方是有幾許白色雲朵點綴的天空。發亮的鐵軌滾燙，鐵道上倒是很好走，還可以邊走邊玩。他像走平衡木那樣踩在一邊的鐵軌上，她則踩在另一邊鐵軌上，兩個人手牽著手向前走，或是跳過鋪石只落腳在一格格枕木上。小喬凡尼和小賽琳娜先前去抓過螃蟹，現在他們決定要沿著鐵道走，進入隧道探險。跟小賽琳娜玩很有趣，因為她不像其他小女生那樣什麼都怕，一被捉弄就開始哭。小喬凡尼只要說：「我們去那裡。」小賽琳娜二話不說就跟他走。

噹！他們嚇了一跳，抬頭往上看，原來是長桿上方的軌道轉轍器啟動，彷彿一隻鐵天鵝突然把張開的鳥喙闔起來。他們抬頭看了一會兒，好可惜沒看見剛才是怎麼回事，現在已經沒有動靜了。

「有火車要來了。」小喬凡尼說。

小賽琳娜依然站在鐵軌上。「從哪個方向來？」她問他。

小喬凡尼看看四周，一副很懂的樣子，指了指隧道那個黑洞。透過從鋪石地面升騰而上、看不見的冉冉熱氣望過去，隧道裡現在忽明忽暗。

「那裡。」他說。彷彿他已經感覺到隧道裡冒出一股陰風，瞬間迎面撲來，夾帶著煙硝和火光，鐵軌被車輪毫不留情地吞沒。

「小喬凡尼，我們去哪裡？」

往海邊去，有碩大的灰色龍舌蘭，一整片密密麻麻的刺葉。往山上去，有一整面籬笆的牽牛花，枝葉茂密但是沒有花。火車仍然沒有聲音傳來，或許奔跑中的火車頭熄火了，所以不聲不響，但說不定下一秒就突然出現在他們面前。不過小喬凡尼已經在籬笆上找到一道開口。「去那裡。」

爬藤下的籬笆是一面搖搖欲墜的老舊鐵絲網。鐵絲網某一處，從地面撬起，像書頁被摺了一角。小喬凡尼已經半個身子消失在籬笆後面，繼續往裡面鑽。

「小喬凡尼，把你的手給我！」

他們來到一個花園的角落，手腳著地趴在一處花壇裡，頭髮裡全是枯葉和泥土。四周一片靜謐，連葉子都靜止不動。

「我們走。」小喬凡尼說。小瑟琳娜說：「好。」

這裡有高聳的淺棕色老尤加利樹，還有卵石小徑。小喬凡尼和小賽琳娜踮著腳尖走在卵石路上，留意不讓腳下的卵石發出聲音。萬一花園的主人突然現身怎麼辦？

這裡的一切都好美，用尤加利枝葉拗成一個個又細又高的拱圈，露出斑駁的天空。唯一的擔憂來自於花園不是他們的，說不定等一下他們就會被趕出去。但是此刻什麼聲音也沒有。一個轉彎，有群麻雀從楊梅樹上一飛衝天，吱吱喳喳，之後又恢復寧靜。難道這是一個被棄置的花園？

走著走著，參天大樹沒有了，朗朗晴空下，他們面前是一片修剪得整整齊齊的矮牽牛和田旋花、一條條大道、欄杆，還有成排的黃楊木。從花園往上看，那裡有一棟別墅，玻璃窗閃閃發光，窗簾是黃色和橙色相間。

但是空無一人。兩個小孩踩著鵝卵石小心翼翼地走過去，生怕玻璃門會突然間敞開，正經八百的先生女士們會出現在露臺上，壯碩的猛犬會被放出來在大道上狂奔。他們在一條排水溝旁找到一臺推車，小喬凡尼站到推車後面握住把手往前推，輪子每轉一圈，就會吱嘎作響，彷彿口哨聲。小賽琳娜坐在推車上，兩個人不發一語往前進。小喬凡尼推著車，小賽琳娜坐著車，走在花壇和水柱噴泉間。

「那個。」小賽琳娜偶爾會指著一朵花低聲說。小喬凡尼放下推車，走去把花摘下來拿給她。她手中已經有一小簇各種美麗的花，不過萬一得翻過籬笆逃跑，恐怕得把這些花都丟掉！

他們來到一處空地，不再有卵石，是用水泥和磚塊鋪成的平臺。空地中央有一個空蕩蕩的大矩形，那是一座游泳池。他們走到池邊，淺藍色磁磚游泳池裡的水滿到邊緣來。

「我們下去玩水嗎？」小喬凡尼問小賽琳娜。他會開口問，而不是簡單的一句「下水玩！」表示真的挺危險。可是水那麼清澈，那麼藍，而小賽琳娜向來什麼都不怕。她下了推車，把花放好。他們本來身上就穿著泳衣，之前還去抓螃蟹。小喬凡尼是從池邊而不是從跳板跳下水的，以免聲音太大。他睜著眼睛往池底游啊游，除了藍色，什麼都沒看見，他的手彷彿一對粉紅色的魚。游泳池底跟海底不一樣，有各種奇形怪狀的墨綠色陰影。在他的正上方還有一個粉紅色的影子：小賽琳娜！他們手牽著手從游泳池另一頭冒出來，有一點焦慮，幸好，沒有人等著他們。他們心裡想像的一點都不美好，總是有一點不安和彆扭，畢竟這一切並不屬於他們，隨時都有可能被趕走。

他們游完泳之後，在游泳池旁發現一張乒乓球桌。小喬凡尼立刻揮拍發球，球桌另一邊的小賽琳娜動作也很快，把球打了回來。他們就這麼玩了起來，沒怎麼用力，以免別墅裡的人聽見聲音。突然間球一彈，跳得老高，小喬凡尼為了擋住它把球拍飛，打到了掛在葡萄藤架下的一面鑼。兩個小孩跑到毛茛花壇後面躲起來，兩個身穿白西裝的僕人出現，帶來兩個大托盤，他們把托盤放到一張圓桌上，圓桌上有一把黃色和橙色相間的大陽傘，然後轉身離開。

小喬凡尼和小賽琳娜走過去，看到圓桌上有茶、牛奶和海綿蛋糕，就坐下來開始吃吃喝喝。他們把兩個杯子裝滿，切了兩塊蛋糕，但是他們沒辦法好好坐著，只敢坐在椅子邊緣，膝蓋晃啊晃。他們也嚐不出蛋糕和奶茶的味道。那個花園裡的每樣東西都是如此：很美，可是他們無法開心享用，時時刻刻心裡都很緊繃，很害怕，擔心那只是命運捉弄，很快就要付出代價。

他們躡手躡腳走向別墅，透過格柵窗櫺縫隙，他們看到陰影中一個美麗的房間，牆上掛著蝴蝶標本。這個房間裡有一個臉色蒼白的少年，應該是這棟別墅和花園的主人，好命的傢伙。他坐在一張躺椅上，翻看一本圖畫書。他的手又細又白，明明是夏天卻穿著一件高領睡衣。

透過窗櫺往室內偷窺的兩個小朋友急速的心跳漸漸恢復正常，那個富家少年坐在那裡翻著圖畫書環顧四周的樣子看起來比他們更焦慮，更緊繃。他踮著腳尖站起來，似乎擔心有人隨時會走進來驅趕他，彷彿他之所以擁有那本書、那張躺椅、那些裱框掛在牆上的蝴蝶、有各種遊戲設備的花園、那些點心、游泳池和林蔭大道，都是一個天大的誤會，所以他無法放鬆享用，為那個誤會感到窘迫，彷彿一切都是他的錯。

臉色蒼白的少年在那個陰暗的房間裡鬼鬼祟祟地走來走去，用雪白的手指輕撫蝴蝶標本外框的玻璃，然後停下動作，側耳聆聽。小喬凡尼和小賽琳娜已經平復的心跳再度加速。因為害怕別墅、花園和所有那些美好事物都被施了魔咒，彷彿一個古老詛咒。

雲朵遮蔽了日光，小喬凡尼和小賽琳娜靜悄悄地離開了。他們快步走在來時的卵石小徑上，沒有奔跑，手腳並用鑽過籬笆。在龍舌蘭之間找到一條小路通往海邊，那是一條碎石捷徑，有一簇簇海藻一直延伸到岸邊。他們發明了一個很棒的遊戲：海藻大戰。用海藻互丟，丟完一把再一把，直到天色昏暗。小賽琳娜從來不哭，真好。

光禿禿枝椏上的晨光

我們這裡，通常不會結冰。只是一大清早，初醒的萵苣會有點硬化，有點發青，土壤表面會有一層灰色的硬殼，像是月球表面，鋤頭鏟下去的時候會發出咚的一聲。到了十二月，樹根附近的地面便開始被黃色的小小落葉染色，一點一滴被覆蓋，像一層薄薄的毯子。冬天不是冷，是空氣稀薄，在那稀薄空氣中，光禿禿的枝椏上亮起數百顆紅色的小燈，是柿子。

那一年，那個小小的果園彷彿是氣球小販的追隨者，半空中滿滿都是柿子。這根分叉的枝椏上有九顆，另一根扭曲的枝椏上有六顆，樹梢看起來什麼都沒有，但那裡或許是葉子掉落後留下的空白。越往下，柿子越紅，應該會早一點熟。丕平·馬尤可每天早上都會去檢查他的八株柿子樹，看看果實有沒有少，用眼睛估算每一根枝椏的載重，在心裡把重量換算成錢，想像錢掛在光禿禿枝椏上的樣子：那些髒兮兮的紙鈔，從一百到一千，在風中搖曳，如果能掛銀幣和金幣就好了，枝椏會變得亮晶晶的。

錢幣比紙鈔好，還可以裝進小甕裡埋在牆角下，不用擔心發霉或被老鼠咬。不過，不管是錢幣還是紙鈔，都一樣是錢，都可以拿出來用，變成肥料、除菌劑，化為土壤的養分、根莖的力量、番茄的甜味、洋薊的苦味，最後再變回錢。

「放輕鬆一點，馬尤可，你看著好了，等戰爭結束，義大利貨幣很快都會變成廢紙！」講話的人是薩塔雷，住在靠海那一邊的威尼斯人，他走山中小徑過來，要到果園上面那裡去鋤地鬆土。馬尤可放下鋤頭，抬起跟鴿子顏色一樣的灰白小鬍子看著對方：「你是說真的嗎，威尼斯人？」薩塔雷呵呵傻笑幾聲開始講威尼托方言，跟丕平解釋到時候那些錢會被拿去用在什麼地方。馬尤可蹲在地上，很失望，茫然地用手勢表達他的不以為然。他知道蚜蟲會讓葡萄藤枯萎，蒼蠅會讓橄欖變硬，蝸牛會把萵苣咬得都是洞，但是錢呢，政府發的錢是哪個笨蛋要去瞎折騰讓錢不值錢呢。覬覦柿子的一直大有人在，蛀蟲啃食樹根，介殼蟲和蝸牛吃葉子，金龜子吃花，毛毛蟲吃果子，現在還有莫名的混蛋要來破壞這次的豐收，那是他費盡心血照顧下才逐漸茁壯的，賣掉就能換錢！那些威尼斯人很窮，居無定所，是日子最艱困那幾年遷居過來的，他們遲早會全部到城裡去改當清道夫，他們跟南部來的阿布魯佐人一樣，一個德性，所以才會那麼講話。

有太多壞蛋想要從丕平．馬尤可的果園撈到好處，不過，其中最狡詐的莫過於那個用殺蟲劑和毒藥都殺不死的壞蛋，是手上功夫靈巧，步伐如狼的夜行壞蛋：小偷。鄉下地方竊賊橫行，那些居無定所的人沒有家園也沒有工作。肯定有人摸黑來過他的果園，外地人，因為有好幾排大蒜遭到踩踏。馬尤可一根根枝椏看過去仔細檢查，心中惴惴不安。果然，看到第五株樹，有一整根枝椏結滿了果實，那根枝枒滿滿的都是青澀的果實，居然有人為了摘下其中一顆，一顆還未成熟的柿子，把整根枝椏都折斷斜倚在地上。「天打雷劈！」馬尤可對著臨海山坡上的那排小屋握拳，那排霉綠色的平房很像聖誕馬槽裡用軟木搭建的小房子，只要他吼大聲一點，隨時都有可能解體滑落山谷裡。

馬尤可把斷掉的枝椏當成拐杖握在手裡，走過那排小屋，枝椏上還掛著一顆顆柿子，他故意重重敲著地面，要讓大家都聽見。薩塔雷的太太探出頭來，她的臉紅撲撲的，嘴巴裡沒有牙齒：「丕平，你已經在準備耶誕樹了喔？要松樹才行，柿子樹可不行。」

馬尤可的鬍子跟貓鬍鬚一樣輕輕顫動。

「要是被我知道誰來偷我的柿子，」他說。「我就開槍打他！今天晚上我會把槍裝滿子彈上好膛！」

群居的這些威尼斯人當中最年長的那位走了出來，他是柯奇安齊。

「既然你準備齊全，不如鹽巴和油也備著，馬尤可，」他說。「這樣你可以把他切一切做生菜沙拉吃。」

所有威尼斯人站在各自的陋屋門口，對著邊咒罵邊走遠的馬尤可背影嗤嗤地笑。

如果柿子已經變色，可以摘下來放在家裡等著果子慢慢成熟就好了。可惜不行，還得讓柿子繼續留在樹上，任憑那些偷東西就像餓肚子一樣習慣成自然的人為所欲為，拉扯枝椏摘下果實，說不定咬一口就因為味道苦澀丟到地上摔個稀巴爛。

所以他得帶著槍給柿子守夜。他負責從黃昏守到半夜，他的妻子半夜來換班，守到凌晨。

馬尤可夫婦二人住在一間糊滿煤灰的小屋裡，用一串串大蒜做裝飾，小屋四周沒有植花弄草，倒是有幾個兔子籠。巴斯提安娜．馬尤可跟丈夫一樣勤勉勞動，等丕平用耙子犁過地之後，就換她用三齒叉翻土，兩個人的臉龐和手臂都是古銅色，跟翻過的土壤一樣。她總是披頭散髮，身上的衣服像個布袋，腳上套著笨重的厚底鞋；他則打赤腳，身上只有一件破破爛爛像仙人掌的背心，山羊鬍加八字鬍彷彿一隻灰色小鴿停在爬滿皺紋的臉上。

那幾株柿子樹在小徑另一邊的小溪旁，那裡潮濕陰涼。天一黑，馬尤可就帶著必須從槍口填裝彈藥的老舊步槍守著，四十年前他用那把槍打到過一隻狐狸。昏暗中那幾株樹彷彿一隻隻巨鳥，單腳站立棲息。看著射程內那些結滿果實的枝椏，馬尤可像是把玩具藏在枕頭下的小朋友，覺得甜蜜又安心。

溪水潺潺打破寂靜。夜色中還有遠方傳來的狗吠聲。等耳朵習慣之後，就能聽見威尼斯人小屋那裡有哄笑聲和歌聲。等眼睛習慣之後，就能看到下面守夜人生的篝火火光。威尼斯人晚上總愛唱歌跳舞，柯奇安齊的胖外甥女穿著襯裙迎風而舞，所有男人都伸手為她打拍子。之後柯奇安齊擁抱她，因為他坐著，所以抱住的是她的大腿。那些威尼斯人到了晚上會做好多亂七八糟的事：薩塔雷每天晚上喝醉酒會用鞭子抽老婆，說她是一匹母馬，但他老婆不肯報警驗傷。到了某個時間點，歌聲乍歇，威尼斯人就魚貫出門往馬尤可的果樹方向前進，等大家來到他上方的矮牆處，便跳下來撲倒他。柯奇安齊的胖外甥女光著大腿在他面前跳舞，老頭子則忙著摘柿子。停！睜眼作白日夢不是好現象，等一下肯定會睡著。應該要瞪大眼睛、豎起耳朵才行。風吹動溪邊蘆葦，可能是小偷在靠近。其實沒有，歌聲和哄笑聲未曾間斷，放眼望去一片靜止空蕩蕩。

馬尤可有時候覺得自己分外孤單，在那一小塊屬於他的土地上，被壞蛋包圍，壞蛋在上面、下面、身邊，想要把他所在的那片園地吃下肚：地下有蚯蚓，地上有老鼠，天空有麻雀，有來查稅的、哄抬肥料價格的，還有小偷。他面對自己的果園隱隱約約有一種無力感，似乎永遠無法真正擁有它，就像他夢想能擁有一個女人，但是做不到。大地如同一個巨大的黑色磨坊，能夠拆解轉化一切，神祕的汁液從土壤上傳到樹根，再往上給柿子注入糖分，給樹梢枝椏注入單寧酸。這個土磨坊往下延伸，再往下也是他的，一直到地球中心，從那裡生出另一個對稱的圓錐形土磨坊和另一個丕平・馬尤可。丕平・馬尤可恨不得自己整個人鑽進土裡，在裡面呼吸，帶著裝在小甕裡面的所有錢、他的家、他所有東西、兔子和妻子一起鑽進去，這樣他才有安全感。活在地底下，他如此希望，活在那個他用耙子深深犁過的黑色溫暖土壤中。不過這是睡夢中才會浮現的想法，他睡著了。

沒有月亮的夜晚彷彿時間暫停。午夜時分會不會永遠不來？說不定他的妻子沒醒，他只好待在那裡直到天明。馬尤可搖搖頭，走到每株樹下檢查果實，彷彿擔心他剛才半夢半醒之間有人敢當著他的面動手偷摘。也說不定在他盯著第一、第二株樹看的時候，有猴子從其他樹上跳過來摘第三株樹上的柿子，裝進袋子裡，而他沒看見。有上百隻猴子躲在每一株樹的每一根枝椏上，討人厭的猴子，沒有毛的猴子，有著跟薩塔雷一模一樣的臉，嘲諷捉弄他。

田野裡有亮光慢慢靠近，是真的？還是猴子在鬧他？應該醒過來還是開槍？「丕平！丕平！」是他的妻子壓低聲音叫他。「巴斯提安娜！」她拎著燈籠來換班。馬尤可把槍交給妻子，回家睡覺。

馬尤可太太背著步槍像士兵那樣在樹下前後巡邏。夜色中她的眼睛是黃色的，跟貓頭鷹如出一轍，就算有魔鬼張牙舞爪來嚇她，她恐怕也會看成矮樹叢。

突然間，她看到一顆石頭在小徑上蹦蹦跳跳前進，伸腳踢了踢，軟軟的，像團肉。原來是一隻癩蛤蟆，馬尤可太太跟那隻癩蛤蟆對看了一會兒，之後癩蛤蟆繼續前進，她往另一邊走去。

第二天，巴斯提安娜說值下半夜的班太累，因此她要輪換成上半夜，馬尤可答應了。半夜她來叫醒他，把他趕下床。他關上果園的柵欄矮門時，聽見林中小徑傳來腳步聲。這個時候誰還在外面亂逛啊？是薩塔雷。

「馬尤可，你這時候帶槍出門，幫貓頭鷹送信啊？」

「幫貓頭鷹送信，對。」馬尤可說。「不然牠會啄我的柿子。」

「這樣他們就知道了，」他心想。「今天晚上肯定不會來。」

「這麼晚，你剛才去哪裡了，威尼斯人？」

「去買油。明天我們要跟柯奇安齊去皮耶蒙特省，送米過去。」

這些威尼斯人在做黑市交易。

「祝你生意興隆，威尼斯人。」

「願你逃過貓頭鷹之劫，馬尤可。」

他在柿子園側耳傾聽，萬籟俱寂。就連威尼斯人小屋那裡也沒有光，沒有聲響。薩塔雷今天晚上沒有用鞭子抽打老婆，說不定此刻年邁的柯奇安齊跟他的胖外甥女一起躺在床上。馬尤可想著他那張依然溫熱的床鋪，床上的巴斯提安娜應該已經鼾聲連連。今天晚上威尼斯人不會來，他們知道他值夜，而且第二天一大早就要出發去皮耶蒙特省。所以他可以回家去睡覺，動作輕一點不要吵醒他太太，趕在天亮之前再到果園看一眼就好。

他回家，鑽進被窩裡，動作很輕很慢，躺在他太太身旁。不過就算躺下來的是一匹馬，巴斯提安娜也會照樣打鼾沉睡不醒吧。可是馬尤可睡不著。萬一天亮的時候他沒醒，被太太發現他躺在床上怎麼辦？萬一來了其他小偷怎麼辦？他突然不確定自己到底有沒有關上果園柵欄的門，薩塔雷看到他的時候他正在關門，那些威尼斯人跟貓一樣整晚不睡到處閒晃，他們如果看到柵欄門開著就會知道他走了。馬尤可無法安心閉眼，躺在床上睡不著很難受，怕吵醒巴斯提安娜不敢翻身，說不定小偷正在他的果園裡橫行無阻。還不如乾脆起床，去果園看看？天色已漸漸翻白，等第一聲雞鳴他就起床。林間小徑那裡傳來下山的腳步聲，這個時候會是誰呢？肯定有柯奇安齊跟薩塔雷，他們要去皮耶蒙特省。腳步匆匆，而且沉重，他們帶了很多東西，有油罐，會不會還有一籃籃剛剛採摘下來的柿子，要帶去皮耶蒙特省賣！馬尤可跳下床，拿起步槍奔出去。

柵欄門是關著的，他鬆了一口氣。可是往果樹方向走去的時候，卻看不到紅色的果子。其他樹遮擋了視線，除了甘蔗，還有橄欖樹。等他轉過這堵牆的轉角就能看見，也就能放心了。轉過牆角，周圍有一種空虛感。馬尤可的八字鬍和山羊鬍，那隻灰色的小鴿子，在臉上撲騰，彷彿隨時要飛走的樣子。在冷冽晨光中，柿子樹向空中展開的枝椏光禿禿的。連一顆果子都不剩。「天打雷劈！」他在果園中高高舉起拳頭。

馬尤可太太正準備起床。

「不平，你守夜回來啦？」

馬尤可一屁股坐在板凳上，槍還掛在脖子上，垂頭喪氣。

「你怎麼啦，丕平，問你話呢？」

馬尤可不作聲，也不抬頭。

「你說今年市場上柿子價格會不會好？」

「得想辦法讓她閉嘴。」馬尤可心想。

「你說我們會有多少收成？」

馬尤可站了起來，拿起固定馬鞍繩的木棍。

「我說我們可以有三十籃。」馬尤可太太繼續說個沒完。

馬尤可看到門邊的扁擔，放下木棍拿起扁擔。

「以前從來都沒有過像今年這樣的大豐收，對吧，丕平？」

丕平・馬尤可動手打起老婆。

代代相傳

我們這裡牛很少。沒有草地，也沒有足夠的田地需要牛犁田。這裡只有乾樹枝可以啃一啃，還有那麼幾小塊土地，只要不下鋤頭就不會崩裂。在我們這樣狹長陡峭的山谷裡如果出現肥墩墩、性情溫馴的黃牛或乳牛，未免太不協調。這裡應該搭配瘦骨嶙峋的動物，身無贅肉，可以在石頭路上行走自如的騾子和山羊。

斯卡拉撒家的牛是山谷裡唯一一頭牛，倒是跟這裡很配，比騾子有力又聽話，這頭小牛矮矮的，壯壯的，可以載重，牠叫小黑美。斯卡拉撒家的父子倆都靠這頭牛吃飯，幫山谷裡幾戶地主家送貨，把小麥送到磨坊去，或是把棕櫚葉送到貨運行，或是去合作社把肥料載回來。

那一天，小黑美馱著貨物搖搖晃晃地走著，鞍架兩旁裝著劈好的櫻桃木，要送到城裡去賣給一位客人。一條繩子穿過牠黑色柔軟鼻孔上的鼻環，鬆鬆地握在納寧的手中，垂在地上，他是巴蒂斯汀．斯卡拉撒的兒子，跟父親一樣清瘦高䠷。這個組合很奇怪：

小黑美腿短，圓圓的肚子垂著，像隻癩蛤蟆，馱著重物的牠腳步穩健；納寧．斯卡拉撒臉很長，一臉紅色鬍碴，上衣袖子太短露出手腕，走路的時候彷彿每條腿有兩個膝蓋急著向前衝，有風的時候褲腳管跟船帆一樣飄揚，彷彿裡面空無一物。

那是一個春天的早晨，跟往年一樣，空氣中有種突然間煥然一新的感覺。那個早晨，像是記起了被遺忘數個月的某件事。平日好脾氣的小黑美變得很毛躁。納寧早上去牛棚沒有看到牠，牠自己在田裡兜轉，眼神放空。而此刻的小黑美走著走著會不時停下來，撐開穿了鼻環的鼻孔，對著空中嗅聞，發出短暫的哞叫聲。納寧便拉拉繩子，同時發出人和牛溝通時的那種喉音。

小黑美似乎偶爾有些心不在焉，牠前一晚做了一個夢，所以那天早晨才會走出牛棚，感覺自己在這個世界上不知該何去何從。牠夢見牠已經遺忘的事，彷彿是上輩子的事：遼闊的大草原上，這裡、那裡到處都是母牛，一邊走一邊哞哞叫。小黑美還看到自己，在那群母牛之間奔跑，似乎在尋找什麼。可是，有某樣東西讓牠無法行動自如，一把紅色的鉗子刺進牠的血肉裡，讓牠無法穿越母牛群。那天早晨，小黑美在行進間仍然能感覺到鉗子留下的未癒合的傷口，彷彿空中瀰漫難以言喻的絕望氛圍。

街上到處都是穿著白色衣服的小男孩，手臂上綁著垂下金色流蘇的臂章，小女孩則打扮得像新嫁娘，原來那天要舉行堅信禮。看到他們，納寧心情驟然低落，那是一種古老的、帶著憤恨的恐懼。或許是因為他的兒子和女兒永遠也不可能穿著白色衣服參加堅信禮？當然，那身衣服肯定很貴。因此他對於讓自己的孩子行堅信禮這件事感到忿忿不平，還有茫然，巴不得已經看到兒子穿著白色水手服，還有金色流蘇的臂章，女兒戴著頭紗和長裙襬禮服走在閃著燭光的昏暗教堂裡。

小黑美噴著鼻息，回想夢境裡看著母牛群跑來跑去，那個地方不在牠記憶中，而牠在牛群之間的行動越來越顯乏力。突然間，在母牛群中，在一片小小的高地上，出現了一頭壯碩的公牛，像小黑美身上傷口的紅色，公牛頭上的角宛如鐮刀指向天空，咆哮著對牠衝過來。

來參加堅信禮的小孩齊聚教堂前方廣場，圍著小黑美繞圈圈，一邊尖叫：「一頭牛！是一頭牛欸！」那個地方很難得有機會看到牛。比較大膽的幾個小孩甚至出手摸了摸牛肚子，比較有經驗的則去檢查尾巴下面：「牠被閹掉了！你們看，牠被閹掉了！」納寧放聲大喊，用力拍手驅趕小孩。小孩看他瘦骨如柴又形容憔悴，穿得破破爛爛，開始怪腔怪調喊他的名字「斯卡拉撒！斯卡拉撒！」這個字的意思是葡萄藤架。

納寧感覺到那久遠的恐懼再度覺醒，比以前更令人焦慮。他看著那些穿著堅信禮小禮服的小孩捉弄自己，其實捉弄的不是他，而是他的父親，跟他一樣瘦骨如柴、形容憔悴，穿得破破爛爛，陪他去教堂參加堅信禮的父親。他看著那些小孩在身邊蹦蹦跳跳，把儀式中踩在地上的玫瑰花瓣撿起來扔在他身上，叫他「斯卡拉撒」的時候，重新體會到當年因為父親而生的羞愧感。那份羞愧伴隨他一生，每當有人看他，對他笑的時候，都讓他感到害怕。都是他父親的錯，他從他父親那裡除了繼承貧窮、愚昧和瘦子的笨拙外，還得到了什麼？他恨他的父親，因為他從小就體會到羞愧，他這輩子都擺脫不掉的羞愧和貧困。但是此刻他也理解他的父親。在那一刻他害怕的是他的孩子也會因為他而感到丟臉，一如他對他父親那樣，有一天他的孩子也會用他當年同樣的怨恨眼神看著他。於是他下定決心：「等他們行堅信禮那天，我也要買一件新衣服，一件法蘭絨的格子襯衫、一頂白色鴨舌帽，還有一條彩色領帶，還要給我老婆買一件新衣服，棉布連身裙，買大一點，如果她懷孕了還可以穿。我們要一起打扮得美美地去教堂廣場，跟冰淇淋推車小販買冰淇淋吃。」買冰淇淋，穿著節慶專屬的衣服逛市集，但是他內心的倉惶仍然難以平復：惶惶然做這個那個、花錢，展示自己，還有彌補從小因為父親而起、一輩子甩不掉的羞愧感。

納寧回到家，把牛牽回牛棚，卸下鞍架，然後去吃飯。他的妻子、小孩和年邁的巴蒂斯汀已經坐在桌前對著一鍋豆子湯狼吞虎嚥。老態龍鍾的巴蒂斯汀・斯卡拉撤用手指撈起豆子送進嘴裡吸吮，然後把外面那層皮扔掉。納寧對他們說了什麼毫無興趣。

「要讓孩子去行堅信禮。」他說。

他蓬頭垢面的妻子抬起疲憊的臉看著他。

「哪有錢幫他們買衣服？」她問。

「他們得穿漂亮一點。」納寧沒有看她，自顧自地往下說。「男孩要穿水手服，白色的，還要佩金色流蘇臂章。女生要穿新娘服，還要有長裙襬跟頭紗。」

他的老父親和妻子張著嘴巴看著他。

「錢從哪裡來？」他們又問了一次。

「我要買一件法蘭絨的格子襯衫，」納寧繼續說。「你要買一件棉布連身裙，買大一點，如果懷孕了還可以穿。」

他妻子腦袋閃過一個念頭：「啊！你找到戈佐那塊地的買主了？」

戈佐那塊地是祖宗傳下來的，全是石頭和灌木叢，光繳地稅，根本賺不到錢。納寧知道他們覺得自己說的事情很荒謬，他很不爽，氣呼呼地繼續堅持。

「沒有，我沒有找到買主，但是我們得把剛才說的那些東西買齊。」他低著頭，眼睛盯著眼前的盤子。然而其他人心裡已經燃起希望，如果能夠把戈佐那塊地賣了，剛才納寧說的那些東西都可以買。

「等拿到賣地的錢，」老巴蒂斯汀說，「我就可以動疝氣手術了。」

納寧覺得他真的很恨自己的爸爸。

「你帶著你的疝氣進棺材吧！」他大吼一聲。

大家神經繃得很緊，擔心他發飆。

這時候牛棚裡的小黑美鬆開了繩子，撞開門，走到田裡。不知為何又走進了屋裡，停下來叫了一聲，哞，很長，很哀怨，很絕望。納寧站起來邊咒罵邊用棍子把牠趕回牛棚。

等他返回屋內，大家都不敢講話，包括小孩在內。過了一會兒，他兒子問他：「爸，那你什麼時候要幫我買水手服？」

納寧抬眼看著兒子，那雙眼睛跟他父親巴蒂斯汀的一模一樣。

「想都別想！」納寧火氣很大。

他用力甩上門去睡覺。

荒蕪之地的男人

一大清早便能看見科西嘉島，貌似一艘裝載了山巒的船，漂浮在海平面上。如果是在另一個國家，恐怕會生出許多傳說，但我們這裡就不會。科西嘉島很窮，比我們還窮，沒人去過，也沒人動過這個念頭。如果一大清早能看見科西嘉島，表示空氣很清澈，很穩定，沒有下雨跡象。

在某個這樣的早晨，拂曉時分，我父親和我牽著狗，踏著碎石小徑走上貝拉丘陵。我父親的前胸後背披掛著圍巾、披風、獵槍、背心、馬鞍包、水壺和子彈帶，一叢白色山羊鬍從這堆東西中冒出來。他小腿上還有一副傷痕累累的陳年皮革脛甲。我穿著一件相當破舊且過小的外套，露出手腕和腰，一條破舊且過短的褲子，跟我父親一樣踏著大步前進，不同的是我雙手插在口袋裡，脖子伸得長長的。我們兩個人各帶了一把老獵槍，製作精良，但是沒有好好保養，邊緣都生鏽腐蝕了。我們帶的狗是專門獵野兔的，耳朵耷拉拖地，包覆股骨皮膚的那層毛短而扎手，脖子上的粗鏈用來牽熊都沒問題。

「你帶著狗在這裡等，」我父親說。「這裡有兩條小徑，我走這條，我到的時候會吹一聲口哨，你把狗放了，然後睜大眼睛注意看是否有野兔經過。」

我父親繼續往前走，我蹲在地上，手中牽著一心想跟我父親走、低聲嗚咽的狗。貝拉丘陵是緊鄰乏善可陳溪流旁的貧瘠高地，一片荒蕪，只有咬不動的韌草，和古老瞭望臺坍塌的牆。往下是一大片黑壓壓的橄欖園，往上是被火燒過、光禿禿的黃褐色森林，看似老狗瘦骨嶙峋的背脊。灰濛濛的拂曉時分，萬物懶洋洋的，像是惺忪睡眼半睜不睜。在薄霧籠罩下看不清海的邊界。

我聽見我父親的口哨聲，擺脫鐵鏈束縛的狗歪歪扭扭地大步衝向碎石小徑，對著空氣齜牙咧嘴汪汪吠叫了幾聲，隨後便安安靜靜嗅聞地面。牠一邊孜孜不倦地嗅聞一邊奔跑，尾巴翹得筆直，尾巴下面有一塊白色的菱形斑點，彷彿被光照亮。

我拿著獵槍抵在膝蓋上擺好射擊姿勢，眼睛瞄著兩條小徑交會處，野兔隨時會出現。繽紛色彩漸漸在晨曦中現身，一個接著一個。最先出現的是漿果紅，集中在松樹上某些地方。再來是綠色，不久前貌似如出一轍的綠，現在有了成千上百種變化。草地、灌木叢和森林隨時有跟其他綠色不同的新綠跳出來。還有藍色，海水的藍格外喧囂，讓一切黯然失色，連天空也相形見絀。科西嘉島被光吃掉消失了，在海天之間輪廓模糊，變成一塊朦朧曖昧的區域讓人不敢去看，擔心它並不存在。

剎那間，山腳下沿海的房舍、屋頂和道路都出現了。每天早晨，城市都是如此從闇黑王國中誕生，黃褐色的屋瓦，閃爍的玻璃，灰撲撲的水泥轉瞬間全冒出來。每日晨光將所有最微小的細節一一勾勒出來，描繪每一處陰暗角落，所有房舍都不放過。之後晨光往上照亮丘陵，不斷發掘新細節、新區域和新房子。最後光線來到枯黃、貧瘠荒蕪的貝拉丘陵，在那裡也找到一間屋子，遺世而立。這間居高臨下、蓋在森林前的屋子，在我的獵槍射程範圍內，屋主是綽號好福氣的巴齊沁。

陰影下好福氣巴齊沁的家像是一塊磐石，周圍土壤堅硬，跟月球表面一樣是灰色的，長出來的植物很乾癟，彷彿乾樹枝。那裡還拉了幾條線，看起來像是晾衣繩，其實是營養不良葡萄藤的支架。只有一株瘦長的無花果樹還有力氣勉為其難撐起葉子，但是在重量壓迫下痀僂著腰，立在菜園裡。

巴齊沁走出家門，他很瘦，除非他側站，否則看不見他，只能看見他灰色的八字鬍在空中伸展。他頭上戴著一頂羊毛登山帽，身穿棉毛混紡上衣。他看到我擺的姿勢，走過來。

「野兔，野兔。」他說。

「對，每次都是野兔。」我回答說。

「我上個星期在河邊看到一隻這麼大的野兔，距離差不多是從這裡到那裡，我開槍，但是沒射中。」

「太衰。」

「很衰，很衰。我本來就不太會打野兔，我喜歡坐在樹下等歐歌鶇。一個早上可以打五、六槍。」

「這樣你的主菜就有了。好福氣的巴齊沁。」

「是沒錯，問題是我都沒打中。」

「難免。肯定子彈有問題。」

「子彈問題，是子彈問題。」

「那些賣子彈的都是騙子。你自己裝嘛。」

「我是自己裝的，可能我沒裝好。」

「嗯，得知道怎麼裝。」

「就是說，就是說。」

巴齊沁就這麼雙手抱胸站在小徑交會處不走，如果他一直待在那裡，野兔永遠不會來。「我得叫他讓開。」我心裡這麼想，但我沒有開口，依然維持原先的姿勢不動。

「不下雨，都不下雨。」巴齊沁說。

「今天早上你看見科西嘉島了嗎？」

「有科西嘉島。很乾燥。所以有科西嘉島。」

「今年收成不好啊，巴齊沁。」

「今年收成不好。你們家種豆子的，收成呢？」

「收成？」

「收成？不好。」

「他們賣給你的種子不好，巴齊沁。」

「種子不好，收成不好。八株洋薊。」

「天啊。」

「你說我種活了了幾株？」

「你說吧。」

「死光了。」

「天啊。」

好福氣巴齊沁的女兒柯思坦紫娜走出家門，她大概十六歲，臉蛋像橄欖，眼睛、嘴巴、鼻孔都像橄欖。兩條小辮子垂在肩膀上。她的胸脯應該也像橄欖吧，風格統一，她跟雕像一樣驕矜自持，像山羊一樣不受控，一雙羊毛襪拉到膝蓋處。

「柯思坦紫娜。」我叫她的名字。

「欸。」

但是她沒有走過來，她怕嚇到野兔。

「狗還沒吠，還沒開始趕。」好福氣的巴齊沁說。

我們豎起耳朵聽。

「狗還沒吠，可以繼續待著。」他說完就走了。

柯思坦紫娜在我身邊坐下。巴齊沁在他那一方田裡轉來轉去，修剪營養不良的葡萄藤，偶爾停下手邊的活，過來跟我們講講話。

「小紫娜，最近貝拉丘陵有什麼新鮮事嗎？」

女孩吱吱喳喳開口說：

「昨天晚上我看到好幾隻野兔在月亮下蹦蹦跳跳。吱！吱！還邊跳邊叫。櫟樹後面長了一朵野菇，是紅色的，上面有白色斑點。我用石頭把牠殺了。有一條大蛇，黃色的，中午的時候爬到小徑上來，牠住在那個灌木叢裡，你不要用石頭丟牠，牠是好的。」

「小紫娜，你喜歡住在貝拉丘陵嗎？」

「晚上的時候不喜歡。傍晚四點會起霧，然後城市就不見了。還有，晚上有貓頭鷹嗚嗚叫。」

「你怕貓頭鷹？」

「不怕。我怕炸彈，還有飛機。」

巴齊沁走過來。

「戰爭，戰爭現在怎樣了？」

「好消息是戰爭結束了，巴齊沁。」

「好，那要看戰爭之後怎麼樣。我呢，才不信戰爭結束了。他們說過很多次，之後又以另一種方式開戰。我沒說錯吧？」

「沒有，你說得很對。」

「小紫娜，你比較喜歡貝拉丘陵還是城裡？」我問她。

「城裡可以玩飛鏢，」她說。「還有電車，大家可以一起推，還有電影院，冰淇淋，打大陽傘的沙灘。」

「這個丫頭，」巴齊沁說。「其實沒有多喜歡往城裡跑，另外一個丫頭則是太喜歡，根本不想回來。」

「她現在在哪裡？」

「天知道。」

「天知道。希望能下雨。」

「沒錯，希望能下雨。可是今天早晨看見科西嘉島了，我沒說錯吧？」

「說得沒錯。」

遠方突然傳來一陣吠叫。

「狗開始趕野兔了。」我說。

巴齊沁停下腳步，兩臂交叉站著。

「趕得好，趕得好。」他說。「我以前有一隻母狗，叫綺莉拉。牠可以追捕一隻野兔整整三天。有一次牠從山頂把一隻野兔趕出兔窩，帶到我面前兩公尺的地方。我開了兩槍，沒打中。」

「世事無法盡如人意。」

「的確無法。然後牠繼續追那隻兔子追了兩個小時……。」

這時傳來兩聲槍響，隨後吠叫聲再度響起，而且離我們更近了。

「……兩個小時後，」巴齊沁接著說。「牠又把那隻野兔趕了回來，但是我仍然沒打中，見鬼了。」

一隻野兔突然間從小徑竄出來，差點撞到巴齊沁的腿，之後鑽進灌木叢裡消失無蹤。我根本來不及瞄準。

「天啊！」我大喊一聲。

「怎麼了？」巴齊沁問我。

「沒什麼。」我說。

柯思坦紫娜什麼也沒看見，轉身回家。

「哦，」巴齊沁繼續說。「那隻狗為什麼不繼續把野兔趕到我面前來，直到我開槍打中為止呢？笨狗！」

「牠現在在哪裡？」

「牠跑了。」

「哦，世事無法盡如人意。」

我父親牽著氣喘吁吁的狗走回來，口中咒罵連連。

「差一點，就只差那麼一點距離。這麼大一隻野兔。你們有沒有看到？」

「沒有。」巴齊沁說。

我把槍背起來，父子二人一起往山下走。

地主的眼睛

「地主的眼睛，」他父親指著自己的一隻眼睛這麼對他說，那隻屬於老人的眼睛沒有睫毛，上下眼皮滿是皺褶，像鳥眼一樣圓滾滾的。「地主的眼睛能讓馬吃飽長膘。」

「好。」地主的兒子坐在高大無花果樹樹蔭下的原木桌旁不動。

「所以，」他父親的手依然放在那隻眼睛下。「你去田裡盯著他們割麥。」

地主兒子的手插在口袋裡，風吹過，吹動他短袖襯衫的後背。

「我這就去。」地主兒子雖然這麼說，但是沒動。母雞啄食掉到地上摔爛的無花果。

看著自己的兒子像風中蘆葦一樣懶散，老人覺得心中怒火不斷上揚，他從倉庫拖出一個個麻袋，把肥料調拌好，對那些彎腰低頭的人下達指令，連聲咒罵，對著被綁起來躲不過成堆蒼蠅騷擾嗚咽嗷叫的狗大聲斥喝。地主的兒子還是紋風不動，手依然插在口袋裡，眼睛盯著地上，噘嘴像是要吹口哨的樣子，看似對父親如此虛耗力氣十分不以為然。

「地主的眼睛。」老人說。

「我這就去。」地主兒子回答說，慢吞吞地站起來。

他走在葡萄園小徑上，手插在口袋裡，拖著鞋跟。他的父親腿張開開地坐在無花果樹下看他看了好一會兒，雙手握拳放在背後，之前為了不同理由吼過兒子好幾次，但是這一次父親沒說話，繼續調拌肥料。

地主兒子邊走邊觀察山谷中的各種顏色，聆聽大胡蜂在果園裡嗡嗡作響。每一次他在遙遠的城市裡過著行屍走肉的生活數個月後回到家鄉，都會重新發掘這塊土地的空氣和靜謐，彷彿被遺忘的童年呼喚和憾事。他每一次回到家鄉，都彷彿在等待一個奇蹟：我回來了，這一次所有一切都將意義非凡，我家在山谷中的農莊一節節漸層的綠，工作中那些人永遠不變的動作，每一株植物、每一段枝椏的生長，這塊土地的憤怒也會把我牢牢抓住，一如我的父親，讓我再也無法離開這裡。

麥田在多石的河岸旁，長得不好，灰色荒蕪大地上一個黃色矩形方塊，方塊上下各有一株黑色的柏樹，好像在站衛兵。麥田裡有人，揮舞著鐮刀，黃色慢慢消失彷彿被一點一滴抹去，下方的灰色重新冒出來。地主兒子咬著一根草走捷徑爬到光禿禿的河岸邊，麥田裡的人自然看到他往上爬，對他的出現交頭接耳。他知道那些人怎麼看他：老的是瘋子，小的是笨蛋。

「您好。」烏培對他說。

「好。」地主兒子回答。

「您好。」其他人說。

地主兒子回答：「好。」

就這樣，他們之間該說的話已經說完了。地主兒子在麥田臨河處坐了下來，手插在口袋裡。

「您好。」又有一個聲音從上面的麥田傳過來，那是來撿拾麥穗的小法蘭伽絲卡。他又回了一聲：「好。」

田裡的人不發一語安靜割麥。烏培年紀大，黃褐色皮膚鬆垮垮地包覆著骨頭。烏齊是中年人，毛髮濃密，健壯結實。納寧還年輕，是一頭紅髮的瘦高個兒，汗濕的T恤黏在身上，每次彎腰揮舞鐮刀就會露出一小截光裸的背。吉露米娜蹲在地上撿拾麥穗，貌似一隻巨大的黑母雞。小法蘭伽絲卡在地勢較高的麥田裡拾穗，一邊跟著收音機的歌曲哼唱。每次她彎下腰，就會露出膝蓋以下的小腿肚。

地主兒子覺得自己待在勞動農民之中跟柏樹一樣站衛兵監看很丟臉。「我現在，」

他心裡想。「讓他們借我一把鐮刀，我也來試試看。」但是他沒有開口，動也不動地看著收割過後僵立在田裡的黃色麥梗。反正他應該也不會用鐮刀，肯定會丟人現眼。撿拾麥穗呢，這個應該可以，那是女人做的事。他彎下腰，撿起兩支麥穗，丟到吉露米娜的黑色圍裙裡。

「小心一點，別踩到我還沒撿過的地方。」老太太說。

地主兒子重新坐回河邊，嘴裡叼著一根麥梗咬啊咬。

「今年收成比去年多嗎？」他問。

「少。」烏齊說。「一年比一年少。」

「因為，」烏培說。「二月嚴寒。您記得二月的事嗎？」

「記得。」地主兒子說，其實他不記得。

「還有，」吉露米娜老太太說。「三月下了冰雹。您記得三月的事吧？」

「下了冰雹。」地主兒子繼續說謊。

「我認為，」納寧說。「是因為四月乾旱。您記得那件事吧？」

「整個四月。」地主兒子說，但他什麼都不記得。

所有人開始討論下雨、嚴寒和乾旱的事，地主兒子置身事外，對土地的事漠不關心。地主的眼睛。他只不過是一隻眼睛。一隻眼睛能幹嘛呢，只有一隻眼睛，而且還是漠不關心的眼睛？視而不見。如果他父親在這裡，會把那些人罵得狗血淋頭，指責他們工作散漫、差勁，收成都被他們毀了。他不禁覺得管理那些田還真需要他父親的吼叫斥罵，就像他只要看到有人開槍，便覺得震耳欲聾一樣。他永遠沒辦法吼那些人，那些人也知道，所以繼續偷懶。但是他們還是喜歡他的父親勝過他，他的父親讓他們辛苦工作，他的父親讓他們在臨河的麥田裡插秧收割，他的父親是他們的一分子。他不是，他是外人，靠他們工作養活，他知道他們瞧不起他，甚至討厭他。

現在大家聊起他來之前講的話題，是山谷裡的一名女子。

「他們是這麼說的，」吉露米娜老太太說。「她跟神父在一起。」

「沒錯，」烏培說。「神父跟她說，你如果來，我就給你兩塊里拉。」

「兩塊里拉？」納寧問。

「兩塊里拉。」烏培回答。

「見鬼了。」烏齊說

「那時候的兩塊里拉現在值多少？」納寧問。

「可值錢了。」烏齊說。

「豬狗不如。」納寧說。

大家都拿那名女子的事說笑，地主兒子也面帶微笑，但他並不明白那些事的意義，那些骨瘦如柴、長著小鬍子的黑衣女子的愛情故事。

有一天小法蘭伽絲卡也會變成那樣。現在她在地勢較高的麥田裡撿拾麥穗，跟著收音機的歌曲哼唱，每次彎腰襯裙就會往上提，露出膝蓋後方白皙的皮膚。

「小法蘭伽絲卡，」納寧叫她。「給你兩塊里拉，你願意跟神父上床嗎？」

小法蘭伽絲卡直挺挺地站在田裡，懷裡抱著一束麥穗。

「兩千里拉？」她大喊。

「什麼鬼，她說兩千里拉。」納寧滿臉狐疑地跟其他人說。

「我不跟神父，也不跟平民。」小法蘭伽絲卡又喊。

「跟軍人可以嗎？」烏齊高聲問她。

「軍人也不行。」她回答完就彎腰繼續撿拾麥穗。

「小法蘭伽絲卡的腿很美喔。」納寧盯著她的小腿看。

其他人也跟著看，都同意納寧的看法。

「又美又直。」他們說。地主兒子看了看她的腿，彷彿先前沒看過，也點頭表示同意。其實他不覺得那雙腿很美，肌肉很硬，毛很多。

「納寧，你什麼時候去當兵？」吉露米娜問他。

「見鬼了，據說他們要讓免服兵役者也去體檢，」納寧說。「即便我胸廓發育不良，但是如果戰爭不結束，就要徵召我入伍了。」

「美國也參戰了，是嗎？」烏齊問地主兒子。

「美國，」地主兒子終於有話可說了。「美國跟日本。」他沒繼續往下說，有什麼好說的呢？

「誰比較強，美國還是日本？」

「兩個都很強。」地主兒子說。

「英國強不強？」

「英國也很強。」

「蘇俄呢？」

「蘇俄也很強。」

「德國呢？」

「德國也是。」

「我們呢？」

「這場仗有得打了，」地主兒子說。「要打很久。」

「上一次打仗，」烏培說。「森林山洞裡躲了十個逃兵。」他指著上方松樹那裡。

「要是繼續打下去，」納寧說。「我看我們遲早也得躲山洞裡。」

「唉，」烏齊說。「誰知道會怎樣呢？」

「所有戰爭，」烏培說。「最後結果都一樣：該怎樣就怎樣。」

「該怎樣就怎樣。」大家紛紛附和。

地主兒子嘴裡咬著麥梗往上走，走到小法蘭伽絲卡那裡，看著她彎下腰撿麥穗時露出膝蓋後方白皙的皮膚。或許跟她相處比較容易，他打算對她獻個殷勤。

「小法蘭伽絲卡，你有沒有去過城裡？」這樣跟人搭訕還挺傻的。

「有的星期天下午我會去，如果有市集就去逛市集，沒有的話就去看電影。」

她停下手邊的工作。這不是地主兒子想要的，如果被他父親看見就糟了！不但沒有監督大家工作，反而跟人家閒聊。

「你喜歡去城裡嗎？」

「喜歡啊。不過等天黑後還不是要回來這裡，隔天又是星期一，該怎樣就怎樣。」

「也是。」他咬著麥梗說。真的不能再聊下去了，否則她都不工作。地主兒子轉身往下走。

下面麥田裡的工作差不多要結束了，納寧用一塊油布把麥穗捆起來扛到肩膀上。跟丘陵山腰齊高的海平面漸漸染上夕陽餘暉的紫霞。地主兒子看著他家那片全是石頭和殘餘麥梗的田，心裡明白他不管怎麼做，永遠是外人。

懶人兄弟

一大清早，我跟我弟還把臉埋在枕頭裡睡覺的時候，我們的父親已經在家裡咚咚咚走來走去。他起床的時候會發出很多噪音，或許是故意的，他會穿著釘鞋上下樓梯二十次，白白浪費力氣。他這輩子大概都是如此，浪費力氣，做白工，或許他這麼做是為了跟我們過不去，因為我們老惹他生氣。

我們的母親沒有聲音，其實她也起床了，在寬敞的廚房裡用那雙越來越粗糙、烏黑的雙手生火、削皮，擦拭玻璃和家具，搓洗衣服。其實這麼做也是在表達對我們的不滿，她悶不吭聲打理一切，讓這個家在沒有幫傭的情況下依然能夠撐下去。

「把房子賣了，我們就有錢可以吃飯了。」我縮著肩膀說，每當我感到焦慮，覺得快要受不了的時候就會這樣說。但是我母親繼續默不作聲忙東忙西，從早到晚，不知道她什麼時候才休息，天花板上的裂縫越來越長，成排螞蟻在牆壁上爬，沒有整理的花園裡雜草蔓生。或許再過不久我們的家就會變成被爬藤覆蓋的廢墟。然而我母親從不在早晨叫我們起床，因為她知道那是白費力氣。她什麼都不說，悶頭打理這個快要當頭砸下來的家，就是她折磨我們的方式。

我父親則是早上六點就穿著獵裝和護腿脛甲打開我們的房門大吼大叫：「我打死你們這兩個懶鬼！這個家大家都工作，只有你們兩個例外！皮耶特羅，你再不起床我就把你吊死！把你弟弟安德烈那個該死的傢伙叫起來！」

我們在睡夢中已經聽到他走來的腳步聲，我們把臉埋進枕頭裡，不肯抬起來。如果他嘮叨個沒完的話，我們偶爾會嘟囔幾聲以示抗議。但是他很快就離開了，他知道沒有用，他所做的一切不過是一場鬧劇、一場儀式，只是為了不認輸。

我們重新入睡，我弟弟通常從頭到尾都沒醒來過，反正我們已經習慣了，根本不在乎。我跟他差不多，但是至少我知道事情不應該是這樣，而且第一個倒楣的會是我。但我仍然毫無作為，只會生悶氣。

「小狗，」我對我弟弟安德烈說。「小狗，我要殺了你爸你媽。」他沒理我，他知道我這個人虛偽搞笑，而且沒有人比我更懶。

十分鐘、二十分鐘之後，我父親會再度出現在我們的房間門口，滿心焦慮。他會換一個方法，用冷淡、溫和的態度提出其他建議，是讓人生出憐憫之心的另一種鬧劇。他會說：「誰要跟我去聖克西默？葡萄藤需要固定。」

聖克西默是我們家的田，一片荒蕪，但是沒有人手也沒有錢可以養地。

「我要去挖馬鈴薯，安德烈你來嗎？喂，你來不來？我在跟你說話，安德烈。還要幫豆子澆水。你到底來不來？」

安德烈勉強讓下巴離開枕頭，說：「不去。」然後繼續睡覺。

「為什麼？」我父親還是搞不清楚狀況。「他既然決定不來，那麼皮耶特羅來好了。你來嗎？」

然後他會再度大發雷霆，等再一次冷靜後，就開始叨唸去聖克西默有哪些事要做，一副我們肯定會去的樣子。小狗啊，我心裡想著，我弟弟這隻小狗難道就不能爬起來一次，滿足一下這位可憐老頭的心願嘛。我自己也沒有任何動力起床，努力想把已經被趕跑的睡意找回來。

「好，那你們動作快，我等你們。」我們的父親說完就走，好像我們已經同意了似的。我們聽著他走開，壓低聲音叫嚷，準備肥料、殺菌用的硫磺，還有要帶去田裡的種子，他每天跟頭騾子一樣滿載而去又滿載而返。

我們以為他已經出門的時候，又聽到他在樓梯下喊：「皮耶特羅！安德烈！我的天啊，你們還沒好？」

那會是他最後一次叫喚我們，之後我們就會聽到他踏著釘鞋走到後院，用手關上柵欄，一邊咳痰一邊走遠，嘟嘟囔囔走上小徑。

現在有了一絲睡意，但是我睡不著，想著我父親跟騾子一樣馱著一堆東西邊爬山邊咳痰，工作時被雇工偷雞摸狗後又丟下爛攤子氣得怒火中燒，看著田裡的農作物，各種昆蟲啃食挖土，枯黃的葉子和茂密的雜草，他這輩子的心血就這麼毀了，跟邊坡矮牆一樣每逢下雨都崩塌，還不忘咒罵自己的兒子。

小狗啊，我想著我弟弟，小狗。我豎起耳朵聽，下面傳來鍋碗瓢盆碰撞的聲音，掃帚柄落地的撞擊聲。我的母親一個人在那個大廚房裡，窗外天光才濛濛亮，她為了棄她於不顧的人做牛做馬，我心裡這麼想，然後睡著了。

十點不到，換我們的母親在樓梯下大喊：「皮耶特羅！安德烈！十點了！」她聽起來火氣很大，彷彿被什麼事情激怒，但其實她每天早上都這樣。「好……」我們也喊。接著再賴床半個小時，雖然醒了，但是想慢慢適應起床這件事。

然後我開口說：「好了，醒醒，安德烈，欸，我們起床吧。安德烈，快點，你先起來。」安德烈咕噥了一聲。

最後我們唉聲嘆氣、伸著懶腰下了床，安德烈穿著睡衣，跟老人一樣動作慢吞吞的，頂著一個鳥窩頭，眼睛半開不開，舔著捲菸紙抽起了菸。他在窗前抽完菸，才開始盥洗刮鬍子。

這時候他開口哼唱，漸漸哼出了一首歌。我弟弟的聲音屬於男中音，但是跟別人在一起的時候總是神情陰鬱，從來不唱歌。只有當他一個人，不管是刮鬍子或洗澡，才會用低沉的嗓音唱出抑揚頓挫的曲調。他知道的歌不多，翻來覆去總是唱小時候學的、用卡度奇的一首詩譜成的曲：「在威隆納城堡上，正午的陽光燦爛……」

我一邊換衣服一邊幫他和音，沒有喜悅，反倒帶著一種自暴自棄：「在晴空下低語，翠綠的阿迪傑河……」

我弟弟盥洗完畢，刷完皮鞋，還一字不漏地唱完整首歌：「跟老烏鴉一般黑，眼睛彷彿炭墨……」

他越唱，我火氣越大，乾脆放開喉嚨唱：「我命運多舛，劫難重重……」

這是我們唯一喧鬧的時刻，之後一整天幾乎都不開口。

我們下樓熱了牛奶，用麵包沾牛奶唏哩呼嚕吃了起來。我們的母親在旁邊自顧自地抱怨東抱怨西，抱怨所有待辦的事。「嗯，嗯。」我們回答完畢隨即拋諸腦後。

上午我通常不出門，手插在口袋裡在家閒晃，或待在書房裡整理東西。我已經很久沒買書了，買書太花錢，而我感興趣的書大多看到一半，如果從頭看起或許能看完，但是我沒有意願。我還是繼續整理書架上為數不多的書，看是要按照義大利文、法文、英文分類，還有主題分類，例如歷史、哲學、小說，也可以把精裝書放在一起，要不然就是把完好的書放一起，破舊折損的書另外放。

我弟弟則去帝國咖啡館看人家打撞球。他自己不玩，因為他不會。他可以花好幾個小時看別人打球，緊盯各種花式球技和翻袋技巧，嘴裡叼著菸，不過分投入，也不下注，因為他沒有錢。有時候他們會叫他幫忙記分，但是他常常心不在焉犯錯。他會做一些小買賣，賺的錢夠他買菸。他六個月前應徵了一家水道工程公司的職位，薪水可以讓他養活自己，但是他並不積極，反正他暫時不會餓死。

他總是很晚才回來吃午餐，我們兩個人默不作聲吃飯。我們父母的談話內容永遠是進帳多少、負債多少，家裡兩個兒子都不工作賺錢該怎麼辦，我們的父親說：「你們看看你們的朋友柯斯湯佐，看看你們的朋友奧古斯托。」我們的朋友可不像我們，他們合開了一間林業公司，成天在外面跑來跑去談生意、議價，客戶包括我父親，賺了很多錢，不用多久就能買一輛卡車了。其實他們是騙子，我們的父親也知道，但是他寧願我們跟他們一樣，也不想看著我們現在這樣。「你們的朋友柯斯湯佐那筆生意賺翻了，」他說。「你們看看能不能參一腳。」但是我們的朋友只會找我們玩，不會找我們合夥做生意。他們知道我們兩個遊手好閒，什麼都不會。

下午我弟弟會睡午覺，真不知道他怎麼那麼能睡，而且睡得著。我則去看電影。我每天都跑電影院，即便放的片子我已經看過，這樣我就毋需費力看劇情。

晚餐過後，我躺在沙發上，看我借來的長篇翻譯小說，我常常看著看著就忘了內容是什麼，又懶得從頭看起。我弟弟吃過飯後起身出門，再去看人家打撞球。

我的父母則在飯後立即上床睡覺，因為第二天他們要早起。「去你房間看，在這裡浪費電。」他們一邊上樓一邊對我說。「好。」我雖然這麼說，但是沒動。

我弟弟凌晨兩點回來的時候，我已經上床睡了一會兒。他打開燈，在房間裡走來走去抽最後一根菸，跟我說城裡發生的事，寬容地對他人評頭論足，那是一天中他最清醒的時刻，樂於開口說話。他打開窗讓菸味飄散，我們看著山丘，看著路燈照亮的街道和黑漆漆的澄明天空。我起身坐在床上，跟他閒聊無關緊要的事，心情輕鬆，直到睡意再度來襲。

與牧羊人共進午餐

一如既往，又是我們父親的錯。他從深山小鎮找了一個男孩來幫我們家牧羊，男孩到的那天，我們的父親邀請他跟我們同桌用餐。

我們的父親搞不懂人跟人之間的區別，也搞不懂我們家有木雕家具、暗色花紋地毯、手繪瓷器的餐廳，跟別人家用燻黑石頭當牆、地板是夯土，煙囪帽是爬滿了蒼蠅的破報紙有什麼不同。我們的父親不管去哪裡都樂呵呵的，從不跟人客套，不讓人更換盤子吃主菜，他出門打獵的時候大家都邀他加入，晚上會來找他排解糾紛。我們做兒女的跟他不一樣。我哥哥或許還好一點，一副高深莫測的樣子，很可能會讓人對他莫名信賴。我卻深知人與人往來有多困難，我時時刻刻體會到不同階級和文化差異之間的距離，彷彿漩渦在我腳下展開。

男孩走進來，我正在看報紙。我父親本來不需要對他多說什麼，那只會讓男孩更加茫然失措，但是他偏偏要這麼做。男孩站在客廳中央，雙手厚實，低著頭，下巴抵著胸口，但是固執地抬眼看著前方。這個牧羊人跟我年紀差不多，一頭粗硬短髮，額頭、眼眶、下顎線條都高高隆起。他身穿一件士兵式樣的深色襯衫，手腕和脖子的釦子都釦得牢牢的，那雙關節粗大的手彷彿是從歪斜的破外套裡長出來的，笨重的靴子踩在光亮的地板上。

「他是我兒子昆多，」我父親說。「他讀中學。」

我站起來，大膽地對他露出微笑，伸出手跟他的手輕輕一觸就錯開，兩個人都沒看對方的臉。我父親開始滔滔不絕地介紹我，說一些無關緊要的事，例如我還要讀幾年才畢業，有一次我到那個男孩家鄉附近打獵殺了一隻睡鼠之類的，我聳聳肩膀說：「我？才沒有！」我老覺得他瞎掰。牧羊人不說話也不動，看不出來他到底有沒有聽進去。他偶爾會往牆上或窗簾瞄一眼，彷彿關在籠裡的小動物尋找脫身機會。

我父親換了一個話題，在客廳裡走來走去，說他們在那片山谷裡種了各種蔬果，問男孩各種問題，男孩下巴抵著胸口，嘴巴微張，不斷回答他不知道。我躲在報紙後面，等著上桌吃飯，但是我父親已經讓受邀的男孩坐下，摘了一條小黃瓜拿到廚房裡切成薄片放進碗裡，讓他當餐前冷盤。

然後我母親走進來，身材高眺的她穿了一件黑色洋裝，衣襬有蕾絲，銀白色直髮的分線清楚俐落。「我們的牧童來啦。」她說。「你一路上還順利嗎？」男孩沒有站起來回話，只抬起眼睛看著我母親，眼神冷漠，充滿不解。我完全能體會他的感受：我對我母親故作和藹的高高在上姿態，還有她以主人身分省略敬語，都很不以為然。她如果像我父親一樣說方言也就罷了，但是她說的是義大利文，冷冰冰的義大利文，彷彿一堵大理石牆，堵在那個可憐的牧羊人面前。

我想要讓他閃過那個話題，保護他，於是我朗讀報上的一則新聞，那則新聞只有我父母會感興趣，是說非洲某處發現了礦藏，而我們有認識的人住在那裡。我精心挑選的那則新聞跟我家的訪客絕對不可能有任何關係，裡面提及的名字他都不知道。我這麼做不是為了進一步孤立他，而是企圖在他身邊挖一個壕溝，好讓他能喘口氣，暫時避開我父母親咄咄逼人的關注。或許連他也誤解了我的舉動，結果不如預期。我父親開始重提他在非洲的經歷，把男孩跟那裡奇怪的地名、種族名和動物名混為一談。

我可憐的姐姐克莉絲汀娜推著坐輪椅的外婆出現時，湯正要端上桌。他們只好在外婆耳邊大喊，解釋現在是怎麼回事。我母親乾脆替大家介紹：「他是小喬凡尼，幫我們看羊。她是我母親。她是我女兒克莉絲汀娜。」

我聽到她叫他小喬凡尼，為他感到羞愧臉紅。誰知道那個名字如果用山上封閉粗鄙的方言唸出來會是怎樣，顯然那是他第一次聽到有人這麼叫他。

我外婆以大家長的嚴肅持重口吻表示同意：「小喬凡尼乖，希望你別讓羊跑掉！」我姐姐克莉絲汀娜對待所有難得造訪的賓客都格外恭敬，站在輪椅背後的她露出半個身子，怯生生地小聲說：「很高興認識您。」她向男孩伸出手，對方笨拙地輕觸了一下。

牧羊人坐在椅子邊緣，但是身體往後靠，雙手張開放在桌子上看著我外婆，似乎很迷惘。老太太癱坐在大大的輪椅裡，戴著半截手套，露出毫無血色的手指在空中虛劃，小小的臉上皺紋密布，眼睛盯著他看，試圖在大片混亂陰影和他眼睛散發的色彩中看出些許端倪，她說義大利文彷彿在朗讀一本書，這一切對他而言都是新鮮的，跟他之前見過的老太婆形象截然不同。

我那可憐姐姐克莉絲汀娜的情況也沒有好到哪裡去，跟以前每次見到生面孔的反應一樣，她往前走到客廳中央，始終交握的手藏在修飾她歪斜肩膀的披肩下，瞪著明亮但驚慌的眼睛望向玻璃窗，髮絲中夾雜著早衰的灰髮，因為厭倦隱居生活面容憔悴，她說：「我看到海裡有一艘小船，兩名水手在划槳，一直划槳。那艘小船經過一戶人家屋頂後面，然後再也沒有人看見過它。」

我希望我們家這位客人在當下能意識到我姐姐不太正常，他大可以視而不見，也無須放在心上。於是我跳出來，以突兀且完全不合時宜的敵意回應：「從我們家窗戶望出去，你怎麼可能看到有人在划船？距離那麼遠。」

我姐姐繼續望向玻璃窗，她看的不是大海，而是天空。「兩個男人在船上划槳，一直划槳，船上有旗幟，是三色國旗。」

我察覺牧羊人聽我姐姐說話的時候，不像面對其他人那樣侷促不安，或許他終於找到熟悉的模式，找到了我們和他的世界之間的交集。我想起在山間農舍常常會遇到的那些傻子，他們在農舍門口團團蒼蠅圍繞下，一坐就好幾個鐘頭，口中念念有詞不著邊際，讓鄉間的夜晚更加憂鬱。或許他更容易理解我們家這個異類，因為他們那裡對我姐姐這樣的人並不陌生，遠比我父親不倫不類的攀親帶故，我外婆和我母親的母性呵護，或是我的彆扭疏離更讓他覺得親切。

我哥哥依照慣例再度遲到，他走進來的時候我們已經拿起湯匙。他看一眼就明白一切，我父親還沒來得及開口介紹他：「我兒子，在公證人那裡學習。」我哥已經坐下來自顧自地吃了起來，處之泰然，誰都不看，貌似墨黑的眼神冰冷難以捉摸，短短的鬍碴直挺挺地立著。他本應該跟大家打招呼、為自己遲到道歉，或許還對客人露出一抹微笑，但是他連嘴巴都沒張開，冷酷的額頭連皺都沒皺一下。於是我知道牧羊人身邊多了一位堅定的盟友，會用石頭般的緘默保護他，為他在沉悶困窘的氣氛中劈開一條生路，這一點只有馬可才能做到。

牧羊人駝著背唏哩呼嚕喝湯，湯汁四濺，我們家三個男的也不遑多讓。因此招來外婆和我母親為我們貼上刻板標籤：我父親是天生開朗聒噪，我哥哥是專橫獨斷，我則是粗魯無禮。我很喜歡這個新的結盟，我們四個男的對抗她們三個女的，如此一來牧羊人就不再是孤單一人。當然，她們是不會同意的，但是她們不會說出口，以免讓我們家的男人或客人當著對方丟了面子。至於牧羊人明不明白箇中奧妙呢？顯然不明白。

我的母親接著展開攻勢，語氣溫柔：「小喬凡尼，你幾歲啊？」

男孩說了自己的年齡，聽起來像喊口號，於是又小聲重複說了一次。「什麼？」外婆複誦的時候說錯了。「不對，是×歲。」所有人一起在她耳邊大吼，只有我哥默不作聲。「比昆多大一歲。」我母親把這個發現說給外婆聽。把我跟他相比讓我覺得很不舒服，他為了謀生替別人家看羊，沾染一身羊騷味，身強力壯可以劈砍橡樹，而我整天不是坐著就是躺著，邊聽收音機邊看歌劇劇本，再過不久就要進大學，因為覺得癢不肯穿衛生衣。我不具備某些條件所以不能成為他，他不具備某些條件所以不能成為我，在我看來非常不公平，讓我和他變成兩個不完整的人，彼此漠視，自慚形穢，只能用湯碗做掩護。

就在那時候外婆開口問他：「你當過兵了嗎？」那個問題很莫名，他那一年出生的男子還沒被徵召，剛做過第一次體檢。

「是爸爸的好小兵。」我們的父親又自以為幽默，說沒人笑得出來的笑話。

「他們要我複檢。」牧羊人說。

「什麼？」外婆問。「免服兵役嗎？」語氣聽起來很不以為然又感到惋惜。我心想，就算他真的免服兵役，又關你什麼事呢？

「不是，要複檢。」

「複檢是什麼意思？」

大家只好解釋給她聽。

「爸爸的好小兵，哈哈，爸爸的好小兵。」我父親自得其樂停不下來。

「希望你沒有生病。」我外婆說。

「體檢那天生病了。」牧羊人回答她，幸好外婆沒有聽見。

我哥哥的目光離開湯碗，似乎透過鏡片看了客人一眼，表明默契的一眼，嘴邊的鬍碴隱約露出些許笑意，好像在說：「別理會其他人，我懂你，這些事情我經驗豐富。」

馬可突如其來的同仇敵愾可以為他贏得好感，從現在起，牧羊人會以他為準，每一次回答完問題還會加上「不是嗎？」都是為了徵詢我哥的意見。我也發現那些人會對我哥哥馬可忠心不二，其實是因為想要取得我父親的認同，並征服我母親高高在上的優越感。我想，跟馬可結盟後，牧羊人應該就不會那麼孤單了。

這時候我覺得我可以說點他會感興趣的事情，我解釋說在我結束學業前都不用當兵。但這就是我們之間難以跨越的差異，我居然舊事重提，連看似是所有人避之唯恐不及的災難，例如當兵，我們兩個毫無任何共通點可言。

我姐姐又出場了：「您會去騎兵部隊嗎？」

這個話題本來可以被跳過的，但是偏偏我外婆接下去說：「呵，這年頭騎兵部隊……」

牧羊人低聲應了一句：「阿爾卑斯山狙擊部隊……。」

我跟我哥哥意識到在那一刻我母親也加入了聯盟，因為她顯然覺得這個話題很蠢。那她為什麼不介入，好換個話題呢？幸好我父親不再重複「爸爸的好小兵」這句話，改問他森林裡會不會長蕈菇。

接下來的用餐時間裡我們都陷入了這場拉鋸戰，我們三個年輕人一起對抗這個殘酷又溫情的世界，但是看不清究竟誰是盟友，之間充滿猜忌。我哥大動作結束了這個階段，吃完水果後，他掏出菸盒，請客人抽菸。他們沒有詢問任何人的意見，逕自點燃了菸，那是這頓飯最具有團結精神的一刻。但我被排除在外，因為我父母不准我抽菸，畢竟我還在讀中學。我哥哥很滿意，他站起來，由上而下看著我們，抽了兩口菸，跟來的時候一樣一句話都不說，轉身離開。

我父親點燃菸斗，打開收音機聽新聞。牧羊人坐在那裡看著餐桌，雙手張開放在膝蓋上，瞪大的眼睛因為淚水而泛紅。在那雙眼睛裡浮現的畫面應該是他在山上的家、山野間的風光和茂密的栗樹林。我父親不讓大家好好聽新聞，把國聯批評得一無是處。我趁機離開餐廳。

直到晚上，牧羊少年的事仍然在我們腦海中揮之不去。我們在微弱的燈光下安靜用餐，忍不住想，他此刻一個人待在我們山上的農舍裡，肯定已經吃完裝在便當裡加熱後的湯，躺在草蓆上，周圍幾乎一片漆黑，可以聽見羊群走動、碰撞、牙齒咀嚼草的聲音。牧羊人走出農舍，海面上有一層薄霧，空氣潮濕。一個小噴泉在靜謐中咕嚕嚕冒著泉水，牧羊人踩著常春藤蔓生的小路往噴泉走去，雖然不覺得渴依然喝了幾口。螢火蟲忽明忽暗，看起來好大一群，但是當他伸手在空中揮舞，卻一隻也碰不到。

巴尼亞斯科兄弟

我常離家數個月，甚至經年在外。偶爾回來，我的家始終矗立在山頂，遠遠的就能看見茂密橄欖樹林間年久褪色的淡紅外牆粉刷，彷彿一縷輕煙。那個房子很老，有穹拱，看起來像橋，牆上有共濟會圖騰，是我父母為了嚇跑神父故意畫上去的。家裡還有我哥哥，他也在世界各地亂跑，但是比我常回家，我每次回家都能看見他。他一回來就忙東忙西，翻箱倒櫃找他的獵裝、絨面背心、皮底靴，然後選一支不怎麼樣的菸斗呼嚕嚕抽起來。

「欸。」我回家的時候他會這麼對我說，說不定我們已經幾年未見，他完全沒預料到我會回家。「幹嘛？」我這麼回應不是因為我們有仇，如果我們在另一個城市相遇會很高興，說不定會拍拍對方的肩膀。「真沒想到，沒想到！」我們或許會這麼說，但是在家裡就不一樣，我們在家裡都是這麼說話的。

我們兩個手插著口袋，悶不作聲進門，感覺有點生疏，然後我哥哥突然開口，彷彿重拾我們之間剛剛中斷的談話。

「昨天晚上，」他說。「賈琴塔的兒子簡直找死。」

「你應該給他一槍。」我完全不知道發生什麼事。我們也有意願詢問對方從哪裡回來，做什麼工作，能不能溫飽，娶妻生子了沒有，但之後有的是時間可以問，現在說有違習慣。

「你知道每個星期五晚上輪到我們用長井的水吧。」他說。

「星期五晚上，沒錯。」我語氣很篤定，其實我不記得，也可以說我根本就不知道這回事。

「你真相信每個星期五我們會有水可用？」他說。「他們互相偷水，除非有人在那裡守著。昨天晚上我經過那裡，大概十一點左右，我看到有一個傢伙帶著鋤頭跑走，閘門轉到賈琴塔家的渠水道去了。」

「你應該給他一槍！」我怒火中燒。幾個月來我已經忘記長井用水的問題，再過一個星期我又要出門，等我回來肯定再度忘得一乾二淨。但是我現在為了他們家過去幾個月偷水，未來幾個月會繼續偷水的事火冒三丈。

我在家裡房間、樓梯間走來走去，我哥哥抽著菸斗跟在我身後。房間裡和樓梯間都掛著新舊步槍、滿是灰塵的水壺、狩獵號角和羚羊頭。無論是房間或樓梯間都有一股霉味和蟲蛀痕跡，牆上有共濟會圖騰，沒有十字架。我哥哥告訴我僱工偷東西、收成不好、別人家的羊吃我們家的草、全山谷的人都去我家林子伐木等等。我從衣櫥裡找出外套、護腿脛甲、有一圈長口袋可以放子彈匣的背心，然後換下城裡穿回來的皺巴巴衣服，看著鏡子裡的我，一身皮革和絨布裝扮。

隨後我們背著雙管獵槍走上崎嶇山路，視需要再決定是要對空鳴槍，還是對誰開槍。才走不到百步，就有小石頭擊中我們的脖子，很大力，可能是用彈弓打的。我們沒有立刻轉頭，若無其事繼續往前走，眼睛盯著路旁斜坡上的一排排葡萄藤。噴灑了防蟲硫磺的灰色葉子間探出一個小男孩的腦袋，臉圓圓的、紅紅的，眼睛下面好多雀斑，彷彿被蚜蟲啃咬過的桃子。

「天啊，他們居然派小孩來對付我們！」我立刻對他破口大罵。

小男孩伸舌頭對我們做了一個鬼臉後就跑了。我哥哥跳過葡萄園柵欄，在葡萄藤架間緊追不捨，踩著播了種的土地，我跟在後面，最後把小男孩堵在中間。我哥哥抓住他的頭髮，我則拉著他的耳朵，我知道我把他弄痛了，但我沒有放手，我越讓他痛，我就越生氣，對著他大吼：

「這是你應得的教訓，還有你父親，誰叫他派你來。」

小男孩大哭，在我手指上咬了一口後逃跑了。一個黑衣女子站在葡萄藤架的盡頭，用圍裙遮住臉，緊握拳頭痛罵我們：

「不要臉，居然拿小孩子出氣！你們還是跟以前一樣霸道。早晚會有人收拾你們的，你們等著看吧！」

我們兄弟二人聳聳肩往回走，不跟女人一般見識。

走著走著，遇到背著沉重捆柴、身體往前傾斜成九十度的兩個人。

「欸，你們兩個，」我們擋住去路。「這些木柴從哪裡拿的？」

「高興從哪裡拿就從哪裡拿。」他們說完想繼續往前走。

「如果是從我們的林子拿的，最好給我們送回去，順便把你們自己也給掛到樹上去。」

那兩個人把柴薪放到矮牆上，保護頭部和肩膀的兜帽下汗流如注，眼睛盯著我們。

「我們不知道什麼你們不你們的，我們根本不認識你們。」

他們看起來的確像是新來的，或許是失業所以跑來砍柴。那就更應該讓他們知道我們是誰了。

「巴尼亞斯科兄弟，聽過沒有？」

「我們什麼都不知道。木柴是在鎮上林子砍的。」

「鎮上的林子禁止砍伐，我們叫警衛來，送你們去坐牢。」

「好吧，我們知道你們是誰。」其中一個跳出來說。「誰不認識你們，專門找窮人家麻煩！但是早晚有一天會結束！」

我開口說：「結束什麼？」我們決定放他們一馬，邊走邊罵離開了。

我跟我哥哥在外地的時候，會跟電車司機、報攤老闆聊天，會把菸屁股留給跟我們索討的人，也會跟別人索討菸屁股。在這裡不一樣，我們在這裡一貫如此，帶著雙管獵槍閒晃，到處喧嘩鬧事。

在隘口這裡的小餐館是共產黨員的聚集地，外面有一塊告示板，上面用圖釘釘著剪報和大字報。我們經過的時候看到告示板上有一首詩，說有錢人永遠是那些人，而昨日橫行霸道之人是今日橫行霸道之人的兄弟。「兄弟」兩個字下面劃了底線，因為那是雙關語，針對我們而來。我們在旁邊寫上「膽小鬼加騙子」，然後簽名：「賈柯莫．巴尼亞斯科，米凱雷．巴尼亞斯科」。

然而當我們在外地的時候，跟其他遠離家鄉出外打工的人一起坐在上了蠟的木桌上喝湯，用指甲挖著灰黑軟綿的麵包心，同桌的人說起報紙上的事，我們也會應和：「今天固然有人橫行霸道，但是明天一定會更好。」這些話在這裡我們說不出口。這裡的土壤貧瘠，僱工手腳不乾淨，佃農邊工作邊打瞌睡，這裡的人會在我們經過的時候朝我們背後吐口水，因為我們自己不下田，他們說，我們只會剝削別人。

我們走到一個應該會有斑尾林鴿經過的地方，找了兩個位子坐下來等。但是沒多久我們就對這樣靜止不動感到厭煩，我哥哥指著一間房子給我看，說那裡住了一對姐妹，他對他的情人吹了一聲口哨，她走下來，胸部很寬厚，腿毛很多。

「欸，問你妹妹雅德莉娜要不要來，我弟米凱雷也在。」他這麼對她說。

女孩轉身進屋，我問我哥哥：「她漂亮嗎？漂亮嗎？」

我哥哥沒多說：「很胖，但是可以接受。」

姐妹倆走了出來，我那個真的又胖又壯，不過只是一個下午，可以接受。她們剛開始還囉哩八嗦的，說她們跟我們在一起不能被別人看見，否則全山谷的人都會與她們為敵。我們告訴她們別說蠢話，帶她們到山裡我們剛才等斑尾林鴿的地方。我哥哥三不五時還是會開一槍，他習慣帶著那個女孩狩獵。

我跟雅德莉娜在一起沒多久，覺得又有石頭打中了我的頭頸之間。我看到那個雀斑男孩跑走，但是我沒打算追他，只罵了他幾句。

後來那兩個姐妹說她們得去參加祈福禮。

「快滾，不要再出現在我們面前。」我們這麼說。

然後我哥哥解釋說她們兩個是全山谷最隨便的女孩，擔心其他年輕人看到她們跟我們在一起，以後不再去找她們。我迎風大喊：「妓女！」其實我心裡很遺憾，跟我們搭上的不過是山谷裡最隨便的兩個女孩。

聖葛斯默和達彌盎教堂廣場上擠滿了等待祈福禮的人潮。大家紛紛讓路給我們，眼神並不友善，就連神父也不例外，因為我們巴尼亞斯科家已經三代不參加望彌撒了。行進間，突然有東西掉落在我們腳邊。「臭小孩！」我們大吼一聲，準備衝出去抓住他，卻發現是一顆過熟的果實從樹枝上掉下來。我們踢著腳下的石子，繼續往前進。

蜂窩

遠看不容易看見它，就算已經去過一次的人也記不得回去的路。原本有一條小徑，被我剷掉了，種上多刺灌木，生根後抹去所有痕跡。我家是精心挑選的，隱身在長滿金雀花的河岸旁，只有一層樓，站在河谷那裡看不到，外牆的粉刷是灰白色，骨頭形狀的窗臺是粉紅色。

我可以整地，但我沒這麼做，我只需要一小塊苗圃，讓蝸牛可以啃食萵苣，還要有一小方花壇，用耙子鬆鬆土，讓冒芽的馬鈴薯和紫羅蘭可以生長。我吃多少就種多少，因為我不需要跟任何人分享。

我不除雜草，不管是從我家屋頂冒出來的，或是如飄雪般落在農作物間的雜草。我恨不得雜草能將一切掩埋，包括我在內。綠蜥蜴在牆縫中做窩，螞蟻在地板下挖出一個多孔城市後列隊外出。我每天看著，只要發現一個新的裂縫都會開心不已，心裡想著人類城市什麼時候才能被山谷野草吞沒，再也喘不過氣。

我家後方有一片粗韌草地，我讓羊在那裡自由活動。偶爾在拂曉時分會有狗循著野兔的氣味而來，我就丟石頭把牠們趕走。我討厭狗，討厭牠們對人類卑躬屈膝的忠心，我討厭所有家養的動物，討厭牠們為了能夠舔食人類油膩盤子上的殘羹，假裝理解人類。我只能忍受羊，因為羊不信任人，也不需要人類的信任。

我不需要鍊起來的狗幫我看門，也不需要籬笆、門閂或任何恐怖的人造機器。我的院子周圍有一排木板，上面有一個個蜂箱，飛舞的成群蜜蜂就是一堵有刺的屏障，只有我能通過。入夜後蜜蜂都在蜂箱裡休息，但是依然沒有人會靠近我家，他們怕我，他們是對的。我說他們是對的，意思不是關於我的傳說是真的，那些全是瞎扯，他們的水平就那樣，不過怕我是好事，我希望他們怕我。

早晨我在山脊上轉完一圈，看著下方緩降的河谷和漲潮的大海，看著周遭一切，看著這個世界。我看著海邊那些人類居住的房子擠成一團，以虛偽的情誼作掩護，土黃色的水泥城市。我看見這些房子的玻璃窗閃閃發光，看見因為生火而起的煙。有一天，荊棘和雜草會覆蓋這座城市的廣場，海水會漲上來將他們殘破的家沖刷成岩石。

此刻，只有蜜蜂跟我在一起。我從蜂箱取出蜂蜜的時候，牠們爬滿我的手，但是不會螫我，牠們停在我身上，彷彿有生命的大鬍子，我的蜜蜂朋友，是沒有歷史的古老物種。我跟羊和蜜蜂在長滿金雀花的河岸邊住了好多年。以前每一年我都會在牆上做記號，如今荊棘扼殺了一切，荒謬的人類時間。我為什麼要跟人待在一起，為他們工作呢？我討厭他們汗涔涔的手，野蠻的儀式、舞蹈、教堂和女人的酸性唾液。但是那些傳說，你們要相信我，都不是真的，他們老是瞎編我的事，這些騙子。

我不給予，但也不欠任何人。如果晚上下雨，早晨河岸邊會有肥碩的蝸牛爬行，我可以煮來吃，森林裡也會冒出柔軟溼濡的蘑菇。森林能滿足我需要的一切：生火用的柴薪和松果，還有栗子。我會結繩捕獵野兔和鶇鳥。你們別誤以為我喜歡野生動物，或熱愛大自然，這是人類一貫的荒謬偽善。

我知道這個世界要存活必須互相爭奪，適者生存，我捕殺我要的動物來吃，不碰其他動物，而且我做陷阱，不用武器，這樣我就不需要狗或幫手替我驅趕動物。

有時候我聽到其他人陰沉的說話聲、斧頭一下一下劈砍樹幹的聲音，若來不及躲開，就會跟他們碰到面，我會假裝沒看到他們。貧苦人家星期天來森林裡砍柴，留下一塊塊空白，像脫了毛的禿頭。他們用繩索拖曳樹幹，在陡坡上形成凹痕，暴風雨肆虐後形成土石流，如此一來所有人類城市都將毀滅，我真希望有一天能看見煙囪頂從泥堆中露出頭來，街道轉角被峭壁截斷，一段段鐵軌簇擁在森林深處。

你們想知道我會不會因為孤單而心情鬱悶，有沒有過在某個日落時分，在初春的某個漫長日落時分，漫無目的地下山，往人類居住的地方去。我下山過，那個傍晚不冷不熱，我走向他們的菜園，枇杷樹樹梢伸出菜園牆外；我下山過，聽到幾名女子嘻笑，呼喚跑遠了的寶寶，然後我便折返，一個人回到山上，那是最後一次。我跟你們一樣，偶爾也會害怕犯錯。所以，我跟你們一樣，繼續我原本的生活。

今天你們怕我是對的。不過不是因為那件事。那件事，不管有沒有發生過都不重要，已經過了許多年，我也不復當年的我。

當時我上山沒多久，那名女子，那名黑衣女子上山來割草，當時的我依然情感豐沛，我看見那名黑衣女子在河岸邊割草，她跟我打招呼，我沒理會她就走開了。當時的我依然情感充沛，因此滿腔怒火，我靠近她，她沒聽見，我那把無名火不是針對她，我連她的臉都不記得了。

大家現在傳的故事絕對是假的，因為那時候天色已晚，河谷中沒有其他人，而且我用手掐住她的脖子，所以不會有人聽見。我為什麼要從頭說起，現在你們應該明白了。好，我們就不談那天晚上的事了。我住在這裡，跟蝸牛分享我的萵苣，牠們把葉子咬得千瘡百孔。我知道所有會長蘑菇的地方，而且能夠區別可食蘑菇跟毒蘑菇的不同。

我不再想女人，不再想她們的惡毒，禁欲也可以成為習慣。

最後再說回來，那個來割草的黑衣女子。我記得那天天空烏雲密布，雲跑得飛快。在變化多端的天空下，羊吃草的河岸邊，是人類結合的初體驗，我知道人與人相交必然會因為對方而感到驚慌和羞恥，那也是我希望她有的反應：驚慌和羞恥，眼睛裡只有驚慌和羞恥，我是為了這個才跟她親熱的，相信我。

沒有人跟我說過什麼，完全沒有，他們沒辦法說什麼，因為那個晚上河谷沒有其他人。但是每個晚上，當山林被夜幕籠罩，山下燈火通明的人類城市傳來音樂聲，就著燈籠微光看一本老書但不得其解的我，能聽見你們所有人都在指責我。

但是那一晚河谷裡沒有其他人看見我，那名女子沒再返家，所以他們才會那麼說，但是那名女子的屍體並沒有埋在我家後方的草地下。

那幾隻狗之所以會停下來嗅聞某個地方，嗷叫之後用爪子扒地，是因為那裡有一個鼹鼠老窩，就在那下面，我發誓，有一個鼹鼠老窩就在那裡。

血濃於水

納粹武裝親衛隊逮捕他們母親的那個晚上，他們正在爬山，準備去跟那名共產黨員吃晚餐。共產黨員住在半山腰的一間農舍裡，他們上山走的那條小徑旁有橄欖樹和矮牆。灰濛濛的夜色漸深，彷彿趕時間，急著抹去一切。兩兄弟一邊走一邊留意谷底是否有狗吠叫，如果有，很可能是納粹武裝親衛隊來找他們，或是他們的母親恢復自由身，要不然就是他們的父親，或其他人來交代什麼，讓他們知道情況。但是他們聽見狗一陣亂吠後，山谷裡幾戶農舍的孩童尖叫著用湯匙敲碗。

很多事情的節奏都變了，觀念的變化很慢，思想的變化太快。轉眼瞬間，就都不一樣了。那一天，哥哥跟那名共產黨員從森林出發準備走下山。他們之前跟弟弟一起運送藥品到法利賽橡樹林，交給吉尤武裝小隊的人。在林子裡等著他們的是手槍藏在外套裡的吉尤和馬各羅。吉尤在烏鴉堡一帶活動，帶著幾個人做些不法勾當，投靠這個或那個小隊，全以自身利益為優先。他們坐在橡樹下聊天，研究如何治療因為睡茅草堆、在腿上長出來的癬子，還有這一區脫隊的游擊隊員是否需要找正規軍隊報到，不要再像盜匪在林子裡亂竄。然後他們去看了一個很隱密的躲藏處，可以容納五個人。回到林子裡的時候遇到一名身材魁梧的女孩在趕羊，弟弟加入她的行列。沒走出森林前，都能聽到弟弟跟牧羊女趕著羊走在河邊松樹下，一直在唱歌。

等來到畢克卡，七戶人家全都站在門外，包括瓦特。

他情緒很激動：「你們知道山下的事嗎？」

「山下發生什麼事？」

「納粹親衛隊逮捕了你母親，你父親下山去看他們放不放人。」

氣氛頓時很緊繃，就像之前法西斯黑衫軍上山來，從橄欖樹林傳來一陣掃射槍聲的時候。大家問了很多問題，還有很多問題要問。記憶中那些間諜鐵青的臉浮現又消失，彷彿破掉的肥皂泡泡。原本開開心心唱著牧羊女之歌的弟弟聽到這件事，頓時沒了聲音。

發生這件事之後，一切都變了。因為他們的母親被德軍帶走，已經成年的兩兄弟彷彿變成了小孩。已經讀完書、交了女友、做過炸彈的他們又變成了小孩，深受母親被捕這件事的打擊。此時此刻，沒了媽媽的小孩應該牽著彼此的手，茫然不知所措，可是眼下有太多事要做：得把炸彈、手槍、子彈、步槍、藥品、傳單全都藏起來，藏在橄欖樹的樹洞裡，藏在石牆後面，免得德軍跑上山搜索他們的時候發現。他們問自己到底怎麼回事，是什麼時候的事，是什麼原因，不但出聲問，也在心裡問，卻一無所獲。

橄欖樹林裡，他們避難的那間房子裡，半盲的九十多歲外婆是一個巨大的黑色問號，一直等待著。她身上有漫長的戰爭故事，殘酷地留下了清晰記憶，故事裡有庫斯托札鎮、門塔納鎮，那是有號角和戰鼓的戰爭。現在得跟她解釋親衛隊是怎麼回事，帶走家中母親的戰爭是怎麼回事。還不如隨便捏造一個提早宵禁的故事，說德軍在城裡架起路障，所以她女兒回不了家，她女婿只好下山去陪她。

那個家彷彿是一座問號森林，所以兩兄弟寧願上山去跟那個共產黨員吃飯。那天共產黨員為畢勇多武裝小隊的人宰了一頭小牛，煮了牛肚，邀請他們上山來吃飯。兩兄弟一路上都在談殺人的事。

共產黨員的家是一棟低矮平房，天黑後從外面看，像是一堆石頭。那頭被開膛剖腹的小牛就掛在旁邊一株橄欖樹上。房子裡黑漆漆的，沒有點蠟燭，兩兄弟坐在低矮桌前的兩個樹樁上，不發一語。共產黨員的女人幫他們裝了兩盤牛肚配橄欖，兩兄弟不時摸黑吸吮食物。靠近天花板的地方傳來窸窣聲響，像是翅膀拍打，兩兄弟在石窟般的一片漆黑中勉強辨識出那是共產黨員養的鷹，春天在山上抓到的，叫朗岡，紀念朗岡營事件，發生在七月的那場戰役，是老一輩游擊隊員心中的美好回憶。

坐在共產黨員女人膝蓋上的男孩對著老鷹嘻嘻笑，那孩子不是他們的，是一名憲兵的兒子，逃走時交付給共產黨員代為照顧。他們開始聊天，先說要不要在畢勇多武裝小隊的人來之前先找個地方把小牛藏起來，然後聊起間諜會是誰，為什麼要當間諜，還有這個間諜做了什麼。

共產黨員個頭不高，腦袋瓜很大，寸髮不生，他跑遍世界各地，了解各行各業。他見過人生的好與壞，看著局勢每況愈下，但是他知道有一天會變好。他是讀過書的工人，也是一名共產黨員。他在田裡打工按日計酬，因為他再也受不了城市裡的空氣，他工作很勤奮，會播種，也會照顧菜園。但是他最喜歡的是坐在矮牆上，談這個世界正在消失的東西，例如巴西被火燒掉的咖啡園、古巴丟進海裡的蔗糖、在芝加哥碼頭上餿掉的肉罐頭。他的回憶混雜了貧困、移民和軍警，那是被生活折磨過、對什麼都有興趣的人的回憶，他看事情無關好壞，會思索。

走在鄉間的時候，哥哥手上總是拿著一本書，法西斯黑衫軍上山來搜索，他們躲在溪流裡的時候，弟弟總是在找子彈和機關槍彈匣。共產黨員牽著憲兵兒子走在小徑上，跟小朋友說沿路植物叫什麼的時候，會遇到他們。共產黨員是一個光頭的小個子男人，身上穿著一件皺巴巴的黑襯衫，他們會天南地北地聊，跟哥哥聊列寧和高爾基，跟弟弟聊手槍和各種自動武器。

此刻兩兄弟身邊是帶著血腥味和憤恨的寂靜，無法言語。唯有那名女子能在這片漆黑中散發一點溫度，讓自己鼓起勇氣。那名女子還很年輕，但是有些憔悴，帶著分不清是為人母或為人妻的溫柔，或許兩者之間並無差別。她是共產黨員的伴侶，知道他為什麼煎熬，進城時會在籃子裡藏著左輪手槍。

兩兄弟吃完後，跟共產黨員一起走進森林，肩上扛著被褥，準備去吉尤說的那個躲藏處睡覺。走在葡萄園裡，他們聽見黑暗中有腳步聲，弟弟喊：「站住別動！否則我開槍了！」另外兩個人對著他的背猛捶，叫他閉嘴。結果是瓦特來找他們，要一起去森林裡過夜。

弟弟跟瓦特向來形影不離，總是帶著槍一起在鄉下到處追查法西斯的蹤跡，對疏散來此的外地人橫行霸道，在女孩子面前自吹自擂。哥哥這個人比較愛作夢，像是從另一個星球來的，或許永遠也無法帶槍出門。他可以解釋什麼是民主，什麼是共產主義，他知道許多革命故事，還有反暴政的詩歌。知道這些也很有用，但是等戰爭結束後再來學習也不遲。弟弟跟瓦特聽他開講沒多久，就能為一個槍套或一個女孩吵起來。

不過，此時此刻這兩兄弟有了交集，他們之間有某樣東西跟以前不同了，他們對生活的關注，所面對的風險，不能夠再掉以輕心，從今以後深入骨髓，在血液裡淌流。關於抗戰，關於對法西斯的仇恨，哥哥是在書本上看到，才在生活中親身體驗，弟弟則是拿來吹牛皮，帶著炸彈走在崎嶇山路上嚇唬女孩子。如今抗戰和仇視法西斯在他們的血液裡，在他們心底深處是同一件事，一如母親之於他們，永不可逆，至關緊要，而且終其一生皆如是。

因為寒冷，他們躲進藏身處後，一個挨著一個，蹲坐在一起。他們很睏，濃濃睡意籠罩，讓他們無力胡思亂想，想不出德軍關押囚犯的旅館整晚燈火通明的走廊上，有親衛隊轉來轉去是什麼樣的場景。他們從今以後會將這份屈辱藏在心靈最稚嫩的那個地方，等著復仇，即便母親和父親都獲釋返家，仍然一心要復仇，因為從生命根源開始，進而整個人生都受到屈辱。他們最害怕的，是想到第二天醒來，忽然記起發生了什麼事情。

第二天，哥哥坐在田野和森林間的荒地上，海上出現一艘艘船，開始炮擊城市。每次都在那個時間點開始，先看到一陣掃射如點點火花落在船身上，隨後聽到炮彈射擊，然後是炮彈落地。他等待下山打探消息未歸的弟弟，已知的一切都讓人不安心，母親被德軍收押當作人質，父親因為這件事心臟病發住進醫院。

城市在他腳下往海邊展開，那是他的城市，他卻不能回去，街道上瀰漫著針對他的死亡味道。他的母親被囚禁在市中心。炮聲隆隆，彷彿一拳一拳，從波光粼粼的蔚藍海面上憑空落下，打向他的城市，打向他的母親。

可能是城裡某個火藥庫爆炸了，接連傳來密集的爆炸聲響，不是來自海上。沒多久，城市上方騰起一朵雲，好些黑點在雲端打轉，爆炸聲響徹整個山谷。如果煙散開，就能看到一片房屋東倒西歪，變成了廢墟。

年輕人看著自己，衣衫襤褸，在森林裡躲躲藏藏，父親在醫院，母親被囚禁，他的城市、他的家在他眼前分崩離析，他的弟弟沒回來，說不定也被抓了，然而他的心情卻近乎平靜，彷彿一切合情合理、稀鬆平常，在那一刻，那樣的人生對他而言才是正常的。

弟弟回來的時候帶了一盆裝得滿滿的玉米糕，還有好消息：父親是為了不被逮捕所以裝病，他想待在醫院裡被人盯梢，說不定德軍會釋放他們的母親。被當作人質的母親讓人帶話，叫他們小心，不要為她擔憂。義大利皇家海軍武裝魚雷艇第十小隊[5]運送炸藥的車輛爆炸，炸毀了半個鄉鎮。

跟他一起上山的吉尤看到城市被轟炸，以他一貫惹是生非的德性，一拳打在自己手心上，大喊說：「太棒了！太棒了！我就知道！最好把一切都炸了！從我家開始！所有法西斯都去死！其他人活就好！受點傷也可以！我就知道！從我家開始！」

第二天，他們跟共產黨員一起把牛肉送去畢勇多小隊。那些人全副武裝，每天晚上都下山進城，引發街頭槍戰。

他們把四分之一的牛肉作成烤肉串，然後大家一起圍在篝火旁吃了起來。他們說到被殺和被刑求的同志，已經被處決和有待處決的法西斯黨員，以及有可能被殲滅的德軍。

「不過，」哥哥說。「我們最好不要跟德軍硬碰硬，被關押的人質中有我母親，還是不要冒險吧。」但是他說的這番話連他自己也不完全信服，彷彿他宣告棄權，在那一刻將他的母親棄之不顧，丟給逮捕她的人。說完之後，他陷入尷尬的沉默。

回程路上他們在烏鴉堡停下來，吹口哨叫吉尤來會合。他們坐在城垛上等他的時候，共產黨員詢問這座碉堡、峽谷和山頭的由來，地層有多少年歷史。大家便七嘴八舌討論起碉堡、地層年代，還有戰爭何時才會結束。

5（譯注）義大利皇家海軍武裝魚雷艇第十小隊（Decima Flottiglia MAS），是法西斯專政時期成立的部隊，在二次大戰期間專責執行水面及水底的突擊及爆破偷襲行動。

在飯店等死

每天早晨某個時刻，囚犯的妻子紛紛到來，抬頭對著窗戶開始打手勢。頂樓的他們伸出頭來或詢問、或回答。樓下是女人的手，樓上是男人的手，彷彿想要穿越那數公尺的空虛，握在一起。不久前被徵收做為軍營和監獄用途的這間大飯店沒有任何讓人具體意識到自由被剝奪的實物，例如鐵窗或高牆。讓那股焦慮持續增長的只有樓上到樓下的那段垂直距離，並不遙遠，但令人心碎。這一端，雙腳站在花壇上，仍然是自己的主人，另一端是被帶到樓上後，彷彿再也無法歸鄉的人。

偶爾會有站在窗邊的囚犯轉頭對著室內叫人：「費拉利！費拉利！你老婆在樓下！」被叫到名字的人就努力把自己塞到擁擠的窗邊，勉強露出微笑，打著無可奈何的手勢。

狄耶哥從來不在窗口露面，他的家人在很遠的地方，因為戰亂而分離。他厭倦了沒完沒了搖擺不定的預測和假設，還有從飯店花園往上傳遞的各種好消息或壞消息。身心俱疲的他漸漸有了讓自己隨波逐流的想法，毀滅也好，大家始終期待的奇蹟救援也罷，他只想要躺在沙灘上度過夏天。狄耶哥之所以會這麼想，是因為他有太多個夏天都在海邊和沙灘上度過，那也是他昏昏沉沉、毫無準備就來這裡的原因，原本應該是他第一個比較有建設性的夏天，結果就這麼結束了。

時間是一張神經緊繃的蜘蛛網，是可以組合出千百種圖案的拼圖，一切都毫無意義。這些走在路上就被順手抓起來的男人惶惶終日，在貼了亞麻油氈壁紙的房間裡來回踱步，房間裡空無一物，只有被汙水堵塞的白色洗臉檯和馬桶在冷笑。

他原本跟其他人一起被關在碉堡監獄，那些人說不定已經被槍殺了。他在那裡待了一天一夜，前一天才被送來這間寬敞的飯店，彷彿重見天日，被身邊這群人一無所知、凡事充滿希望的溫暖圍繞。他跟他們在一起說說笑笑，米克雷也是，他跟米克雷一起被逮捕，現在兩人都被關在飯店裡。經過一天一夜之後重聚，看到對方安然無恙都很高興，分開的時候，他們都十分為對方擔心。米克雷光禿禿的腦袋瓜只到狄耶哥胸部，摸著米克雷身上質感粗糙的大衣，狄耶哥覺得很感動，又覺得自己更強大了。米克雷神經兮兮地偷笑，然後張開一口爛牙的嘴問他：「狄耶哥，你怎麼說，要不要給納粹設個圈套？」狄耶哥回答道：「我說啊，當然要，而且要讓整個大日耳曼帝國計畫都被套進去。」「包括那個外交部長馮・里賓特洛甫嗎？」「包括，當然包括馮・里賓特洛甫，還有宣傳部的約瑟夫・戈培爾。」他們緊貼著一個冰冷的電暖氣，靠說笑嬉鬧排解緊張情緒（他們還不知道跟他們一起被逮捕的人，有不少已經遭到處決），狄耶哥有一種服刑多年後終於出獄的心情。

他們之前待的那座老碉堡監獄位於港口，德軍的高射炮架設在那裡。牢房原本是關押德國士兵的禁閉室，牆上留下犯了雞姦罪的士兵用德文寫的句子：「親愛的室友法蘭茲，我在這裡關禁閉，你離我是如此的遙遠」，還有「待在你身邊，人生才幸福」。

狹小的牢房裡有二十幾個人，他們躺在地上一個挨著一個。一位身穿獵裝的白鬍子老先生是他們其中一人的父親，偶爾晚上會起身跨過他們到角落去費力撒尿。角落的白鐵皮便斗已經生鏽破洞，老人的尿液很快就會在地板上、在他們的身體下面，像河水一樣蔓延開來。每一次站崗衛兵換哨的時候，不似人聲的口令在碉堡中迴盪，彷彿人化身為狼。

鐵窗面向礁石，浪花整夜拍打，彷彿血液在四肢流動，思緒在顱骨下盤旋。每個人心裡都有一個不能轉的街角，走錯了就會進監牢。狄耶哥跟米克雷為了閃躲那個街角的圍捕，結果跟距離他們三公尺、在馬路正中央全副武裝攔下路人盤查的德軍正面交鋒，跟電影裡面演的一模一樣。

一連串的反應和畫面在他腦海裡如同念珠般不停轉動，他再三說服自己事情發展不可能有所不同。被關在碉堡裡，牢房牆上有犯雞姦罪德國士兵寫的留言、老人每晚摸黑撒尿的時候是如此，被關在牆壁粉刷剝落、彷彿介於生與死的飯店頂樓裡，大家俯瞰地面的角度讓人暈眩的時候也是如此。

每一天，他們之中都有一些人會被歸類建檔，或生，或死。每天早晨上士和叛徒會帶著一疊證件上樓來，取回自己證件的人就能重獲自由離開，他們擁抱妻子，手挽著手，踩著花壇的草皮，在其他人羨慕的目光下慢慢走遠。

每天晚上則會有一輛鉛灰色的小貨車載著武裝士兵前來，停在飯店前面。上士和叛徒會上樓來點名，每天晚上都有一些人會坐在武裝士兵之間離開。第二天那些人的女人會到窗戶下面詢問，從一個指揮部到另一個指揮部尋求翻譯的協助，但是沒有人知道他們被帶去哪裡。其他女人則會說起前一天晚上聽到的槍聲，從港口附近被淨空的社區傳來。

對狄耶哥和米克雷而言，選項也不外乎這兩個：生或死。若是他們的證件沒有被發現任何問題，那麼就可以準備設局整垮德意志帝國，等日後趁著夜色，在農舍同伴們的哄笑聲中說一說往事。反之就得坐上鉛灰色小貨車，穿過傾圮的住宅，開往防波堤的方向，開往當間諜的叛徒面前。

他們兩人剛被帶過來，在飯店前面排隊的時候，叛徒就來找過他們，讓他們指認之前的一個同志。叛徒走路的時候會輕搓冒汗的手，他是個體型瘦弱的男孩，穿著合身制服，因為口乾而舔過的嘴唇上掛著濕濡的微笑，金色汗毛形成若有似無的小鬍子。他皮膚蒼白，因為感冒的緣故，鼻子和眼睛泛紅。這個瘦弱的男孩發現他成為其他人生命的仲裁者，那些人會因為他的一句話或一個手勢就屏住呼吸的時候，激動到眼睛發亮。

那是令他為之沉迷的勝利時刻，卻依然無法拋開內心的焦慮。每次他一出現在飯店走廊上，大家會一擁而上圍在他身邊，問問題，拜託他，嘴裡喊著他的名字：「圖利歐，圖利歐。」他看著大家聽話順從的模樣，也看出卑躬屈膝背後的恨意。他跟他們其中一個人說過：「你們今天奉承我，明天會在背後對我開槍。」

叛徒有時候救人，有時候殺人，反覆無常難以捉摸。很多人以前就認識他，當時他還跟他們在一起，他們發現自己被提訊的時候他也在場，還以為他糊塗了，因為他假裝不認識他們。其他人則因為以前的照顧或交情，對他有所寄望，卻發現他對自己露出獠牙，當猴子一樣戲耍。現在的叛徒有時候看似嗜血，有時候又飽受內疚懊悔折磨。

他來巡視的時候，停在米克雷面前，說：「我們兩個以前見過。」米克雷縮了下脖子，感覺有一滴冷汗流過背後，表情茫然地做了一個鬼臉。

狄耶哥坐在飯店走廊的瓷磚地上，手扶著膝蓋。米克雷站在他身旁，看向窗外，等著他的太太。她去找魯奇亞諾，那個人是親衛隊的口譯，幫委員會工作，答應想辦法把他們兩個弄出去。米克雷的太太比他小很多，很年輕的時候就嫁給他。她有一雙霧灰色的大眼睛，臉上神情嚴肅，一頭黑色直髮，削瘦的身體很靈巧，穿著一件紫色短洋裝。看到她，會忍不住感嘆人生是如此沉痛和不堪，多希望一切問題迎刃而解，能夠安穩度日。狄耶哥也想跟這樣一名女子在艷陽下走遍再也沒有不公不義的地方。

他說：「我們如果能熬過去，等一切結束後，這家飯店重新營業的時候，我要回來住一個星期。」米克雷沒有回答。狄耶哥繼續說：「我要躺在我現在坐的這個位置，經過我旁邊的那些衣冠楚楚的紳士肯定會以為我瘋了。」

米克雷維持原本姿勢，沒有回頭。然後他轉過身，彷彿擔心自己會忘記似的說得飛快：「狄耶哥，你如果要麵包，我太太帶來了，她交給了一名士兵，之後會給我們。」狄耶哥問他：「你太太來了？她說什麼？」

米克雷眼睛盯著天花板說：「狄耶哥，她說，我的事沒有挽救餘地。叛徒把我賣了。是魯奇亞諾跟我太太說的。她在樓下哭。」米克雷幾句話說完了長久以來擔憂的事，最後還是發生了。

米克雷雙手插在口袋裡，在走廊上來回踱步，瞪著一雙大眼睛，彷彿睫毛太重難以睜開。有時候旁人跟他說話，他茫然地看著他們，似乎得跨越遙遠的距離才能聽明白他們說了什麼。或許他腦袋裡什麼也沒想，只是想試著習慣自己不存在。

狄耶哥隔了一段距離跟在米克雷後面，因為不知情的其他人打擾這個等死之人而感到焦慮。他們這些活人隨便說一句話，都很可能突然間讓米克雷為即將逝去的生命絕望不已。他們之中只有狄耶哥知道那個在走廊上踱步的人正走向他的死亡，距離不過一、兩千步。他在為自己守靈，是在自己的靈堂內漫步的亡者，這個靈堂，從圓花窗到天花板上的粉刷都已剝落，大理石壁爐上方的鏡子留有褪色的手印。

狄耶哥守著米克雷，心想，米克雷是老夥伴，是好人，當然也有缺點，不夠勇敢，跟黨的立場不完全一致。他們常發生爭執，因為米克雷老愛口出狂言，而且堅持己見，帶著屬於自學者的傲慢自大。

此刻米克雷在走廊上踱步，雙手插在大衣口袋裡，肩膀上頂著他的大光頭，堪比牛眼的眼睛大而無神，彷彿是因為眼睛太大、不是因為有人要讓他再也睜不開眼而驚慌失措。他是一個可憐的光頭矮子，穿著一件舊大衣，鬍子三天沒刮。但是狄耶哥看著米克雷的那雙牛眼，看著他慢吞吞地專心走路，看到的是一種具威脅的自然力量，似乎就算米克雷死了，他還會繼續這麼走，等第二天走進那些德國軍官尋歡作樂的宴會廳，照樣穿著那件舊大衣，雙手插在口袋裡，頂著光頭和無神的大眼睛，踏著始終慢吞吞的腳步從變得奇大無比的窗戶走進去，踩在被香檳酒弄髒的桌布上，走在閃爍的耶誕樹和發亮的金屬十字架前，走在裸露的乳房和白花花的豐臀前，走在被嚇到的德國軍官和女子的尖叫聲中。他會繼續這麼走下去，即便戰爭結束，那些有錢人在自己的豪宅裡也不得安寧，無法與家人同樂，因為這個無所不在的矮子會從窗戶走進去，穿過他們的家。在決定和平或戰爭的會議桌旁，在所有隱藏、剝奪、扭曲真相和鼓吹虛偽的地方，在所有奉行不公不義的地方，永遠都會有那個天黑後在防坡堤被槍殺的男人身影。

有囚犯說到某些人被德軍吊死，於是狄耶哥便看到米克雷吊死在港口的一盞路燈下，眼睛瞪得大大的，緊握的雙手依舊放在口袋裡。他覺得殺死米克雷人人有份，每一個人，無邊無際的罪惡感奪走了人生的所有喜樂，只能花一個世紀又一個世紀的時間去補償。

在一圈圈波紋上方，米克雷消失了，只剩下他的大衣空盪盪地在搖晃，雙臂張開，像一個十字架。港口中央浮筒上的鈴鐺在波浪助力下，為喪命的同志敲響了喪鐘。水面下固定浮筒的纜繩另一端打了一個活結，活結綁住的是米克雷的頭顱。米克雷的頭顱載浮載沉，跟海藻一樣綠，瞪著眼睛，大吼一聲。穿著獵裝的老父親入夜後爬起來開始一邊呻吟一邊費力撒尿，站著的他比所有人都更高大。河水開始氾濫，所有人不分好壞都被淹沒。老人的器官孕育了所有人，已經消耗過度，此刻即將淹沒全世界。唯有叛徒逃上陸地尋找生路，他輕搓出汗的手，被飯店馬桶的汙水弄濕的手。然而，每一個棺材裡都有一名死在他手下的亡者，河水從四面八方湧向他，將他包圍，最後將他捲入漩渦。

那天晚上小貨車遲遲未來，大家都鬆了一口氣，說應該不會來了。夜色中，米克雷站在窗前。德國士兵開來了四輛敞篷遊覽車，囚犯看到後一陣慌亂，有人問，有人猜。上士隨後便帶著一份名單上來，開始唱名。跟其他人一起被叫到名字的，也有米克雷和狄耶哥，不過他們用的是假名。上士叫到米克雷假名的時候還唸錯了，一副從來沒搞懂該怎麼發音的樣子。

被唱名的囚犯被分成四組，魚貫坐上了敞篷遊覽車。狄耶哥和米克雷坐在一起，跟那些覺得自己遭受不公平對待因此氣憤填膺的人在一起。在眾多焦慮的聲音中，傳出了一個不知從何而來的地名：「馬拉斯，馬拉斯。他們要我們帶去馬拉斯。」那個地名莫名地讓狄耶哥和米克雷覺得心安，意味著遠離了即將逼近的死亡，也遠離了態度曖昧不明的叛徒和充滿潛在危機的那個地方。

狄耶哥的手感覺著米克雷身上那件質感粗糙的大衣，血慢慢回流到四肢。他說：「我沒跟你說過魯奇亞諾這個人滿口胡謅嗎？我跟你說過吧？」米克雷重複他的話：「你說他滿口胡謅？」他臉上的笑容不再緊繃，似乎也把這句話當成笑話。

這兩位同志知道從現在開始，不管他們的下一站是哪裡，是否濺血，是否怒吼，是否筋疲力竭，他們都更能夠體會熱血沸騰地活著、分享痛如同分享麵包的感受。生活的粗糙滋味從現在起會伴隨他們，不管他們是在馬拉斯吶喊聲不斷的坑道裡，或是在北方荒涼的木屋裡。直到他們返鄉。

軍營焦慮症

他是這樣開始感覺不舒服的：看到放在階梯上的拒馬，滿滿的鐵絲尖刺，想到拒馬未來的威脅性和隱含意義。但是在這之前，不只一次看到的行軍床，就足以讓他渾身不對勁。那簡陋的、光禿禿的行軍床似乎想要表達什麼，他沒看懂，或許是絕望，或許是無奈。四、五、六張行軍床，然後是他的，接著還有二、三、四張行軍床。他意識到這些擔憂沒有任何意義。

一、二、三張行軍床。可以是代表一月、二月、三月、六月、七月，七月他怎麼了？還有那張空的行軍床是怎麼回事？八月、九月、十月、十一月。什麼事在十一月結束？戰爭？人生？

還有，別忘了前面那五張行軍床上躺的不是老兵，就是身上綁著繃帶的士兵，即便在九月八日停戰協定簽署後，那些士兵中有人依然堅守崗位，現在他們擔任警衛，配槍巡邏。其他行軍床則屬於免服兵役的人，或是逃兵，像他這樣的，負責打掃、清除垃圾。至於那張被收起來的空行軍床，是八月，還是四月？顯然藏著某樣大家希望或害怕的東西，例如和平、死亡，也或許是更神祕、更不討喜的東西，不知道是什麼。

要不然，乾脆再往後退，退到打仗的那幾年：一九四〇年、一九四一年、一九四二年、一九四三年、一九四四年。為什麼一九四四年是空的？他是四五年。這麼推算又有什麼意義？

他靠在被收起來的那張床上，背抵著金屬床欄杆，腳踏在固定床的鐵鍊上。他現在應該冷靜思考，把事情釐清：他沒道理這麼焦慮，只需要耐心等待，他父母的事情就能解決，等他父親被釋放，他就可以避開徵召，回山上的武裝小隊報到，現在得先找藉口請病假，免受徵召，找一個合理的方式「脫隊」，而且眼睛要睜大一點，免得跟其他逃兵一起被送回「上面」，一旦有任何風吹草動準備往北方或南方移動就得立刻落跑，一走了之。

只要這樣就好。運送垃圾的拖車一副隨時要散架的樣子，讓人學會凡事一笑置之，雖然要做到很難，但是最後事情總有辦法解決。停，回到開頭：是什麼時候開始對這些符號感到不舒服，開始感到錯亂。

仔細想想，他的不舒服是從監獄開始，他被捕的那個晚上。讓他不舒服的聲音來自監獄外面，像飛機飛過的嗡嗡聲，對有可能解救他們或活埋他們的飛彈轟炸既期待又害怕。其實那是海浪聲，毫無節奏可言的海浪聲，沒有出口。人生是盲目而混亂的。從那時候開始，萬物和人都不再是原本的樣子，變成了符號。

監獄裡的牢房，簡陋的辦公室，德軍和法西斯軍官神經緊繃的臉，被破壞殆盡的豪華大飯店裡擠滿驚慌失措的人質，軍營裡階梯、走道和空無一人的禁閉室令人焦慮的幾何線條交錯，還有住在裡面那些臉色蒼白毫無表情的人，構成一張絕望的網，網住了這個世界。

落地窗的玻璃分成一格一格，塗成土耳其藍色，但是第二排第三格沒有玻璃，倒數第二格有一道很大的裂縫，這讓人很難受，難受得可怕。沒有人能忍住不去盯著從一片玻璃飛到另一片玻璃上的那隻蒼蠅，看牠最後落腳何處。同樣的事總會反覆發生。戰爭結束和死亡，哪一個會比另一個更早發生？

軍營裡的人訓練有素，都很膽小怕事，因為無知所以反應遲鈍，表情呆滯，被迫用粗鄙的言語處理所有事情好讓自己灰心喪志。他們談話的內容無非是薪資、在法西斯義大利社會共和國過的日子有多好，比任何其他人過的日子都好，因為軍營裡的生活，特別是後勤補給大隊的生活，比所有其他部隊要好。他們誇大自己對薪資和軍隊生活的滿意程度，以便說服自己除了待在這裡別無去處。

逃兵少年活在這群人之中，感覺周圍瀰漫著濃濃的怯懦心態，加上他心裡的那點祕密，於是在中庭牆上持續增長的灰撲撲爬藤也爬到了他身上，暗示他和他們之間沒有什麼不同，把他釘在那堵牆上，也釘在行軍床上，動彈不得。

住在樓上的是搜捕大隊，也是最後知後覺的地方。他們的伙食比別人好，薪資比別人高，放假比別人多。他們不管什麼時候回來都把樓梯踩得震天響，樓下的人常聽見樓上引吭高歌或放唱片。他們說的每一句話，做的每一個動作，都透露出他們的後知後覺，那是刻意的，勉力維持住的後知後覺，因為生活所迫，為了不去多想自己在做什麼。他們往往一大早就成群結隊出門，有人帶著機關槍，直到晚上或第二天才回來。他們從不真槍實彈打仗，也不會遇到「反動分子」，但是他們會挨家挨戶搜查雞舍，抓幾個瘦巴巴的逃兵，好補充樓下的員額。

後勤補給大隊裡，連老兵都討厭樓上那些人，他們的浮誇在那些花很長時間計算和討論薪資及風險的人眼中格外惹人厭。妒恨讓他們開始關注未來的險惡，在寢室裡討論起山上游擊隊和英國人誰會先來的問題，如果游擊隊先來，他們可能會被集體槍決，可是他們又沒做什麼壞事，這樣太不公平。如果英國人先到的話，應該對他們士兵會比對反動分子要好，說不定會把他們留下來一起打仗，把反動分子關起來。

等戰爭結束，他們之中有很多人會返鄉，回到西西里、卡拉布里亞或普亞，有人離家二十個月，有人十五個月。家鄉是如此遙遠，彷彿在黑漆漆的漫長地道的另一頭，而戰爭是一隻慢吞吞的鼴鼠，一邊挖土一邊移動，想要跟大家會合。每一次談到這裡，就開始推測戰爭何時會結束，大家一致認為還要許多年。臉色蠟黃的騾夫說恐怕永遠不會結束，世界末日會先來，然後嚷嚷著沒人聽懂的話，開始苦思耶穌基督和諾亞方舟那隻鴿子的故事。

大多數老兵都是南方人，精明懶散的他們在軍中待了這些年已經麻木，抱著小心翼翼的宿命論隨著部隊從非洲到蘇俄。北方人在他們之中，學會了他們的習慣用語，然後用令人惱怒的單一方式再三重複。逃兵少年聽他們交談時令人費解的內容就一肚子火。「我要是跟他們再待久一點，」他心想。「我就會聽懂他們在鬼吼鬼叫什麼，遲早我也會滿口都是『好屌，少將大人』，或是『風騷妹子』。」光想到這個可能性就讓他起了雞皮疙瘩，從行軍床上站起來，在走廊和倉庫間踱步。

然而高高疊起的成排鋼盔跟臉色蠟黃的騾夫一樣蠢，起不了任何作用。

士兵們最熱衷的話題莫過於九月八日宣布停戰那天他們帶走了什麼，東西是怎麼偷出來的，如何躲過義大利跟德國軍官的檢查，賣掉換了多少錢。臉色蠟黃的騾夫在九月八日那天連一床棉被都沒帶走，所以他悶不吭聲，覺得自己很丟臉。一個以前在桑雷莫當服務生的人描述他如何在褲襠裡藏了十個金幣逃到法國去的過程。但是羨慕後來變成了怨恨，因為有軍官捲走了整個軍團的錢，士兵一毛錢都沒分到。「等下一個『九月八日』，」有人這麼說。「我們眼睛要睜大一點。」他們開始空想籌謀第二次「九月八日」可以帶走什麼東西，還有可以做些什麼其他事。

這就是他們的人生：像行軍一樣過了好多年一成不變的日子，偶爾出現的一個「九月八日」打散了隊伍，大家亂成一團，後背包裡裝滿公家財物後四處奔竄，然後再重新排隊入列，等待下一個「九月八日」再玩一次。逃兵少年躺在很不好躺的摺疊起來的行軍床上，士兵們口沫橫飛的談話內容就像天花板上的蜘蛛網，在他腦袋上方沾染灰塵。

他想起其他人，其他談話內容，圍坐在篝火旁的那些人的談話內容。那些人用鐵絲把脫落的鞋底跟鞋面綁在一起，鞋子破掉的地方用鐵絲縫補，臉上的鬍子跟鐵絲一樣扎手，他們手上拿著各式各樣的武器：有人拿著衝鋒槍，有人拿著機關槍，有人開車。那些人的名字有時候會出現在士兵口中，語氣中帶點神祕，帶點崇拜，還有害怕。唯有對逃兵少年而言，那些名字才有臉孔，還有聲音。他很想對那些怯懦的士兵大喊：「對，我認識隆戈！還有比爾！還有閔荀！還有臧札拉！我認識他們所有人！十五天前我跟你們晚上做夢才會夢到的閔荀一起坐在篝火旁。我還跟斯特羅戈夫合抽一根菸，他就是殺下山來救出所有囚犯，害你們擔心受怕一個月的那個人！跟我一起吃炸肉丸的是警長，他開槍掃射你們後，槍管內的膛線都磨平了！巴亞多戰役我還運送過補給品給布菲拉！我跟他們是一起的！」

他很想就這麼喊出來。我跟他們是一起的。可是，如果他跟他們是一起的，那麼他在這裡做什麼？回憶猝不及防湧現，一連串煞不住車的畫面和感受將他從某種冬眠中喚醒，逼迫他從混沌中走出來。

下方車道上有一排德軍正悄悄地往上爬，心跳聲抵著槍托，等待，每一叢灌木後面都有一雙埋伏者的眼睛。一陣密集槍聲啟動一切，車道上揚起大片黃色塵土，落在德軍身上，德軍飛撲到路邊，武裝小隊指揮官沙啞的聲音嘶吼著發出指令，跟德軍的咒罵聲、義大利狙擊兵的威尼托和倫巴底口音夾雜交錯，機槍掃射噠噠噠，手榴彈嗒嘣嘣，衣衫襤褸的游擊隊員散開，奔向血淋淋的裝甲車搜刮戰利品。

夜間輪班站崗的哨兵走進農舍裡，用半滅的篝火餘燼點燃香菸，再把火撥一撥取暖，其他同伴躺在茅草堆上打鼾，在睡夢中抓癢。然後他走出來，等待流星劃過許一個願望，永遠相同的願望，於此同時，遠方前線炮聲隆隆。

入夜後，軍營亮起燈光，只有警衛還待在冰冷的禁閉室。逃兵少年想著每天晚上慢慢爬升的寒冷霧靄，那些打著赤腳的法西斯囚犯硬擠出惶恐的微笑，想要讓自己派上用場，自告奮勇削馬鈴薯、汲水、砍柴，他們跟著我們去砍柴，去森林裡，走在霧裡，往前走進連槍聲都被掩蓋的霧裡。

山上還有其他人，其他事，這些人跋山涉水、縮衣節食、開槍交戰，不是為了義務或錢，或覺得做這些事有趣，他們之所以變成壞人是因為急於求好，他們這些人，此時此刻，夜幕低垂，圍坐在栗木篝火旁，唱著在監獄裡學會的歌，正經八百的彷彿在唱聖歌。年長的聊西班牙戰爭、聊罷工和士兵開槍的事，也聊監獄和隔離牢房的事，這些人深受法律迫害，一心要修法，他們可不是被鍊住的狗，不像他現在這樣。

記憶一旦打開，一段段往事便湧出來，帶點慌張，彷彿會被別人、被軍官看見，讓他露餡，暴露他是「反動分子」的身分。軍營是把不公不義當成法律執行的偌大古老建築，用石梯、粉刷剝落的門、簡陋的辦公室和拒馬壓迫他，對那些太過大意冒出頭來的記憶進行譴責。

其他逃兵變得越來越懶散，也越來越陰鬱，他們很順從，而且無所謂，接受訊問時，每個人都為自己逃避兵役找到各自的藉口，遊走法律邊緣：托特組織[6]證件過期，徵召單位不是空軍，罹患胸膜炎必須休養。只有他赤裸裸無從推諉，他逃兵是因為違法，他感覺到合法宛如加襯棉花後的衣服，更為溫暖，所有人都湊上去取暖，心滿意足。

軍營把他牢牢困在走道、階梯和陽臺組成的這個幾何空間裡，再過沒多久，他也會覺得只要政府發薪資，就最好繼續站在政府這邊，以免讓家人受苦，「義大利共和國」比「義大利王國」好，因為不用看到軍官就立正，有食堂可以吃飯，盜賣營房的被褥後不需要拿錢去還債。不用再過多久，他也會在聽到那名戴眼鏡的上士說黃色笑話的時候，還有臉色蠟黃的騾夫哼歌的時候，跟著大家一起哄笑。

游擊隊會從他的腦海中慢慢消散，彷彿一個神話，是人類古早時候的記憶。泰坦巨人訂定的新法律，距離他很遠，就像入夜之後，從落地窗破掉的玻璃看出去，軍營似乎離山很遠。將軍營和梯田錯落的破敗鄉間隔開來的那堵牆，是兩個不同層級的靈魂之間的邊界。上校為了阻擋反動分子突襲讓人加高的欄杆，是在他心裡豎起的一道鐵幕。

日子越來越令人焦慮，部隊移防的傳言流竄，有人在連部辦公室看到名單，逃兵會被送去蒙札、特雷維索或波札諾。他感覺到包圍圈正在慢慢縮小，他的自衛本能逼迫他從麻木狀態中覺醒、觀察逃亡脫身最有利時機為何的那一天越來越近。

他被動等待，每一天都覺得自己像是禁閉室地板上的菸頭，被掃把推著移動。他看著軍營的變化，像是用瑪格麗特摘花瓣猜一個祕密，或像是用模稜兩可的星座推測未來。拒馬架設在階梯上，也架設在他心裡，所有人和所有事在他眼前一個接著一個出現，彷彿一個故事的篇章不知道該如何寫下去，又該如何完結。

有幾天軍營氣氛緊繃，看似隨時要移防，而第一批出發的人員名單上沒有他的名字。還有另外一份名單，預計十五天後才要出發，他在這份名單上。所以覺醒的焦慮略有緩和，還有時間，可以期待盟軍大推進，好讓他們今天或明天就重獲自由；或是期待大轟炸，把軍營所有人都炸死，只有他除外，但是意外腿骨折，必須待在醫院直到戰爭結束。還可以期待他的父親獲釋，安穩度日，不要因為之前的事遭人報復……

第一梯隊出發的那天早上，點名時少了三、四個人，誰也沒想到那幾個看起來安分老實的年輕人居然跑了。留下來的人在荷槍實彈、負責押送他們的老兵看管下，低著頭坐在禁閉室裡等卡車，大家的眼睛和聲音裡都帶著一絲哽咽。逃兵少年在他們之間轉來轉去，拆掉帆布的行軍床讓人隱隱生出焦躁不安的預感。

這時候那名扁平肥臉上戴著眼鏡的上士走進來，示意他靠近，肯定是要叫他去掃樓梯。結果上士說：「你，動作快，把東西收一收，跟第一梯隊一起走，這是指揮部的命令。」

他眼睛裡多了一層血絲，但是他隨即看清一切，彷彿置身掛滿鏡子的世界：上士說的話，他無人理會的抗議，逆來順受的同伴，簡陋的房間，他用顫抖的手將東西裝進後背包裡，他的故事，他的軟弱，他的命運多舛，這一切都沒有改變，還是那樣，只能是那樣。

坐在卡車上，種種符號又開始讓他覺得不舒服，無法放鬆。卡車就是世界和人生，車上的人形形色色，互相嗤之以鼻。幾個資產階級分子說等戰爭結束後他們要做什麼，要買車，再也不坐卡車旅行。戴眼鏡的上士笑著說：「除非現在和平降臨！」南方佬的無知語氣中帶著一點畏懼。

來自奧內亞的一個邋遢胖少年每逢車停下就環顧四周尋找逃跑的可能，那是一部分的逃兵少年，是依然機靈警醒的他；那名背著鳥銃（但嘴上說鳥槍）、一直跟在他後面的威尼斯老兵也是一部分的他，是懦弱的他。其他一起上路的同伴聽天由命的悲憤，是他無能為力的負荷。除此之外，還有那個連名字都又蠢又好命的四眼田雞上士戴皇冠，他是披著人皮的野獸，胖敦敦後知後覺的他操著南方口音跟司機聊天。

卡車故障彷彿預警。在小旅舍停下來吃早餐是最後一個信號。旅店牆上貼滿了英軍宣傳品，營造出手術室的麻醉效果，那裡是地獄入口，所有靈魂等待審判日的到來。

由於卡車始終修不好，他們徒步走到鄰近小鎮後，便散開到各家小店去買食物。噩夢這時候突然結束。通往鄉間的道路就只是通往鄉間的道路，背對他等待其他人的威尼斯老兵就只是背對他的威尼斯老兵，那個聽到他問「要不要跑？」時回答說「好。」的奧內亞胖少年就只是來自奧內亞的胖少年，在他們腳下的土地就只是在他們腳下的土地，為他們遮擋了其他人視線的牆角就只是一個牆角，往山上狂奔就只是懷著美好、喜悅、熱切心情往山上狂奔。

等放緩速度，快步走在通往山頂的小路上，他們開口說的第一句話是：「我現在可以告訴你，我是游擊隊員。」另一個說：「我也是。」「你是哪一個小隊的？你叫什麼名字？」他們告訴對方自己知道的戰役，待過哪些小隊，認識哪些游擊隊員，參與過哪幾次行動。

他現在跟另一個人一起走在山裡，身上穿著鬆垮垮的軍用大衣，他很高興，雖然那些人隨時都有可能逮住他，槍斃他，他還是很高興。對他而言，那個灰暗的軍營不復存在，被深埋心底。綠油油的草地、豔陽和穿著鬆垮大衣走在綠油油草地上和豔陽下的他們是全新的符號，是輕快的、巨大的，是大家未必真的明白，但是常常掛在口中的，自由。

6（譯注）托特組織（Organisation Todt），二次大戰期間負責修建德國及德軍佔領國家所有基礎建設和防禦工事的組織，由納粹裝備及軍火部部長弗里茲．托特（Fritz Todt, 1891-1942）籌組成立。

山麓驚魂

九點一刻，他跟月亮一起爬上布拉卡嶺。九點二十分，他已經站在兩棵樹之間。他應該在九點半抵達噴泉，十點之前看到聖佛斯提諾，十點半到培拉羅，午夜趕到克雷普，凌晨一點到栗子平原的文德塔營區。一般人正常速度要走十個小時，對他來說六個小時都嫌多，賓達可是第一軍營的飛毛腿，也是武裝小隊最快的接力跑者。

賓達勢不可擋，在山間小路上拼命向前衝，遇到所有看起來一模一樣的叉路從不猶豫出錯，在黑暗中他認得每一顆石頭、每一叢灌木，大步上坡，就算猛然停下腳步，呼吸節奏依舊，他的腿力有如活塞推進不歇。「賓達加油！」其他同伴遠遠地看到他往營區攀爬過來，試圖從他臉上辨識他帶來的消息或命令是好是壞，但是賓達的臉彷彿握緊的拳頭密不透風。他那張屬於山地人的狹長臉龐蓄了鬍子，身材矮小清瘦，不似青年，倒更像是少年，但是一身肌肉硬如石頭。

他的任務艱鉅且孤獨，隨時要保持清醒，甚至會被派到另一座山那邊的瑟爾佩或佩雷去，得摸黑在山谷裡走一整晚。他肩上背著一把法國槍，槍很輕，彷彿木頭玩具槍，才剛抵達一個小隊，就得立即動身奔赴另一個小隊，或是在得到答覆後，叫醒廚子，在冷掉的鍋子裡撈點東西吃，幾顆栗子還卡在喉嚨就轉身出發。然而那樣的任務非他不可，因為他在森林裡不會迷路，他認得所有小徑，因為小時候追趕野兔、撿柴薪或割草的時候，漫山遍野走過，他爬上爬下不會跛腳，也不會因為走石頭路腳底脫皮起水泡，跟那些從城裡或海邊來的游擊隊員不一樣。

空心的栗樹幹，石頭上的淺藍色地衣，堆柴的空地，都讓他覺得不自在，而且乏味，深植在他記憶中的是更久遠的畫面：逃竄成功的兔子，被趕出洞穴外的貂，女孩被撩起的襯裙。除此之外還有一些新的記憶，在他家鄉爆發的戰事，以及後來的演變：遊戲、工作、狩獵被戰爭取而代之，洛雷托橋上槍炮彈藥的焦味，爬到斜坡下的灌木叢去救人，埋了地雷的草地上屍橫遍野。

戰事在那幾個山谷裡反覆來回，像狗轉圈圈追著自己的尾巴咬。游擊隊員跟狙擊兵、法西斯幾乎摩肩擦踵，有人往山上去，其他人就往山谷走，有人下去山谷，其他人就上山，大家老是在山區裡上下兜轉，避免擠成一團挨子彈，但總是有人送命，或在山上，或在山谷裡。賓達家那個小鎮是鄉下地方，聖佛斯提諾，三簇房舍散落於山谷裡，有人來搜捕的時候，雷吉娜家窗戶外就會晾曬床單。賓達家所在的這個小鎮正好是他上山、下山的歇腳處，喝一口牛奶，帶上他母親幫他準備的乾淨汗衫，然後拔腿就跑，否則一轉眼就會有人從四面八方圍過來。在聖佛斯提諾這裡死了不少游擊隊員。

冬天是你追我躲的季節。狙擊兵在巴亞多，法西斯黑衫軍在莫里尼，德軍在布里格。夾在中間的游擊隊員只有山谷裡那麼一丁點地方可以躲，遇到搜捕的時候，只好趁夜從這裡挪到那裡，還得經過幾處兵家必爭之地。就在那天晚上，一支德軍部隊從布里格出發，行經卡爾摩附近，法西斯準備從莫里尼動身上山去支援，游擊隊隊員還窩在農舍茅草堆中睡大覺，身旁的炭火半明半滅。黑暗中，賓達在森林中疾走，大家的生死全繫於他那一雙腿，他收到的命令是：「淨空山谷，拂曉時分全營攜帶重槍械到裴雷格利諾山頂集合。」

焦慮彷彿蝙蝠翅膀在賓達的胸口輕輕拍打，他恨不得伸手就能攀上兩公里外的山脊，在看不遠的漆黑中，站上山頂，像拂過草地的風呼呼地吹著就把命令送出去，彷彿一口氣從鼻孔噴出來穿過鬍子，直達文德塔、瑟爾佩和桂里亞。然後在栗樹落葉間搭一個窩，他和雷吉娜可以藏在裡面，但是要先把栗子外殼那層刺清掉，不然會扎到雷吉娜。可是越往落葉深處，長滿刺的栗子就越多，根本不可能讓雷吉娜待在裡面，她的皮膚是那麼光滑細嫩。

賓達腳下踩著枯葉和長了毛刺的栗子，發出窸窸窣窣的聲音，彷彿浪花朵朵。睡鼠瞪著亮晶晶的圓眼睛跑回樹梢上的小窩躲藏。「賓達，加油！」指揮官菲卡托交代任務給他的時候這麼說。夜深人靜，他的眼睛慢慢蒙上一層睡意。賓達很想離開小徑，在枯葉堆中迷失遊蕩，直到被枯葉淹沒。「賓達，加油！」

賓達現在走在圖美納谷北麓，山谷冰雪還未融化，狹窄小徑上足跡雜沓。圖美納谷是這一帶最遼闊的山谷，離漲潮的海濱很遠，黑夜中南麓一片朦朧，他走的這條路一側是荒涼坡地，白天的時候會有一群群鷓鴣拍翅飛出灌木叢。賓達隱約看見遠方有燈火，在圖美納谷南麓，有人走在他前面，偶爾會往左往右偏移，應該是小徑正好轉彎，燈火消失後隔一小段距離再出現在出乎意料的方位上。這個時間點，會是誰呢？賓達有時候覺得那燈火離他很遠，在山嶺另一面，有時候燈火靜止不動，有時候又跟在他後面。說不定是不同人，走在圖美納谷南麓不同小徑上，也說不定那些人就在圖美納谷北麓，走在他的前面和後面，燈火忽明忽滅。是德軍！

深藏在賓達兒時記憶裡的一頭野獸被喚醒，跟著他的腳步，緊追不捨，遲早會趕上他，那頭獸名叫恐懼。那些燈火是在圖美納谷巡邏的德軍，他們分成小隊，做地毯式搜索。簡直匪夷所思，賓達心裡知道，但他寧可信其有，讓自己沉浸在那頭野獸緊迫盯人的假想中。時間在賓達的胸口咚咚狂跳，要趕在德軍之前，救自己同伴一命顯然來不及。賓達彷彿已經看見栗子平原上文德塔那間農舍付之一炬，同伴的屍體血肉模糊，其中還有幾個人的頭顱用長髮掛在落葉松的枝幹上。「賓達，加油！」

他很詫異自己居然還在這個地方，怎麼花了這麼長時間只走了這麼一點路，難道他放慢了速度、停下腳步而不自知，可是他明明維持一貫的節奏，他知道自己的步伐穩健，所以不能放任那頭在他執行夜間任務時冒出來的野獸，用沾了唾液的無形指頭弄濕他的額頭。賓達是個很沉穩的少年，不管遇到什麼突發狀況都不會自亂陣腳，懂得冷靜自持，果斷採取行動，儘管那頭野獸扒著他，像猴子一樣攀著他的脖子不放。

月光下布拉卡嶺的草地看似彈簧。「地雷！」賓達心想。其實賓達知道那裡沒有地雷，遠處才有，在另一面山麓埋有地雷。但是賓達此刻感覺地雷就在地底下移動，從山的另一邊跑到這一邊來，跟著他走，彷彿一群巨型蜘蛛在地下活動。地雷上方的土地長出奇怪的蘑菇，如果踩到就糟了，一切會瞬間爆炸，只是那幾秒鐘會跟幾世紀一樣長，整個世界會停止運轉，宛如中了魔咒。

現在賓達往下走，鑽進林子裡。睡意和黑暗給樹木和灌木叢戴上了闇啞的面具。

周圍全是德軍，肯定沒錯。他們一定看到他在月光下走過布拉卡嶺的草地，於是尾隨在後，在隘口等著他。不遠處貓頭鷹嗚嗚叫了幾聲，那是德軍的暗號，準備縮小包圍圈，果然有另外一隻貓頭鷹出聲回應，他被包圍了！一叢石楠下方有小動物動了一下，可能是野兔，或是狐狸，也可能是德軍蹲在那裡持槍瞄準他。每一叢灌木下都有一名德軍，每一個樹梢上都有一名德軍，以及睡鼠。石頭地裡到處是鋼盔，枝椏間藏著槍枝，樹根旁站著人。賓達走在有德軍埋伏的兩排籬笆間，他們的眼睛跟葉子一樣閃閃爍爍地盯著他，他越往前走，就越深入他們之中。等貓頭鷹叫第三聲、第四聲、第六聲，德軍很可能就會一躍而起，拿槍指著他，機關槍彈匣射穿他的胸膛。

他們其中一人叫岡德，鋼盔下有駭人的冰冷笑容，他會朝他伸出巨大的雙手，一把抓住他。賓達不敢回頭，以免看到岡德突然出現在自己身後，用槍指著他，或雙臂張開撲過來。要不然就是在小徑上迎面走來，用手指指著他，或是才耳聞一陣碎石滾下，岡德就出現在他身邊，跟他一起不發一語往前走。

他忽然覺得自己好像走錯路，但是眼前這條路、這些石頭、這些樹，還有地衣，他都認得。只不過這些石頭、樹和地衣好像屬於另一個地方，距離遙遠的某個地方，屬於上千個距離遙遠的不同地方。那級石階之後應該是懸崖峭壁，而非荊棘叢生的荒地。走過那間農舍後應該會看到一叢金雀花，而非冬青。小溪應該乾涸，沒有流水和青蛙。這些青蛙屬於另一個山谷，這些離德軍不遠的青蛙，在路面上蹦跳，是德軍設下的陷阱，讓他一眨眼就會落入他們手中。站在小路盡頭那名德軍巨人眼睜睜看著，那個名叫岡德的德軍，戴著鋼盔，背著子彈帶，槍口對著他，在所有人頭頂上方張開碩大的手，卻永遠抓不到任何人。

要趕走巨人岡德，得多想想雷吉娜。跟雷吉娜一起在雪堆裡挖一個洞穴，可是雪結冰了硬梆梆的，不能讓雷吉娜待在那裡，她身上穿的是跟皮膚一樣薄透的襯裙。松樹下也不是好的避難所，一地的松針厚不見底，松針下面的泥土裡有一個蟻窩，而岡德已經在我們上頭，他往下伸出手，伸向我們的腦袋、我們的喉嚨、我們的胸口，他繼續往下伸，我們咆哮嘶吼。得多想想雷吉娜，這個女孩在我們每個人心裡，所以我們每個人都想在林子深處挖一個窩。

賓達和岡德之間的追逐來到盡頭，距離文德塔營區只剩下十五至二十分鐘。賓達心事重重地往前跑，他維持原先的節奏，以免喘不過氣來。等他趕到同伴身邊，恐懼就會消失不見，從記憶深處被抹去。問題是不可能來得及。得思考如何叫醒文德塔和夏波拉所有人及委員會成員，對他們說明菲卡托的命令，然後再趕去哲朋特山的瑟爾佩。

他到底來不來得及趕到農舍？莫非有一條繩索綁著農舍，在他逐步靠近的時候，把農舍拖走？他抵達的時候會不會聽到德軍圍坐火堆旁，吃剩下的栗子發出喀嗤喀嗤的聲音？賓達在心裡想像他抵達時的畫面：農舍被燒掉大半，空無一人。他走進去，裡面什麼都沒有，但是有一個巨人蹲坐在角落裡，他的鋼盔都碰到天花板了，那是岡德，他的眼睛亮晶晶的、圓圓的，跟睡鼠一樣，厚厚的嘴唇露出牙齒，冷冷一笑。岡德向他示意：「坐。」賓達應該會坐下。

距離他一百公尺處出現亮光，是他們！他們是誰？他很想轉身逃跑，彷彿所有危險都在下方栗子平原上的那間農舍裡。但是他依舊快步前進，臉上不露一絲痕跡，彷彿緊握的拳頭。他接近那亮光的速度似乎太快，是亮光同時向他移動嗎？他應該遠離逃跑嗎？其實亮光沒有動，那是尚未熄滅的營火，賓達心裡知道。

「是誰！」

「別開槍。」

「賓達，」哨兵說。「我是齊衛塔。有狀況嗎，賓達？」

「文德塔營區大家都睡了？」

他已經走進農舍，周圍是同伴熟睡的呼吸聲。同伴，當然，不然還能有誰？

「下面布里格有德軍，上面莫里尼有法西斯黑衫軍。這裡必須淨空，拂曉時分全體帶著重槍械到裴雷格利諾山頂集合。」

文德塔營區內的眾人剛剛甦醒，大家眼睛還有點睜不開。「見鬼了！」賓達站出來，用力拍手：「大家醒醒，要出發去打仗了。」

賓達捧著一個裝了水煮栗子的便當盒，吃的時候把黏在上面的栗子皮呸呸吐掉。營區裡分成幾組，輪流背負補給品和重槍械的三腳支架。出發。「我要趕去哲朋特山的瑟爾佩了。」「賓達，加油！」同伴這麼對他說。

他已經轉過山壁，把農舍拋在身後，把漆黑荒涼的懸崖峭壁也拋在身後。岡德從灌木叢中站起，跟在他後面，邁開巨人的步伐。

貝維拉河谷鬧飢荒

一九四四年，前線情況跟四〇年一樣呈現膠著，不過這一次戰爭沒有結束，也看不出來戰場有任何異動的跡象。但是大家不打算像四〇年那樣，把幾件破衣服、幾隻母雞裝上車，前有騾子拉車，後有羊群跟著撤離家園。四〇年那次，等他們回家後發現所有屜櫃都被翻倒在地，平底鍋裡還留有人類糞便。大家都知道義大利士兵要搞破壞的時候是敵友不分的。所以這次他們固守家園，即便法軍的炮彈日日夜夜朝著他們飛過來，即便德軍的子彈就在他們的頭頂上呼嘯而過。

「他們總有一天會下定決心向前推進。」大家這麼說，結果這句話從九月說到四月不斷重複。「那些盟軍總該慢慢逼近了吧。」

貝維拉河谷居民很多，有農民，還有從文提米亞疏散來此避難的人，大家都沒東西吃。生活必需品不足，麵粉得跑去城裡買。可是通往城裡的那條路是炮彈日以繼夜攻擊的目標。

與其說住在家裡，不如說住在廢墟裡的小鎮居民有一天聚集在一個大防空洞裡，商討對策。

「我們，」居委會的人說，「得輪流下去文提米亞買糧食。」

「高見，」另外一個人說，「我們就等著一個接一個在路上被炸成碎片吧。」

「要不然就是一個接一個被德軍逮住，然後前進德國。」第三個人說。

第四個人發言：「還有牲口。誰願意提供馱貨的牲口？還有牲口的人家，肯定不願意冒這個風險。別說下山的人回不來，牲口和糧食恐怕也回不來。」

家家戶戶可以馱貨的牲口幾乎都已經被徵用，難得沒被搜出來的人家都藏得好好的。

「問題是，」居委會的人說。「如果不解決麵包問題，我們怎麼活下去？有人願意騎騾子去文提米亞嗎？我在通緝名單上沒辦法去，要不然我倒願意。」

他看了看四周，大家坐在防空洞地上，眼睛裡毫無神采，手指摳著身旁的凝灰岩。於是，坐在防空洞最裡面、嘴巴張開什麼也沒聽懂的老畢斯麥站起來走了出去，其他人以為他要出去撒尿，因為他年紀大了，不時有此需要。

「小心一點，畢斯麥。」大家在他身後高聲提醒他。「撒尿的時候要找掩護。」

畢斯麥沒有回頭。

「對他而言，有沒有轟炸都沒差，」有一個人說。「他耳朵聾了，聽不見。」

畢斯麥八十多歲了，痀僂著背，彷彿身上永遠背著乾草，彷彿他這輩子從林子裡背到馬廄裡的所有乾草都馱負在他背上。他們叫他畢斯麥是因為他早年留的那兩撇鬍子據說跟德國宰相俾斯麥很像，現在鬍子白了，髒了，顫顫巍巍，看似跟他身體的每個部位一樣，隨時都會崩落地面。其實不然。他搖頭晃腦步履蹣跚地往前走，眼睛裡沒有任何情緒，只有耳聾的人會有的一點猜忌惶然。

他走到防空洞口。

「咿唏！」他出聲叫喚。

然後看見一頭騾子跟在他後面走，騾背上架著馱鞍。畢斯麥的騾子看起來比主人更老邁，頭幾乎低垂到地上，後頸扁平得像一片木板，牠小心翼翼地邁開步伐，彷彿突出的嶙峋瘦骨會刺破外皮，從停著蒼蠅的暗色傷口叉出來。

「畢斯麥，你帶騾子去哪裡？」大家問他。

他搖頭晃腦，嘴巴張開開的，什麼都沒聽見。

「布袋，」他說。「把布袋給我。」

「喔。」他們說。「就憑你跟那隻不中用的老東西還想去哪裡？」

「要幾公斤？」他問。「啊？要幾公斤？」

他們把布袋交給他，用手指比畫給他看需要幾公斤的麵粉，然後他就出發了。在炮彈呼嘯聲中，大家站在防空洞口看著那條路和路上逐漸遠去的跛足身影。騾子和跨騎在馱鞍上的老人看似搖搖欲墜，隨時會倒地不起。炮彈要不落在他們前面，揚起厚厚的塵土，截斷騾子緩慢前進的去處，要不落在他們身後，而畢斯麥絲毫沒打算回頭。每每聽到大炮擊發，每每聽到炮彈呼嘯而來，大家便屏住呼吸。「這一次肯定會打中他。」大家這麼說。一發炮彈落下，塵土中一切消失不見。大家不發一語，等塵埃落定，恐怕會看到路面上空無一物，連殘骸都沒留。沒想到老人和騾子如幽靈般再次出現，繼續慢吞吞地向前行。等他們轉過最後一個山彎，大家的視線便再也無法跟隨。「他們辦不到的。」大家這麼說，然後轉過身去。

然而，畢斯麥騎著騾子繼續在蜿蜒的卵石小徑上前進。那頭老騾子猶猶豫豫地伸出蹄子踏在被炸得四分五裂、沒一處平坦的地面上，馱鞍下傷口周圍的皮膚因灼熱而緊繃，牠對爆炸聲免疫，這一生經歷太多磨難，已經沒有什麼能讓牠心有餘悸。牠低著頭往前走，雖然戴著黑眼罩視野有限，但是牠眼前所見都是美景：蝸牛馱著被炮彈震碎的殼在石頭上爬過留下彩色的黏液，蟻窩被搗毀後黑色的螞蟻馱著白色的蟻卵向外奔逃，被掀翻的草叢露出和樹根一樣的鬚根。

坐在馱鞍上的老人努力挺起扁臀上方的背脊，全身骨頭隨著凹凸不平的路面顛簸。他跟騾子一起長大，跟騾子一樣意見不多、傾向順從。他這輩子要想吃上飯，總是得先費力走一段路，除了他自己要吃飯，還有別人要吃飯，今天則是全貝維拉河谷的人要吃飯。這個世界，他身邊這個安靜無聲的世界現在似乎試著跟他說話，亂糟糟的轟隆隆聲響伴隨著奇怪的天翻地覆傳入他沉睡的耳朵裡。他沿路看見崩塌的山崖，田野間揚起的塵雲，碎石漫天飛舞，山丘上有紅光閃現又消失。這個世界想要改變舊貌，將事物、植物和大地的反面展現出來。原本的寂靜，那垂垂老矣的寂靜被遠方的隆隆巨響撕開了一個裂口。

騾子前方的路突然冒出巨大火光，鼻孔和咽喉裡卡著塵土，一陣碎石雨從老人和騾子斜側方嘩啦啦降下，一株高大橄欖樹斷裂的枝椏在樹梢上空翻滾，但是只要騾子不倒下，老人就不會倒下。而騾子挺住了，蹄子彷彿在龜裂大地上生了根，差點撐不住的是膝蓋。然後牠在沙塵中慢慢移動，繼續向前。

天黑以後，貝維拉河谷有人大喊：「你們看！畢斯麥回來了！他成功了！」

於是，男人、女人和小孩從家裡和防空洞跑出來，看著馱負好幾個布袋、跛得更厲害的騾子出現在山路最後一個轉角，走在後面的畢斯麥抓著騾子尾巴，不知道是讓騾子拉著自己走，還是他推著騾子走。

山谷裡的人圍住帶了麵包回來的畢斯麥，歡天喜地。大家在防空洞裡分配食物，居民排好隊，居委會的委員發給每個人一個麵包。畢斯麥在旁邊癟著嘴，用僅剩的幾顆牙齒咀嚼他的麵包，一邊看著大家的臉。

第二天，畢斯麥又去了一趟文提米亞。沒有哪家的牲口像他的騾子這麼不受德軍青睞。他每天下山去帶麵包回來，每天都能逃過劫難，毫髮無傷穿過槍林彈雨。大家說他跟魔鬼簽了賣身契。

德軍從貝維拉河谷右岸撤退，炸毀兩座橋和半條路，還埋下地雷，只給居民四十八小時撤離。小鎮居民撤離了，但是河谷裡面還有人，全都躲進山洞裡。山洞跟山洞之間無法聯繫，夾在對壘的兩軍之間，幾乎沒有活路。而且沒有食物。

得知小鎮淨空，法西斯黑衫軍就上山來，大聲唱歌，其中一個還用小鍋子裝著顏料，用畫筆在牆壁上寫著：「他們休想通過，我們堅守不退。軸心國萬歲」。

他們背著機關槍在路上遊蕩，對著房舍探頭探腦，有人開始試圖撞門。這時候騎在騾子上的畢斯麥出現了。他從一條兩旁都是房舍的斜坡頂端往下走。

「欸，你去哪裡？」黑衫軍問他。

畢斯麥好像根本沒看見他們，騾子跛著腳繼續前進。

「欸，我們在問你話！」骨瘦如柴、面無表情的老人，騎在瘦可見骨的騾子背上，彷彿是從那個空無一人的半毀小鎮石頭裡冒出來的一縷幽魂。

「他耳聾。」大家這麼說。

老人抬眼看他們，一個一個看著，黑衫軍紛紛迴避他，鑽進一條小巷弄裡，跑到一個小廣場上，那裡只聽得見噴泉的流水聲，還有遠處的炮聲。

「那間房子裡肯定有好東西。」一名黑衫軍指著一間房舍說。那是一個少年，眼睛下方有一塊紅斑。他說的話在空蕩蕩廣場上的房屋之間成了回音，一個字一個字重複。少年做了個有點神經質的手勢。拿著畫筆的黑衫軍便在傾圮的牆上寫下：「榮譽和戰鬥」。一扇未關的窗拍打著窗框，比炮聲還吵。

「換我來。」臉上有紅斑的少年對另外兩個推門的黑衫軍說。他把槍口對準門鎖，一陣掃射。被打爛的門鎖熱得燙手。這時候畢斯麥再度出現，在剛才他們抛下他那個地方的另一邊，他恐怕是騎在那頭病懨懨的騾子背上在小鎮裡閒晃。

「我們等他過去再說。」其中一名黑衫軍這麼說，假裝若無其事的樣子站在門口。

「不奪回羅馬毋寧死！」拿著畫筆的黑衫軍又寫下這句。

騾子慢吞吞地橫越廣場，每一步都像是最後一步。騾子背上的老人似乎睡著了。

「你們快走，」臉上有紅斑的少年說。「小鎮淨空了。」

畢斯麥沒有回頭，看起來打算讓騾子穿過空無一物的廣場。

「下次再看到你，」少年堅持道。「我們就開槍了。」

「勝利在握。」拿著畫筆的黑衫軍再寫一句。

他們只看得到畢斯麥痀僂的背，杵在看起來似乎靜止不動的黑騾子背上。

「我們去那裡吧。」這幾個黑衫軍改變主意，穿過一處拱門往下衝。

「欸，我們別浪費時間，就從這一戶開始算了。」

他們撬開門，紅斑少年第一個走進去。房子裡什麼都沒有，只有回音。他們轉了一圈就出來了。

「我真想放火燒了這個小鎮，看我的。」紅斑少年說。

「我們會勇往直前。」另一名黑衫軍寫下這句話。

畢斯麥出現在小巷盡頭，朝他們走來。

「別這樣。」其他黑衫軍對舉槍瞄準老人的紅斑少年說。

「總理。」那名黑衫軍接著寫。

但是紅斑少年已經扣下扳機，一輪子彈射向老人和騾子，他們依然站在原地。那頭黑騾子跛行的腿彷彿是在一瞬間突然跪地的。幾名黑衫軍站在那裡看著，紅斑少年丟下手中握著的機關槍背帶，牙齒打顫。之後老人和騾子一起彎下腰，似乎準備再走一步，結果卻是一個疊著一個倒地不起。

小鎮居民趁夜將他們帶走，將畢斯麥埋了，騾子煮來吃了。騾子的肉很硬，但是他們很餓。

去指揮部報到

林木越來越稀疏，幾乎全毀於大火，焚燒過的樹幹呈現一片死灰色，松樹的枯針葉隱隱泛紅。一個帶槍的男人和一個沒有帶槍的男人穿梭在樹林間，往山下走。

「我們去指揮部，」帶槍的男人說。「走路去指揮部應該不用半個鐘頭。」

「然後呢？」

「什麼然後？」

「我是說，他們會不會放我走。」沒帶槍的男人說。他仔細聆聽對方的回答，一個字都不放過，彷彿檢視那個人有沒有說假話。

「他們當然會放你走。」帶槍的男人說。「我把軍營發的證件交給他們，他們登記完畢後你就可以回家了。」

沒帶槍的男人搖搖頭，表示不樂觀。

「哎，這些事都要拖很久，我懂……。」他這麼說，或許只是想要讓對方再重複說一次。

「他們會立刻放你走，我說真的。」

「我本來以為，」他接著說。「我本來以為今天晚上就能回家。算了。」

「我認為沒問題，」帶槍的男人說。「他們就花點時間做紀錄，然後就會放你走。重要的是把你的名字從間諜名冊上刪除。」

「你們有一份間諜名冊？」

「當然有，所有那些當間諜的，我們都知道。我們一個都不會放過。」

「我的名字也在上面？」

「沒錯，你的名字也在上面，所以得讓他們把你的名字刪了，否則你很可能會再被我們抓起來。」

「那我非去你們那裡跑一趟不可，我得把事情解釋清楚。」

「我們現在不正要去嘛，讓他們看看，查驗一下。」

「可是，」沒帶槍的男人說。「你們已經知道我是自己人了，我從來沒做過間諜。」

「對，我們知道，所以你不用緊張。」

沒帶槍的男人點點頭，環顧四周。這片林中空地有死於森林大火的削瘦松樹和落葉松，枯枝堆了一地。穿越樹林的他們有時候會遠離山路，有時候會走回山路然後再離開，在稀疏松林間的行進看似毫無章法。沒帶槍的男人認不出這裡是哪裡，夜幕落下的同時帶來了一層薄霧，林子逐漸被黑暗籠罩。

遠離山路這件事讓沒帶槍的男人很緊張，看另外那個人似乎走得很隨興，他便試著向右邊應該是山路的方向拐，帶槍的男人跟著轉彎，看來毫不在意。但是如果他跟著帶槍的男人走，那個人會看路怎樣比較好走而向左或向右。

他決定開口問：「指揮部到底在哪裡？」

「我們現在去，」帶槍的男人回答。「你等下就看到了。」

「我是說大概在什麼地方，哪一區？」

「這要怎麼說？」那人回答。「沒辦法說指揮部在什麼地方或哪一區，指揮部就是指揮部，你等下就知道了。」

他知道，沒帶槍的男人知道的可多了。但他繼續問：「難道沒有一條路是通往指揮部的？」

另一人回答道：「一條路，你也知道，一條路總會通往某個地方。不過你知道的，去指揮部不走那些路。」

沒帶槍的男人知道，他知道的事情可多了，他是個頭腦清楚的人。

他又問：「你常去指揮部嗎？」

「常去。」帶槍的男人說。「我常去。」

他臉上表情鬱悶，目光渙散。看起來他對這一帶不大熟悉，偶爾有點慌，但一副不在意的樣子繼續往前走。

「是因為今天輪到你出勤，所以才派你來接我嗎？」沒帶槍的男人一邊觀察他一邊問。

「今天輪到我來接你。」帶槍的男人回答。「由我帶人去指揮部。」

「所以你今天輪值？」

「對，」帶槍的男人說。「是輪值。」

「真奇怪，」沒帶槍的男人心想。「他輪值，卻對這一帶不熟。而他不想走山路，是為了避免我知道指揮部在哪裡，因為他不信任我。」這可不是好兆頭，沒帶槍的男人沒辦法不這麼想，那個人不信任他。但另一方面，卻也讓他感到安心，表示那個人是真的要帶他前往指揮部，他們真的打算讓他走。不過比起不信任，更糟糕的是樹木越來越茂密，看不出是要離開森林的樣子，這裡很安靜，帶槍的男人表情很鬱悶。

「鎮長辦公室祕書也是你帶去指揮部的嗎？磨坊那幾個兄弟呢？還有那位女老師呢？」他一口氣丟出這些問題，沒有多想，這些問題至為關鍵，足以說明一切：鎮長辦公室祕書、磨坊兄弟、女老師都被帶走，沒有再回來，而且沒有人知道他們的下落。

「祕書是法西斯黨人。」帶槍的男人說。「那幾個兄弟是黑衫軍，女老師是幫凶。」

「我隨口問問，畢竟他們沒再出現。」

「我說啊，」帶槍的男人不肯鬆口。「他們是他們，你是你，沒什麼好比較。」

「當然，」他說。「不需要比較。我問他們發生什麼事，單純出於好奇。」

沒帶槍的男人很有自信，非常有自信。他是鎮上最聰明的人，沒有人能騙過他。其他人，不管是祕書或女老師，都沒能回家，他一定能回家。「我是大好人，」他要用家鄉話跟指揮官說。「游擊隊不知道我，但是我對游擊隊無所不知。」說不定指揮官聽了會哈哈大笑。

被火燒過的樹林不見盡頭，沒帶槍的男人就像這片林中空地，被不知名的黑暗圍繞。

「祕書跟其他人的事我不清楚。我只是輪值。」

「指揮部的人應該知道。」沒帶槍的男人不肯放棄。

「嗯，你可以問指揮部，他們知道。」

天色已暗，在荒野間走路得小心，注意自己踏出去的每一步，以免踩到雜草堆下的石頭摔跤。還要注意自己一個接一個冒出來的那些焦慮不安的想法，以免被恐懼淹沒。

如果他們真的認定他是間諜，不可能讓他像現在這樣在林子裡亂跑，身邊只有一個看起來不怎麼在乎他的人跟著，讓他隨時都有可能逃跑。如果他真的試圖逃跑，那個人會怎樣？

沒帶槍的男人從樹林往下走的時候，開始拉大兩個人之間的距離，在那個人向左邊走的時候自己向右邊走。然而帶槍的男人繼續往前走，並不理會他。他們就這樣走在林木稀疏的樹林裡，距離越來越遠，有時候還會被樹幹或灌木叢擋住，看不到對方，然後一轉眼，沒帶槍的男人又看見那個人出現在他後方，看似對他不理不睬，其實始終隔著一段距離盯著他。

「只要他一閃神，他就休想再抓住我。」沒帶槍的男人之前這麼想，但是現在想的卻是：「我如果順利逃跑，就可以……」他腦海裡出現的畫面是德軍，一列列德軍、一卡車一卡車的德軍、裝甲車上的德軍、其他人的死亡場景，還有安然無恙的他，聰明狡詐的他，沒有人能騙過他。

他們離開了林中空地和荒林，走進未遭大火肆虐的茂密綠林，地面被枯松針覆蓋。

帶槍的男人走在後頭，或許他剛才走了另外一條路。沒帶槍的男人小心翼翼，牙齒咬著舌尖，加快腳步，一直往樹林深處走，在松樹間穿梭，奔往懸崖峭壁的方向。他心裡有數，準備逃跑，卻又不禁害怕起來，畢竟他把距離拉得太開，另一人肯定察覺到他的意圖，八成正追在他後面。他只能繼續跑，既然已經動念要逃跑，如果再落入對方手中就糟了。

身後傳來腳步聲，他轉過頭去，數公尺外是那個帶著槍的男人，步伐穩健朝他走來，一副什麼事都沒發生的樣子。他手上拿著槍，說：「這裡應該有一條小路。」示意沒帶槍的男人跟上。

於是，一切又恢復原貌：混沌不清的世界，或大壞，或大好。樹林依舊不見盡頭，林木反而越來越密。那個人似乎打算讓他逃跑，不發一語。

他開口問：「什麼時候能走出這座林子？」

「轉過這座小山就到了。」那個人說。「加油，今晚你就可以回家了。」

「他們真的會放我回家？我的意思是，他們不會想要把我留下來當作人質？」

「我們又不是德軍，抓什麼人質。我們最多會留下人質的鞋子，因為我們一半的人沒有鞋穿。」

沒帶槍的男人開始嘟嘟囔囔抱怨，彷彿他最擔心的就是鞋子，但其實他很高興，命運中的每一個細節，無論是好或壞，都可以讓他重新找回一點安全感。

「你聽我說，」帶槍的男人說。「你既然這麼在意，我們可以這麼做：你換上我的鞋去指揮部，我的鞋都壞了，沒有人會搶，我先穿上你的，等我送你走的時候再還給你。」

到了這個時候，就連小孩都猜得出來那套說詞是假的。帶槍的男人想要他腳上的鞋，好吧，對方想要什麼他都可以給，他知道，他很高興能夠輕輕鬆鬆就搞定。「我是大好人，」他會跟指揮官這麼說。「我把鞋子給他，他放我走。」指揮官說不定會給他一雙靴子，像德軍穿的那種。

「所以，你們不會留置任何人，不管是人質或囚犯？祕書跟其他人也放走了？」

「祕書害我們三名同伴被捕。那幾個兄弟帶黑衫軍來搜捕。女老師跟武裝魚雷艇第十小隊的人上床。」

沒帶槍的男人停下腳步，說：「你們該不會以為我也是間諜吧。難道把我帶來這裡是想把我殺了？」他露出些許牙齒，彷彿在微笑。

「我們如果認為你是間諜，」帶槍的男人說。「我就不需要這麼費事，」他拉開保險栓。「只要這樣。」他把槍抵住肩膀，做出向對方開槍的樣子。

「好吧，」間諜心想。「他不會開槍。」

但是那個人並沒有放下槍，反而扣了扳機。

「是空包彈，是空包彈。」間諜閃過這個念頭。然後他感覺到子彈射中他，彷彿滾燙的拳頭打在他身上停不下來，他到最後還在想：「那個人以為殺了我，其實我還活著。」

他臉朝下倒地，最後一眼看見一雙腳跨過他，腳上穿著他的鞋子。

留下他，樹林深處的一具屍體，嘴裡都是松針。兩個小時後，身上已經黑壓壓地爬滿了螞蟻。

最後來的是烏鴉

河川彷彿一張透明微皺的網，水在網中淌流。偶爾看似有銀色翅膀掠過水面，其實是鱒魚背鰭划過後，隨即扭身沉入河中搖搖擺擺游走。

「河裡好多鱒魚喔。」其中一個人說。

「丟顆手榴彈進去，就全部肚皮朝天浮起來了。」另一個人說，拿了掛在腰帶上的手榴彈，準備拔掉保險栓。

這時候原本站在一旁看著他們的少年走向前。住在山上的少年有一張圓臉。「不需要。」他搶走其中一個人的長槍。「他要幹嘛？」那個人想把槍拿回來，可是少年用槍指著河，彷彿在尋找目標。「你朝河水開槍，最多只能嚇嚇魚。」但是那個人話還沒說完，一條鱒魚就出現了，濺出水花，少年朝牠開槍，彷彿早有準備。鱒魚翻起白肚浮在河面上。「見鬼了！」大家都很意外。

少年給子彈上膛後拿槍轉了一圈。空氣清新但氣氛有些緊繃。河對岸的松樹針葉和阡陌縱橫的水流潺潺清晰可見。河面又起了點點漣漪，是另一條鱒魚。少年開槍，鱒魚頓時成了死魚。大家看看鱒魚再看看少年：「這小子槍法真好。」

少年舉著槍口朝空中比來劃去。仔細想想，他彷彿被空氣包圍，把他跟其他事物隔開了數公尺的距離，感覺有點怪。但是他一旦舉槍瞄準，空氣就是一條看不見的直線，繫在槍口和被瞄準的看似翅膀靜止不動的老鷹之間。扣下扳機那一瞬間，空氣依然清澈透明，但是線的另一端，那隻原本在空中翱翔的老鷹便闔起翅膀，如石頭般墜落。一股火藥味從槍管散溢而出。

少年讓他們再給他更多子彈匣。站在河岸邊少年身後打量他的人不少。對岸樹梢上的松果為什麼看得到摸不到？為什麼在少年跟其他東西之間總有一定的距離？為什麼松果明明距離遙遠，但在少年看來卻彷彿近在眼前？他如果舉槍瞄準，大家頓時就會明白那段距離其實不存在，在他扣下扳機的同時松果掉落，摔得支離破碎。距離彷若無物，空槍管因為射擊而無限延伸，延伸到松果、松鼠、白色石頭和罌粟花那裡去。「這傢伙百發百中。」那些人這麼說，沒有人敢笑。

「你跟我們走吧。」領頭的人說。

「你們要把槍給我。」少年說。

「這個再看看。」

少年跟他們一起走了。

他身上帶著一個背包，裡面裝滿蘋果，還有兩塊乳酪。他的家鄉是谷底那個只有石板、茅草和牛糞的小鎮，離開的過程很美好，因為每一個轉身都能看到新鮮事物，結了松果的樹、在枝椏間飛來飛去的小鳥、石頭上的地衣，所有這些都在不存在的距離範圍內，在射擊能夠填滿的距離範圍之內。

可是他們對他說，不能開槍，他們得靜悄悄地通過，子彈得留著打仗用。然而他們走到一半，一隻野兔被腳步聲嚇到蹦了出來，在大家的一陣呼喊慌亂中穿過小徑，正要消失在灌木叢裡的時候，被少年一槍打中。「神準，」領頭的人說。「可是我們不是來打獵的。等會兒就算看到雉雞也不准開槍。」

不到一個小時，排成一列行進的他們又聽到槍聲。「他又來了！」領頭的人火冒三丈，衝到少年面前。少年白皙圓臉紅撲撲的，對著他笑。「山鶉。」少年指給他看，是從籬笆那裡飛出來的。

「不管是山鶉還是蟋蟀，我跟你說過不能開槍。把槍給我。再惹我生氣，你就回老家去。」

少年的臉很臭，沒了武器走起路來都不威風了，可是只要跟著他們走，就還有機會把槍拿回來。

晚上他們睡在牧羊人過夜的林中小屋。天濛濛亮，少年就醒了，其他人還在睡。他拿了他們最厲害的那把槍，背包裝滿子彈就出去了。大清早的空氣冷冽清新。距離小屋不遠處有一株桑樹，正是松鴉出現的時候。果然簌簌飛來一隻，少年開槍，然後跑去撿起來放進背包裡。他待在撿松鴉的位置尋找下一個目標：一隻睡鼠！牠被槍聲嚇到，原本想躲進栗樹樹梢上的窩避難。死掉的睡鼠肥墩墩的，灰色的尾巴一碰就掉毛。少年看到栗樹下一處略為窪陷的草地上有一顆紅色蘑菇，蘑菇上有白色斑點，有毒。他朝蘑菇開了一槍，再走過去檢查自己有沒有打中。從一個目標走向另一個目標的遊戲很好玩，說不定繼續下去可以環遊世界。少年看到一隻大蝸牛在石頭上爬，開槍後走過去，只看到裂開的石頭和一點彩色黏液。就這樣，少年在不知名的草地上走來走去，離小屋越來越遠。

他在石頭那裡看到牆上有一隻蜥蜴，在牆那裡看到一個水坑和一隻青蛙，在水坑那裡看到路上有一面牌子，這個目標很容易。站在牌子那裡看到下方一條彎彎繞繞的路，路上有一群穿著制服的人帶著大批武器前進。看到帶著槍的少年出現，膚色白皙紅撲撲的圓臉對著他們笑，所有人高聲吼叫全都舉起武器對著他。但少年已經看準了他們其中一人胸口的金釦子，瞄準釦子便扣下扳機。

少年聽到那個人慘叫，接著一陣掃射外加個別槍聲在他腦袋瓜上呼嘯而過。少年趴在地上，躲在路邊石堆後面的一個死角。他可以移動，因為石堆綿延不絕，他從大家意想不到的地方探出頭來，看著士兵手中槍口冒出的火光，他們身上光鮮亮麗的灰色制服，便瞄準射擊制服上的臂章，還有領章。之後他快速匍匐前進到另一個地方繼續開火。過了一會兒，他聽到身後一陣槍聲掃射越過他，擊中那群士兵，原來是他的同伴帶著機關槍前來支援。「幸虧少年的槍聲把我們吵醒。」他們這麼說。

少年在同伴掩護下槍法更準了。突然間有一顆子彈擦過他的臉頰。他轉頭一看，一名士兵出現在他身後的路上。少年撲向一個壕溝找到掩護，同時開槍，擊中的不是士兵，而是對方的槍托。少年聽到那個士兵沒辦法讓子彈上膛，把槍丟在地上之後，這才跳出來對正要逃命的士兵開槍，把他的肩章打飛了。

少年追在士兵後面，士兵一會兒在樹林裡跑得不見蹤影，一會兒又出現在他的射程裡。少年先擦射過士兵的鋼盔，又擦射過他的腰帶扣環。兩個人你追我趕跑到一個陌生山谷，再也聽不見兩軍交火的聲音。士兵發現樹林不見了，眼前是一片空地，周圍是荊棘密布的懸崖，少年緊追在後。空地中央有一塊大石頭，士兵在千鈞一髮之際跑到石頭後面躲起來，頭埋在膝蓋間蜷縮成一團。

士兵暫時鬆了一口氣，他有幾枚手榴彈，少年不能靠近，只能用槍攔阻他不能再逃跑。當然，如果士兵能一口氣跑到荊棘堆順著陡峭的懸崖往下滑，才算是真的安全。問題是中間有一段路毫無遮蔽。少年會在那裡守多久？是不是會一直舉著槍瞄準他？士兵決定略作試探：他用刺刀頂著鋼盔從石頭後面伸出來。一槍過來，鋼盔滾落地面，穿孔了。

士兵沒有因此灰心喪志。從外圍瞄準石頭太容易，如果他移動速度夠快，絕對不可能打中他。這時候一隻鳥飛過天空，大概是三月出生的小公雞，一聲槍響，鳥就落地了。士兵擦乾脖子上的汗。又有一隻鳥飛過，這回是椈鶫，也同樣應聲墜落。士兵嚥了一口口水。那個位置顯然是必經之地，不斷有鳥飛來，什麼鳥都有，少年開槍把牠們全都打了下來。士兵想到一個主意：「他如果都在注意鳥，就不會注意我。他一開槍我就跑。」不過最好還是先試一次看看。士兵把鋼盔撿回來，架在刺刀上準備好。這次有兩隻鳥一起飛過，是田鷸。士兵覺得白白浪費這麼一個大好機會很可惜，但是他又不敢冒險。少年打下了一隻田鷸，這時士兵舉起鋼盔，只聽一聲槍響，鋼盔被打飛了。士兵心中苦澀，他剛才發現另一隻田鷸在槍聲再度響起後墜落。

他不能有衝動之舉，躲在石頭後面，抱著那幾顆手榴彈，他還是安全的。要不要試著躲在那裡，丟一顆手榴彈去炸少年呢？他仰面躺在地上，一隻手臂往後伸，留意著不被發現，用盡力氣扔出手榴彈。他扔得很漂亮，應該可以飛得很遠，但是半途就被一槍打中，在空中爆炸。士兵連忙翻身臉朝下，以免碎片傷到自己。

等他重新抬起頭，看到一隻烏鴉飛來。在他頭頂上方的那隻黑色大鳥慢慢地轉圈飛翔，應該是烏鴉。少年肯定會把烏鴉也打下來，然而槍聲始終沒有響起。難道是烏鴉飛得太高？但是之前少年也打下過飛得又高又快的鳥。最後少年終於開槍了，烏鴉理應墜落，但是沒有，牠繼續慢慢地在空中轉圈，不為所動。被打落的是旁邊松樹上的一顆松果。他現在改打松果了？少年把松果一顆顆打下來，落地時發出清脆的聲響。

每一次槍響，士兵就抬頭看烏鴉會不會掉下來。沒有，那隻黑鳥在他頭頂上方飛得越來越低。會不會是少年沒有看到牠？難道根本沒有烏鴉，全都是他的幻覺？或許將死之人會看到各種鳥禽飛過，當他看到烏鴉出現，就代表大限之期已至。不過，還是要通知一下一直對著松果射擊的少年吧。於是士兵站起來，用手指著天上的黑鳥說：「那裡有烏鴉！」他用他的語言大喊。子彈正中繡在他襯衫上的那隻展翅老鷹。

烏鴉慢慢轉圈，越飛越低。

三個之中有一個還活著

那三個人沒穿衣服，坐在一顆大石頭上。村子裡所有人聚集在他們周圍，年紀最長、留著大鬍子的村民站在他們面前。

「……我看到火苗竄得比山還高，」大鬍子長者說。「我就想，村子怎麼會燒成這樣？」

那三個人完全聽不懂。

「我聞到煙味，真的很難聞，我心想：火燒村的煙怎麼會這麼臭？」

因為起了一點風，赤裸著身體的三個人之中那個高個兒環抱著自己的肩膀，他用手肘推了推身邊的老人，意思是他想知道究竟怎麼回事，只有老人懂一點村民語言。可是老人用手摀著臉不肯抬頭，痀僂的背脊不時哆嗦一下。他身上幾乎沒有脂肪，僅有的那點肉隨著哆嗦而抖動，大雨中他的眼睛彷彿流動的玻璃。

「後來他們跟我說，是我們的麥田起火把房子燒了，之所以會臭，是因為被殺的那幾個孩子在房子裡，包括塔欽的兒子、傑的兒子和稅務員的兒子。」

「我弟弟巴斯提安！」有一個人目光森然，高聲叫嚷。他是唯一一個偶爾會打斷長者講話的人。其他人默不作聲，神情嚴肅，手放在長槍上。

裸著身體的三個人之中那個高個兒跟他的夥伴不同國籍，他的家鄉也有過村莊被燒、孩子被殺的事情發生，所以他知道別人對放火燒房子的人和殺人兇手會怎麼想，照理說他應該比另外兩個人更不抱希望。但是一種焦慮不安的心情讓他沒有放棄。

「我們現在只抓到了這三個人。」大鬍子長老說。

「太可惜了，只抓到三個！」那個目光森然的男人哇哇叫，其他人則始終默不作聲。

「說不定他們也不全是壞人，有人不得不服從命令，說不定這三個人是……」

那個目光森然的男人轉頭瞪長者。

「你解釋一下啊。」那個高個兒低聲對老人說。然而老人的生命似乎已經沿著脊椎一點點往下流逝。

「只要是放火燒房子和殺孩子的事，就沒有什麼好人壞人之分。我們把這三個人處死，肯定不會錯。」

「死，」高個兒心想，「這個字我聽過。死，是什麼意思？」

老人不理他，三個人裡面最胖的那個開始喃喃禱告。這個胖子突然記起來自己是天主教徒，而且是連隊裡唯一一個天主教徒，大家總是為此捉弄他。「我是天主教徒……。」他用自己的語言不斷重複這一句，聲音不大不小，聽不出他是要向天空或向大地祈求救贖。

「我覺得處死他們之前應該要先……」目光森然的男人這麼說，但是其他人不理他，站起身來。

「丟進巫婆窟，」一個黑鬍子男人說。「這樣就不用另外挖坑。」

他們讓那三個人站起來。胖子用手遮住下體。赤身裸體讓他們連抗議都說不出口。村民用槍抵著他們的腰，帶他們走上一條石頭小徑。巫婆窟是一個深入地底的洞穴口，從洞口直達山腹，不斷往下深入但是不見盡頭。那三個人被帶到洞穴口，武裝的村民排排站在他們面前，老人淒厲尖叫。他絕望之餘大聲嘶吼的那些話，或許是他家鄉的方言，另外兩個夥伴也聽不懂。老人是一家之主，但也是他們三個之中最壞的那個，他大喊大叫讓另外兩個人對他心生怨恨，但也讓他們能夠更平靜地面對死亡。那個高個子卻始終感到惶惶不安，彷彿有什麼事讓他覺得不對勁。那個天主教徒則雙手壓低交疊，不知是為了禱告，或是為了遮掩因為害怕而縮起來的生殖器。

聽到老人高聲喊叫而慌了手腳的是那些武裝的村民。他們想讓事情早點結束，開始胡亂開槍，毫無章法可言。高個子看著身邊那個天主教徒一翻身便直直墜入洞窟中，緊接著老人也向後一仰，帶著最後一聲吶喊跌入石壁間。他還在漫天煙硝中看到一個村民因為扳機卡住暴跳如雷，但隨後眼前一黑。

他沒有立刻失去意識，因為突然覺得身上一陣刺痛，彷彿被群蜂螫咬，原來是撞上了一叢荊棘，然後彷彿有數噸重的空氣重重砸向他的腹部，他昏了過去。

有那麼一瞬間，他以為自己因為地面的巨大阻力又重返洞穴口，其實是他停止墜落。他摸到濕漉漉的血，也聞到血腥味，但是他意識清醒，能清楚感受從高處墜落導致的所有椎心劇痛。他動了動左手，有反應，摸索著碰了碰另一隻手，從手腕摸到手肘，毫無感覺，沒有任何反應，只有被左手拉起來的時候才會動。然後他發現自己是用兩隻手夾起那隻右手的手腕，顯然不合理，他才反應過來那是別人的右手，自己正好壓在那兩個被槍殺同伴的屍體上。高個兒摸到的是那個天主教徒，因為他從高處落下把人家給壓扁了。也是因為如此，他才活下來。因為有人墊背，還有，他現在想起來了，他沒有被槍打到，他是自己跳下來的。他記不起來這麼做是否刻意而為，但是那已經不重要了。高個兒還發現自己看得見，有一點光能照進洞窟裡，因此高個兒能看見自己的手，還有被他壓在下面變成肉餅的手。他看了看四周，再抬頭往上看，頭頂上方亮晃晃的，是巫婆窟的洞口。剛開始他只能看見洞口照進來的黃色光束，分外刺眼，之後眼睛漸漸習慣了，能看到離他很遠的蔚藍天空，比他站在地面的時候更為遙遠。

看到天空反而讓他更感到絕望，還不如死了。現在他跟兩個被槍殺的同伴一起在這個洞窟裡，永遠出不去。他放聲大喊。頭頂上那一方天空瞬間被許多腦袋瓜切割。「有一個還活著！」他們說完就丟了一個東西下來。高個兒看著那個像石頭的東西往下墜落，撞到石壁後爆炸。他身後正好有一個凹洞，連忙躲了進去。洞窟裡塵土飛揚，碎石崩落。高個兒把那個天主教徒的屍體拉過來，立在凹洞前方。他們就這麼貼在一起，但那是他唯一能拿來掩護自己的東西。幸好做得及時，另一顆手榴彈落下，觸底後把血和石頭炸得四處飛濺，屍體也支離破碎。高個兒沒有了防衛工具，也沒有了希望。他又放聲大喊。這一回遮住天空的是長者的白鬍子，其他人都退到一旁。

「欸。」大鬍子長者說。

「欸。」洞窟底赤身露體的男人說。

大鬍子長者又重複說：「欸。」

他們之間確實無話可說。

然後，長者轉身交代：「用繩子把他拉上來。」

高個兒聽不懂，他只看到幾個腦袋瓜離開，剩下的忙著跟他打手勢，意思是沒事，別緊張。躲在凹洞中的高個兒伸出頭來看著他們，不敢整個人暴露在外，之前坐在石頭上和被帶來洞窟路上的惴惴不安依舊如影隨形。此刻村民不再往下丟手榴彈，他們探頭往下看，問高個兒問題，他回答時語帶嗚咽。繩子沒來，村民一個接一個離開洞口，於是高個兒走出藏身處，打量洞底到洞口的距離和光滑陡峭的石壁。

然後，目光森然的男人出現了，環顧四周後，微微一笑。他從洞口探身出來，槍口朝下射擊。高個兒聽見子彈從耳邊呼嘯而過。巫婆窟這個坑道並不規整，不是完全垂直，所以把東西丟下來很難直接觸底，子彈大多會在打中突出的石壁後停下來。他重新躲回凹洞裡，像狗一樣嘴角都是唾液泡沫。這時候所有村民都回來了，其中一人解開長繩往洞窟裡垂放。高個兒看著繩子越來越近，但是他沒有動作。

「喂，」黑鬍子男人對著下面喊。「抓住繩子爬上來。」

高個兒躲在凹洞裡沒有任何反應。

「上來啊，加油，」大家齊聲說。「我們不會對你怎樣。」他們晃了晃他眼前的那根繩子，但是他很害怕。

「我們真的不會對你怎樣，我發誓。」大家努力讓自己聽起來情真意切。他們的確很誠懇，因為他們一心想把他救上來之後再槍殺他。既然在那個當下想的是救人，他們的聲音自然特別有感情，充滿人性關懷。高個兒全都聽出來了，但是他沒有太多選擇，只能伸手抓住繩子。然後，他在拉繩子的人群中一看見那個目光森然的男人，就放掉繩子再度躲起來。村民只好重新開口說服他，拜託他，最後他終於下定決心，開始往上爬。繩子上打了繩結，攀爬很輕鬆，之後他扶著石壁突起處，慢慢被光所籠罩，上方村民的臉也越來越逼近，漸漸清晰。那個目光森然的男人突然出現，其他人來不及攔他，他拿著一隻自動步槍，立刻扣下扳機。繩子應聲而斷，斷裂處就在高個兒雙手握住的地方上面一點，他摔下去的時候先撞到石壁，然後再跌落到另外兩個夥伴的殘骸上。那上面，在天空蔚藍處，大鬍子長者張開雙臂搖著頭。

其他村民比劃手勢，對他高聲解釋說不是他們的錯，是那個神經病自作主張，他們會再找一根繩子重新把他拉上來。然而高個兒已經不抱希望，他恐怕再也回不去地面，只能困坐在這口深井裡，喝人血、吃人肉，變得瘋瘋癲癲，但是始終死不了。那上面，在天空蔚藍處，有拿著繩子的好天使，也有拿著手榴彈和槍的壞天使，還有一臉白鬍子的長者徒然地張開雙臂但救不了他。

那些武裝村民眼看好言好語無法說服他，決定狂轟濫炸結束他的性命。他們開始往下丟擲手榴彈。但是高個兒已經找到另一個藏身處，那是一道扁平縫隙，正好讓他鑽進去逃過一劫。每當有手榴彈落下，他就往裡爬幾步，直到再也不見一點光，卻依然沒碰到盡頭。於是他繼續往裡面匍匐爬行，像一條蛇，周圍一片漆黑，凝灰岩壁泛潮，摸起來十分黏滑。泛潮的岩壁漸漸變得濕漉漉的，甚至整片被水覆蓋。高個兒感覺到腹部下方有一道冰冷水流流過。這個縫隙是巫婆窟洞口滴下的涓涓水流在地底下穿鑿成形的狹長坑洞，變成一個地底通道。不知道會通往哪裡？或許會消失在山腹內的封閉洞穴裡，或許水流會穿過極細的空隙而出匯聚成泉。所以他的屍體會在這個坑道裡腐爛，汙染水源，最後毒害所有鄉鎮。

空氣太過稀薄，高個兒覺得自己的肺隨時都有可能撐不下去。然而，水的溫度漸漸升高，水流速度也越來越快。他已經整個人浸泡在水裡，正好可以洗淨身上的泥濘和他人的血漬。他不知道自己爬行了多遠，目不能視的漆黑和爬行前進的方式讓他喪失距離感。他累壞了，開始看見一些發亮的圖案，奇形怪狀的圖案。越往前進，這些圖案就越亮，持續變化的外形輪廓也越發清晰。如果不是眼冒金星，那有沒有可能是光，真的光，從坑道盡頭透進來的光？照理說只要閉上眼睛，或看看反方向就能確認，可是盯著光看久了，即便闔上眼皮轉開眼睛，光依然會在視網膜留下殘影。所以他無法分辨外在的光和眼睛裡的光，舉棋不定。

另外一個新的體驗是觸覺：鐘乳石。滑溜溜的鐘乳石從坑洞上方垂下，在水流的邊緣，不會被浸蝕的地方，地上突起一顆顆石筍。高個兒摸著頭上的鐘乳石往前進，慢慢察覺原本曲著的手得伸直才能摸得到，意味著坑道空間越來越大了。沒過多久，他匍匐時已經可以弓起背，光亮也越來越清晰，他現在能夠分辨自己的眼睛是睜著還是閉著，也依稀能看見東西的輪廓，包括拱形洞口、垂下的鐘乳石，還有隱隱發光的水流。

之後他立起身子行走，走過長長的山洞，走向光明燦爛的洞口，水淹過他的腰，他的手始終抓著鐘乳石好讓自己挺直背脊。有一顆鐘乳石似乎比其他顆都大，當他握住它的時候，感覺到整顆鐘乳石在他手中展開，柔軟冰冷的翅膀扇過他的臉。是蝙蝠！那隻蝙蝠不停飛來飛去，其他原本頭下腳上掛在山洞頂端的蝙蝠也都醒了，紛紛跟進，整個山洞裡全都是無聲飛翔的蝙蝠，搧動翅膀的氣流環繞著他，蝙蝠不斷輕觸他的額頭和嘴巴。他在密密麻麻的蝙蝠堆中前進，終於走到戶外。

山洞口對著一條溪流。高個兒重返地面，站在天空下。他得救了？得小心不要自欺欺人。溪水靜靜地流動，水中有白色和黑色的小石頭。旁邊是一片樹形歪七扭八的茂密森林，林下灌木叢有枯枝和荊棘。高個兒赤條條地站在這片荒野中，離他最近的人類是他的敵人，如果看到他，就會舉起長柄叉和長槍追捕他。

他爬到一棵柳樹樹梢上，灰撲撲山巒下的山谷裡除了樹林，就是荊棘遍布的懸崖峭壁。在遙遠的河灣處有一間石板屋，一縷白煙裊裊升起。他心裡想，人生是一個地獄，偶爾才會想起悠遠的快樂天堂。

動物森林

搜捕大隊出動的那幾天，森林裡簡直像在辦市集。穿梭在林中小徑外矮樹叢和林木之間的，有趕著母牛或小牛犢的全家人，有用繩子牽著山羊的老太太，還有懷裡抱著鵝的小女孩。甚至有人帶著兔子一起逃難。

放眼望去，栗子林越茂密的地方，就越容易遇到大腹便便的公牛和晃著鈴鐺的母牛，在陡峭的懸崖上行走困難。山羊情況好一些，最高興的莫過於騾子，難得一次行進間不用馱負重物，在羊腸小徑上悠哉吃草。豬群跑去用嘴拱地，結果被毛茸茸的草黏了滿嘴都是。母雞跑到樹上，把松鼠嚇得半死。兔子被圈養久了，忘記如何挖洞作窩，樹洞成為最好的藏身處，有時候如果遇到睡鼠，還會被咬上幾口。

那天早晨農夫玖亞・德伊・費奇在林中隱密處砍柴，完全不知道鎮上發生了什麼事，因為他想一大清早先去採摘蘑菇，所以前一天晚上就出發了，在秋天囤放栗木等候乾燥的林中小木屋裡過夜。

所以，他揮動斧頭砍劈枯死樹幹的時候，聽到林中或遠或近傳來各種鈴鐺聲響，覺得很詫異。他停下手上的工作，聽到有聲音離他越來越近。他喊了一聲：「哦嗚！」

玖亞·德伊·費奇個子矮胖，一張圓臉，皮膚黝黑，但臉色紅潤，頭上戴了一頂綠色的圓錐帽，帽子上還插了一根雉雞的羽毛，大黃點襯衫外面加了一件絨布背心，圓滾滾的肚皮上綁一條紅布巾，用來固定滿是藍色補丁的長褲。

「哦嗚！」有人出聲回應。之後在長滿地衣的綠色石頭間出現一名頭戴草帽的小鬍子農夫，是玖亞的同鄉，還有一隻白鬍子山羊緊跟在後。

「玖亞，你在這裡幹嘛？」同鄉說。「德軍來了，搜遍了牛棚和豬圈。」

「該死！」玖亞·德伊·費奇哀號。「他們如果找到我的母牛柯琪內拉，一定會把牠帶走！」

「你動作快一點，或許還來得及把牠藏起來。」同鄉這麼建議他。「我們一看到軍隊出現在谷底就立刻跑了，說不定他們還沒搜到你家。」

玖亞扔下木柴、斧頭和裝了蘑菇的籃子，拔腿就跑。

他衝進樹林，遇到一群群鴨子拍著翅膀在他腳邊撲騰，一群群山羊簇擁著湧向前讓他寸步難行，還有男女老少對他大喊：「他們已經到小聖母像了！正在橋那裡挨家挨戶搜查！我看到他們在進入小鎮前轉向！」玖亞．德伊．費奇邁開他的小短腿加快速度，先像一顆球那樣滾下山坡，再懸著一顆心往上爬。

他跑呀跑，跑到山脊上的一個轉彎處，從那裡看過去小鎮一覽無遺。早晨微風吹拂，周圍朦朧群山環繞，中間是用石頭和板岩拼湊堆疊起來的小鎮房舍。肅殺氣氛中，只聽小鎮突然有人大喊一句德語，然後是用力敲門聲。

「我的天啊，德軍已經到這裡來了！」

玖亞．德伊．費奇手腳都在發抖，有一點是因為他酗酒，有一點則是因為他想到他的母牛柯琪內拉，那是他僅有的財產，恐怕就要被人帶走了。

他躡手躡腳穿過農田，靠葡萄藤在前面作掩護，慢慢接近小鎮。他家在小鎮尾端，靠近外緣，再過去就是遍地青綠南瓜的菜園。說不定德軍還沒搜到那裡。

玖亞從不同角落偷偷探頭觀望，然後溜進小鎮裡。空蕩蕩的路上可以聞到跟平日同樣的乾草和家養動物的味道，還有以前沒聽過的聲音：語氣凶狠的說話聲和踏著鞋釘的腳步聲。他的家在那裡，依然門窗緊閉，包括一樓的牛棚，還有搖搖欲墜戶外樓梯上方、被種在陶鍋裡一叢叢羅勒環繞的大門。牛棚內傳來「哞……」的叫聲，母牛柯琪內拉感覺到主人就在附近。玖亞心中欣喜。

這時他聽到拱門那裡有踢躂腳步聲，連忙躲進一扇門洞裡，努力縮起圓滾滾的肚子。那是一個貌似農夫的德國人，露在短夾克外的手腕和脖子都很細，腿很長很長，身上背的槍跟他的身高差不多。他脫離其他夥伴獨自行動，希望能給自己找點好處，也是因為鎮上景物和氣味讓他想起了熟悉的景物和氣味。所以他邊嗅聞著空氣邊走，壓扁的軍帽帽簷下是一張發黃的圓臉。母牛柯琪內拉又叫了一聲「哞……」牠不懂主人怎麼還沒回到家。衣服略嫌小的那名德軍愣了一下，隨即轉向牛棚。玖亞連大氣都不敢喘。

他看見那名德軍用力踹門，看來很快就能破門而入。於是玖亞轉身繞到自家後方的乾草倉庫，在乾草堆下摸索。他在那裡藏了一隻老舊的雙管獵槍，還有一匣子彈。玖亞裝上兩發打山豬用的子彈，把子彈帶綁在腰上，然後舉起槍，躡手躡腳地走到牛棚門口埋伏等候。

那名德軍拉著用繩子套住的柯琪內拉往外走。柯琪內拉是一頭漂亮的紅底黑花母牛，所以取了一個很美的名字。牠很年輕，很親人但也很頑固，牠不想讓這個陌生人把自己帶走，所以僵持著站在原地不肯動，德軍則推著牠的肩胛骨試圖讓牠前進。

躲在牆後面的玖亞舉槍瞄準，要知道他可是全鎮最差勁的獵人，從來沒打中過任何獵物，就連誤擊射中的紀錄都沒有，別說野兔了，就連松鼠也沒有。他對著停在樹梢上的烏鶇開槍時，烏鶇根本不閃躲。鎮上沒有人願意跟他一起去打獵，因為他打中的通常會是同伴的屁股。他不但沒有準頭，雙手抖個不停。現在他的情緒如此激動，就更是難上加難了。

他舉槍瞄準，可是雙手顫抖，槍口一直晃動。他想瞄準德軍的心臟，結果準星卻對著母牛屁股。「我的老天！」玖亞心想，「萬一我開槍，結果德軍沒死，反而把柯琪內拉殺了怎麼辦？」所以他遲遲不敢扣扳機。

母牛柯琪內拉感覺到主人就在附近，不肯讓人牽動，那名德軍只能奮力前進，又突然發現其他戰友已經撤離小鎮，往下面的大路上移動，便努力踐著那頭固執的母牛企圖趕上隊伍。玖亞隔了一段距離跟在他後面，不時閃到灌木叢和矮牆後面舉起那把老槍瞄準一下。可是他沒辦法穩穩地托住槍，而德軍和母牛又靠得太近，因此始終不敢輕易開槍。難道要眼睜睜看著人家把柯琪內拉帶走嗎？

為了趕上越行越遠的隊伍，那名德軍選擇轉進森林裡走捷徑，對玖亞而言反而更容易在林木掩護下緊追在後。或許德軍跟母牛行進間有可能稍微拉開距離，那麼他就能開槍了。

進入森林後，母牛柯琪內拉比較樂意走動，那名德軍卻在羊腸小徑間亂了方寸，所以變成柯琪內拉在前面帶路，遇到叉路的時候也由牠決定方向。沒過多久，德軍就發現他們走的不是通往大路的捷徑，而是一直往森林裡去，簡而言之，他跟那頭母牛在森林裡迷路了。

在鷦鷯拍翅高飛、青蛙在泥塘中扭動的同時，躲在荊棘裡揉鼻子、因為踩進小溪裡兩腳濕透的玖亞依然緊跟不放。要在林子裡瞄準目標難度更高，子彈得避開許多障礙物，而且那頭紅底黑花的母牛體積龐大，老是擋住他的視線。

那名德軍看著茂密的森林心生膽怯，正在研究要如何離開的時候，聽到一處漿果矮樹叢傳來窸窣動靜，然後一隻粉紅色小豬鑽了出來。他在自己家鄉從沒見過小豬在森林裡出沒，於是他放開牽著母牛的繩子，跟在小豬後頭。母牛柯琪內拉一發現自己自由了，就小跑步往森林裡去，牠察覺那裡有很多老朋友。

玖亞開槍的時機到了。那名德軍在小豬身邊手忙腳亂，伸手抱住牠想讓牠別動，結果還是讓小豬溜掉了。

玖亞正準備扣扳機的時候，兩個小孩出現在他身邊，一個小男孩和一個小女孩，戴著頂上有顆圓球的羊毛帽，腳上穿著長統襪，眼淚汪汪地說：「玖亞，拜託你打準一點，你如果把小豬殺了，我們就什麼都沒有了！」玖亞手中的槍又開始抖個不停，他本來心腸就軟，現在還加上情緒激動。情緒激動不是因為他必須殺掉那名德軍，而是因為那兩個小孩的小豬所面臨的生命危險。

德軍跟他懷裡嘶吼「咿……咿……」的小豬搏鬥，在石頭和灌木叢間滾來滾去。忽然間有「咩……」一聲回應小豬的叫聲，隨後有一隻小羊從山洞裡跑出來。德軍讓小豬掙脫，轉而追在小羊後面。這座森林好奇怪，他心想，灌木叢裡有豬，山洞裡有羊。他逮住小羊的一條腿，不管小羊喊得多麼聲嘶力竭，他以耶穌善牧之姿把牠扛到肩膀上就走。玖亞偷偷摸摸跟在他後面。「這一回他跑不掉了。這一回肯定能中。」他話說完正準備扣扳機的時候，有隻手伸出來撥開他的槍桿。那是一名留著白鬍子的老牧羊人，雙手合十對他說：「玖亞，別殺了那隻小羊，要殺就殺人，可別殺了我的小羊。你要瞄準一點，至少這一次得瞄準一點！」玖亞已經慌了手腳，連扳機在哪裡都找不到了。

那名德軍走在森林裡發現了好多讓他瞠目結舌的景象：小雞站在樹上，天竺鼠窩在樹洞裡。整個諾亞方舟的動物都在森林裡。在松樹枝椏上有一隻火雞正在開屏，他立刻伸手去抓，但是火雞輕輕一躍就跳到更高的枝椏上蹲著，繼續開屏。德軍放下肩膀上的小羊，開始往松樹上攀爬。但是他每攀上一截樹枝，那隻火雞就跳到更高的樹枝去，不慌不忙，昂首挺胸，晃著下顎那紅豔豔的肉垂。

玖亞頭上頂著一根茂密枝椏，另外兩根搭在肩膀上，還有一根綁在獵槍上做偽裝，一步一步挪動到那棵松樹下。這時候一名綁著紅頭巾的大塊頭女子走過來對他說：「玖亞，如果你能把那個德軍幹掉，我就嫁給你，但是你如果殺了我的火雞，我就切了你的蛋蛋。」玖亞雖然年紀一大把了，可是依然單身，而且是處男，聽完之後整個人變得通紅，獵槍跟烤肉叉一樣滾到地上。

德軍攀爬到松樹頂端，腳下踩的細枝斷裂，他跌了下來，差點壓到玖亞。幸虧這次玖亞眼明腳快閃開，但是扔下了所有掩護用的枝椏，因此德軍掉進軟綿綿的樹葉裡，毫髮無傷。

他掉下來之後看到林中小徑上有一隻野兔，但其實不是野兔，牠肚子圓滾滾的，聽到聲響既不跑，也沒趴在地上。那是一隻家養的兔子，德軍抓著牠的耳朵一把拎了起來。他就這麼帶著那隻唧唧亂叫、往四面八方扭來扭去的兔子往前走，為了不讓兔子跑掉，他還配合著跳來跳去，手臂舉得老高。森林裡充滿了哞哞哞、咩咩咩、咯咯咯各種叫聲，他每踏出一步都能新發現一隻動物：一隻鸚鵡站在冬青樹上，三條紅色金魚在泉水裡游。

玖亞高高跨坐在一株老槐樹的枝椏上，看著那名德軍手舞足蹈的樣子。實在很難瞄準，因為兔子一直換位置，不時會跑到正中央。玖亞感覺到有人拉了拉他的背心衣角，那是一名小女孩，綁著辮子，臉上有雀斑。她說：「玖亞，不要殺我的兔子，否則我寧願牠被那個德軍帶走。」

這時候那名德軍走到一個地方，放眼望去之後灰撲撲的石頭，和一簇簇藍藍綠綠的地衣，周圍僅有幾株瘦骨嶙峋的松樹矗立，再過去一點是懸崖。地上鋪著一層厚厚的針葉，有一隻母雞在扒土。德軍追趕母雞，結果兔子跑掉了。

從沒見過那麼瘦、那麼老的禿毛母雞，牠是鎮上最窮的吉露米亞老太太家的母雞。德軍沒花太多力氣就抓到牠了。

玖亞在那堆石頭最高的地方就定位，還用石頭幫獵槍做了一個支架。應該說他搭起了一個堡壘立面，只留下狹窄縫隙好讓槍管穿過。他現在可以放心開槍了，就算殺了那隻禿毛母雞，也不算是什麼損失。

可是披著破破爛爛黑色披肩、痀僂著身子的吉露米亞老太太走過來對他說：「玖亞，那隻母雞是我在這個世界上僅有的東西，讓德軍把牠帶走，我會很難過。但是如果你開槍把牠殺了，我會更難過。」

玖亞覺得自己身負重任，手抖得比之前幾次更厲害。但他還是鼓起勇氣，扣下扳機。

那名德軍聽到槍響，看見自己手中撲騰拍翅的母雞沒了尾巴。槍聲再度響起，母雞又沒了一邊的翅膀。難道這隻母雞是巫婆附身，三不五時會自體爆炸，在他手裡喪命？再聽到一聲槍響後，母雞半根羽毛不剩，準備就緒隨時可以送上烤肉架，卻仍然不斷掙扎咯咯叫。那名德軍開始害怕，抓著雞脖子讓母雞懸空，跟自己保持距離。玖亞的第四發子彈打斷了他握住的雞脖子，只留下雞頭在他手中蠕動。他急忙丟掉雞頭拔腿就跑，慌不擇路，奔向旁邊的石頭懸崖。懸崖邊有一株角豆樹，德軍看到樹上有一隻大貓。

森林裡出現家禽或家畜，他已經習以為常，於是他伸手捏著大貓的後頸把牠抱起來，希望能聽到牠發出呼嚕嚕的聲音，好讓自己放鬆。

要知道，那座森林長時間來一直有隻山貓出沒，捕捉飛禽，有時候甚至會到鎮上的雞棚作亂。因此，以為會聽到貓咪呼嚕聲的德軍看到一隻汗毛豎立的貓科動物，伸出利爪恨不得將他碎屍萬段。一人一獸陷入混戰，最後雙雙墜入深谷。

就這樣，蹩腳槍手變成了鎮上最了不起的游擊隊員兼獵人。吉露米亞老太太則獲得鎮公所買來送給她的一窩小雞。

地雷區

「埋了地雷。」老人這麼說，張開的手掌在眼前比劃來比劃去，彷彿在擦髒玻璃。「都在那裡，確切的位置不清楚。那天他們來埋地雷，我們都躲著不敢出門。」

穿著馬褲的男人往山坡方向看了一會兒，又看了看挺著背脊站在門邊的老人。「從戰爭結束到現在，」他說。「應該有時間處理。總該有讓人通行的步道吧，肯定有人知道。」

「像你，老傢伙，你就一定知道。」他心裡這麼想，因為那個老人搞走私，對邊界的熟悉程度不亞於手中的菸斗。

老人看著男人身上那條打了補丁的馬褲、破破爛爛的行軍袋，還有從頭到腳一身塵土，說明他徒步走了不知道多少公里。「真的不清楚，」老人重複說。「在那個地雷區到底有沒有留下步道。」他又做了一次之前那個手勢，彷彿在他跟這個世界之間有一道灰濛濛的玻璃。

「不會這麼倒楣就踩到地雷吧？」男人發問，那笑容彷彿嘴裡咬了一口青澀的柿子。「嗯。」老人這麼說。就這麼一個音：「嗯」。男人試著回想那個「嗯」的語氣。有可能意思是「嗯，沒那麼倒楣」，或者是「嗯，誰知道」，也有可能是「嗯，世事難料」。問題是老人只說了「嗯」，語氣平淡，跟他的眼神一樣空洞，跟那一帶山區的土壤一樣，僅能生出短小的韌草，彷彿沒刮乾淨的鬍碴。

河邊的植物最高只能及腰，偶爾會出現一棵長滿樹瘤、歪歪斜斜的松樹，那姿態是沒打算提供任何樹蔭。男人沿著山坡小徑往上走，光是走私客來來往往就被踏夯實了的這條小徑幾乎湮沒在年復一年橫生的荊棘中，野生動物的足跡並不多見。

「什麼鬼地方，」穿馬褲的男人說。「還是儘早離開這裡趕到對面山坡吧。」幸好他在戰前走過一趟，所以現在不需要嚮導。他知道這個隘口都是上坡，不可能全埋設了地雷。

再說，只要多留意腳踏下去的地方應該就不會有事。地下如果埋了地雷，跟其他地方肯定會有點不同。例如土質鬆動、石頭被移動、草更鮮嫩。就像那裡，一看就知道不可能有地雷。不可能嗎？那麼那塊被掀起來的板岩是怎麼回事？還有草地中央的那道拖痕呢？小徑旁被砍伐後留下來的樹樁呢？他停下腳步。但是從這裡到隘口尚有一段距離，應該還不到地雷區。他又繼續前進。

或許他應該趁著夜色爬行通過地雷區，不是為了逃避邊界巡邏隊的搜查，他們巡邏的地方反而安全，而是為了逃避自己對地雷的恐懼，彷彿那些地雷是睡得迷迷糊糊的龐然巨獸，在他經過的時候會突然醒過來。或是像土撥鼠，窩在地下洞穴的大型土撥鼠，派一隻待在地面石頭上當守衛遠眺觀望，等看到他出現就跟土撥鼠一樣吱一聲示警。「吱一聲，」男人心想。「這片地雷區就轟然炸飛，然後那些大型土撥鼠會撲過來把我撕咬成碎片。」

但是既然從來沒有人被土撥鼠咬死，那麼他也就不會被地雷炸飛。應該是因為肚子餓，才會讓他胡思亂想。男人自己知道，他清楚飢餓的滋味，清楚因挨餓度日而生的種種臆想，不管看到或聽見什麼，都會聯想到食物或啃咬。

不過這裡還真的有土撥鼠。他聽見了吱……吱……叫聲，從高處的石頭堆那裡傳來。「要是我能用石頭弄死一隻土撥鼠就好了，」他心想。「再用樹枝串起來火烤。」

男人想著土撥鼠肥肉的味道，並不覺得噁心，飢餓讓他連對土撥鼠的肥肉都心生嚮往，嚮往任何一切可以咀嚼的東西。他已經一個星期都在山林小屋間兜轉，找牧羊人乞討食物，一塊黑麥麵包，或一杯酸奶。

「我們自己都沒得吃了。這裡什麼都沒有。」牧羊人指著被煙燻黑、空無一物的室內對他說，只見牆上掛著幾串大蒜。

男人比預期的更早看見隘口，有些錯愕，近乎驚嚇，他沒想到居然會看到滿地盛開的杜鵑花。他以為那裡是荒涼的深谷，以便他在每踏出一步之前可以好好研究每一塊石頭、每一叢荊棘，豈料自己居然身陷高及膝蓋、滿山遍野的杜鵑花，一片整齊的花海，僅能看到灰色的石頭尖角露出來。

花海下面是地雷。「確切的位置不清楚，」老人是這麼說的，「都在那裡。」而且邊說邊比劃雙手。穿馬褲的男人彷彿看見那雙手的影子覆蓋在杜鵑花海上，越來越大，終至將整片花海遮住。

他選了一個方向前進，那是與隘口深谷平行的一個峽谷，很不好走，同樣也很不容易埋地雷。越往上杜鵑花越稀疏，只聞石頭間傳來土撥鼠的吱吱叫聲，像太陽照在後腦杓，片刻不停歇。

「有土撥鼠的地方，」他轉向那裡走去。「就表示沒有地雷。」

但是這個推斷有誤。地雷是為了殺傷人員設計的，土撥鼠的重量不足以引爆地雷。這時候他想起地雷又叫殺傷人員地雷，把自己嚇了一跳。

「殺傷人員地雷，」他反覆叨唸。「殺傷人員地雷。」

突然間，光是這個名稱就讓他害怕。顯然他們會選擇在隘口埋設地雷，就是不打算讓任何人通過。他最好回頭，跟周圍的居民打聽仔細一點，看能不能找出另一條路。

他轉身準備往回走，問題是剛才他從哪裡走來？杜鵑花在他身後連綿成一片，這花海讓人無從落腳，找不出先前走過的痕跡。說不定他已經走到地雷區，只要踏錯一步就輸了，還不如繼續前進。

「該死的鬼地方，」他心想。「真是該死的鬼地方。」

他要是帶狗來就好了，跟人差不多重的大狗，讓狗走在前頭。他彈舌發出聲音，彷彿催促狗往前跑。「我只好自己做探路犬了。」他心裡這麼想。

或許也可以用石頭測試看看。他身邊就有一塊大石頭，能勉強舉得起來，正合適。他用兩隻手抱起石頭用盡全力往上坡丟出去，石頭落在不遠處，開始往他站的地方滾下來。只能交給命運了。

他已經走到山谷高處，站在有潛在危機的石堆之間。成群的土撥鼠聽到他靠近，集體提高警覺。牠們有如仙人掌刺的吱吱尖叫聲讓氣氛緊繃。

男人已經不再關心捕獵土撥鼠一事，他發現這個入口開闊的山谷越往裡走越狹窄，變成了被岩石和灌木夾在中間的一條大型渠道。於是男人懂了，地雷區一定就在這裡。只要在這個地方，按照間隔距離埋設一定數量的地雷，就能阻擋不得不從這裡經過的所有人。這個發現不但沒有讓他驚慌失措，反而讓他平靜下來。很好，他此刻身在地雷區，這一點不容質疑。他只能隨興往上走，想怎麼走就怎麼走。如果命運要他在那天死，他只好死，反之，他就能繞過一個又一個地雷，保住一命。

他腦袋裡想著交給命運，但是並不真的那麼篤定：他其實不相信命運。他如果邁出一步，只是因為他沒有其他選擇，因為他的肌肉運動、他的思緒都帶著他邁出那一步。但是有那麼須臾片刻似乎這樣走一步跟那樣走一步沒什麼不同，他的思緒很混亂，緊繃的肌肉失去了方向。他決定不想了，就讓雙腿自行移動，隨意踏著石頭前進，但始終忍不住懷疑是不是自己的意志在選擇向右或向左，腳踏這塊或是那塊石頭。

男人停下不動。他突然間覺得很焦躁，因為無法解決飢餓，也無法克服害怕。他往身上的口袋摸索，他有一面小鏡子，是一名女子送給他的紀念。或許他需要照照鏡子。在那髒兮兮的玻璃上出現了一隻眼睛，紅腫的眼睛，還有滿是塵土和雜毛的臉頰，乾裂的嘴唇，比嘴唇多一分血色的牙齦，以及牙齒……。儘管如此，他還是希望能照到一面大鏡子，好看看自己全身。他的臉對著那面小鏡子轉來轉去，看到一隻眼睛、一個耳朵，他很不滿意。

男人繼續往前走。「直到現在為止我還沒遇上地雷區，」他心裡想。「我應該走了五十步，最少也有四十步了吧……。」

每一步踏出去，感覺到腳下的土壤堅實穩固，他就鬆一口氣。走完一步又走一步，再走一步。這片泥灰岩看似陷阱，其實很牢靠；這叢石楠一眼就能看穿；這顆石頭……因為重量的緣故陷入土裡兩指深。「吱……吱……」土撥鼠又叫了。前進，再踏一步。

大地變成陽光，空氣變成大地，土撥鼠的吱吱叫聲變成了隆隆巨響。男人感覺有一支鐵手臂抓住了他後腦杓的頭髮。不是一隻手，是一百隻手，每隻手都抓住一根毛髮拉扯，他的雙腳也沒被放過，猶如將一張紙撕碎，化成上百張碎屑。

食堂見聞

我立刻意識到恐怕會出事。那兩個人隔著桌子對望，眼睛沒有任何情緒，彷彿水族箱裡的魚。但是能看出他們兩個都是外來客，彼此沒有任何交集，是兩頭互不相識的野獸，研究對方的同時也在警告對方。

先到的是她。她體型魁梧，身穿一襲黑衣，顯然是寡婦，鄉下的寡婦，到城裡來做生意，我立刻做出這個結論。我來吃飯的這個大眾食堂一餐只要六十里拉，還有另外一種人會來這裡用餐：黑市交易中的大戶或小戶，對經濟的認知仍然停留在貧困時期，想起自己口袋裡裝滿百元大鈔的時候會偶爾揮霍一下，放縱自己點一盤寬麵加一客牛排，而我們這些兩手空空、用餐券吃飯的單身漢只能一邊瞄他們一邊用湯匙大口喝湯。那名女子在黑市交易市場裡應該是有錢人，她占據了桌子單邊，從皮包裡拿出白麵包、水果、用紙隨便包起來的乳酪，還有一張桌布。她用塗了黑色指甲油的手指機械性地捻起一顆顆葡萄、一塊塊麵包送進嘴裡，細嚼慢嚥吃下肚。

這個時候他走過來，看到有空位，而且前方的桌布一角沒有東西占據。他開口詢問：「我可以坐這裡嗎？」女子看了他一眼，繼續咀嚼。他又問：「不好意思……我可以坐這裡嗎？」女子展開雙臂，塞滿了麵包的嘴巴發出含糊的聲音。男人稍微掀了一下帽子向她致意後坐下。男人上了年紀，衣衫整潔但陳舊，衣領上過漿，雖然不是冬天仍穿著大衣，助聽器的線從耳朵處垂下來。這個男人讓人一看就為他感到窘迫，他的每一個動作都說明他教養良好。應該是家道中落的貴族，從恭維讚美、鞠躬哈腰的世界突然間落入了推擠追撞、拳打腳踢的世界，卻沒有反應過來，在大眾食堂的人群中繼續像在宮廷宴會中那樣躬身行禮。

他們兩個面對面坐著，新富階級和舊富階級，是兩頭互不相識的野獸。那魁梧矮胖女子的大手放在桌布上，彷彿螃蟹的步足，動作則像是螃蟹呼吸時口器開闔。老先生坐在椅子前端，雙肘緊靠身側，戴著手套的雙手因為關節炎僵直變形，臉上有藍色的細小血管浮凸，彷彿被地衣侵蝕的石頭。

「我戴著帽子請見諒。」男人這麼說。女子沒有正眼看他，不明白他在說什麼。

「請見諒。」男人再一次致歉。「我不能脫帽，因為有點風。」

大塊頭寡婦嘴角揚起微笑，那裡有昆蟲觸鬚般的小汗毛，臉上肌肉幾乎紋風未動，彷彿懂得腹語術的人，那微笑隱而不顯。「酒。」她對經過的服務生說。

戴著手套的老先生聽到這句話眨了一下眼睛，他應該很喜歡酒，酒糟鼻說明他長年飲酒不輟，是好酒之人，但是應該有段時間沒喝了。此刻大塊頭寡婦用白麵包沾了杯子裡的葡萄酒送進嘴裡咀嚼。

戴著手套的老先生應該覺得很懊惱，彷彿他正在追求一名女子，又擔心自己被當作吝嗇鬼。「也給我來瓶酒。」他說。

他立刻就後悔了，擔心月底還沒到就花光退休金，接下來只能日復一日裹著大衣縮在寒冷的閣樓裡餓肚子。他沒有把酒倒進杯子裡。「如果不動它，」他心想。「說不定可以把酒退回去，就說我現在不想喝了，應該可以不用付錢。」

他確實沒了喝酒的欲望，就連吃飯的欲望也沒了。他喝著寡淡無味的湯，用稀疏的牙齒咀嚼，大塊頭寡婦則用叉子狼吞虎嚥吃著油膩膩的奶油通心麵。

「希望他們兩個別再開口，」我心想。「誰先吃完誰先走。」我也不知道我在擔心什麼。這兩個人都不好惹，在看似無所謂的外表下，充滿了對對方的強烈怨恨。不難想像他們之間若爆發衝突，會像海底深淵中的怪物互相撕咬。

老先生已經快被寡婦隨意放在桌上的各種食物包圍，他只有一碗清湯和兩塊薄如紙片的麵包，守著桌角一隅。他原本準備把那兩塊麵包再往後撤，彷彿擔心它們會迷失在敵方陣營中，結果戴著手套、僵直變形的手不小心失誤，把一塊乳酪掃到桌下。

大塊頭寡婦坐在他對面，冷笑了一聲。

「很抱歉……真是抱歉……。」戴手套的老先生說。寡婦看著他，彷彿看著之前從未見過的小動物，不置可否。

「我就知道。」我心想。「接下來他會大吼一聲：我受夠了！然後把桌布掀了！」

沒想到他居然彎下腰，在桌子下笨拙地尋找那塊乳酪。大塊頭寡婦坐在那裡盯著他看了一會兒，不動聲色地伸出她那雙大手，從地上拎起那塊乳酪，擦乾淨，放進她那宛如昆蟲口器的嘴巴裡，在戴著手套的老先生還沒來得及挺直身子之前嚥了下去。

他總算坐了回來，因為剛才勉力尋找腰酸背痛，因為窘困滿臉通紅，帽子歪了，助聽器的線也糾成一團。

「來了，」我心想。「接下來他會抓起餐刀刺向她！」

沒想到老先生的反應看起來更像是不知該如何補救他以為自己犯下的錯誤。他想說點什麼，隨便說點什麼，只要能緩和尷尬氣氛就好。可是他說什麼都覺得尷尬，最後只能道歉。

「那塊乳酪……」他說。「真可惜……，我很抱歉……。」

大塊頭寡婦不再用不發一語的方式羞辱對方，她決定展開反擊。

「的確很可惜，」她說。「我在布朗多內城堡有好幾個一整塊的圓形乳酪。」她還伸手比劃了一個形狀。但是吸引戴手套老先生注意的不是她誇張的手勢。

「布朗多內城堡？」他雙眼發亮。「我當少尉的時候就在那裡服役！九五年還舉行過射擊比賽。您既然是當地人，肯定知道布朗多內．達斯普雷茲伯爵家族！」

寡婦這回不是冷笑，她真的笑了。她一邊笑一邊環顧四周，看其他用餐的客人有沒有注意到那個老男人多麼可笑。

「您大概不記得了，」老先生繼續說。「您肯定不記得……。那一年在布朗多內城堡舉行的射擊比賽，連國王都來了！達斯普雷茲家族在城堡辦了一場盛大的宴會！然後發生了一件事，我現在說給您聽……」

大塊頭寡婦看了一眼手錶，加點一盤牛肝後又埋頭吃了起來，根本不理他。戴手套的老先生知道他在自說自話，仍然沒有停止的打算，如果說到一半停下來未免太丟臉，他必須把開了頭的故事說完。

「國王陛下走進燈火通明的宴會大廳，」他泛著淚光繼續說。「一邊是穿著晚禮服的名媛淑女屈膝行禮，另一邊是立正站好的軍官。國王親吻女伯爵的手背後，再向大家一一致意。然後他朝我走來……」

桌上兩瓶四分之一公升容量的酒瓶靠得很近，寡婦那瓶已經快喝完了，老先生那瓶還是滿的。寡婦心不在焉地拿了全滿的那瓶倒進自己杯子裡喝了起來。老先生雖然說得口沫橫飛，還是注意到了，完蛋，沒救了，這下他非得付酒錢不可。萬一大塊頭寡婦全部喝光怎麼辦。可是提醒對方犯錯未免有失格調，說不定會讓人家難受。不行，那樣做太失禮了！

「國王陛下問我：中尉，請問大名？他真的那麼問我。我立正挺胸回答說：克雷蒙．德．佛隆哲斯少尉，陛下。國王說：克雷蒙！他說，我認識您父親，他是一位英勇的士兵！然後他跟我握手……。他真的那麼說：英勇的士兵！」

大塊頭寡婦吃完東西後站起來，打開她放在旁邊椅子上的皮包翻來翻去。她彎著腰，只見碩大的臀部卡在桌面上，黑色的布料包裹著這個胖女人的豐臀。年邁的克雷蒙．德．佛隆哲斯對著正前方不停扭動的碩大臀部，面部扭曲繼續往下說：「……整個宴會大廳都是水晶吊燈和鏡牆……，國王來跟我握手。他說，克雷蒙．德．佛隆哲斯，很好……。那些穿著晚禮服的名媛淑女就圍在我們身邊……」

糕餅店失竊記

老賊到達約定地點的時候，聖嬰跟靈媒兩個人已經在那裡等了好一會兒。馬路上一片死寂，只聞家家戶戶傳出的時鐘聲，噹噹兩下。動作得快，否則天亮前來不及收工。

「我們走吧。」老賊說。

「去哪裡？」他們問。

老賊從來不先說他打算下手的目標。

「去了就知道。」他這麼回答。

他不發一語走在宛如乾涸河床的空蕩蕩馬路上，電車軌道上方的月亮跟在他們身後。帶頭的老賊瞪著黃澄澄的眼睛轉來轉去，鼻孔抽動看起來像在嗅聞什麼。

聖嬰之所以被大家取這個綽號，是因為他跟新生兒一樣頭特別大，身體矮胖，或許跟他剪了短髮和娃娃臉上留了兩撇黑鬍子也有關。他一身肌肉緊實，動作輕盈如貓，他是既可以攀爬又能縮骨的唯一人選，每次老賊帶上他肯定有原因。

「老賊，幹一票大的？」聖嬰問他。

「如果可以。」老賊的答覆不露痕跡。

只有老賊知道路，大家跟著他轉來轉去，最後被他帶進一個中庭。另外兩個人看出那是一家商店後門，靈媒便自告奮勇向前踏了一步，因為他不想當把風的。靈媒每次都負責把風，他的夢想是有一天能夠登堂入室，翻箱倒櫃，跟其他人一樣把口袋裝滿，可是每次他都指派在冷颼颼的街道上把風，冒著被巡邏隊發現的危險，上下牙齒不停打顫以免結冰，還故作姿態叼根菸。靈媒身形瘦高，西西里人，表情憂鬱的黑白混血，一截手腕露在衣服袖口外。每次要準備犯案他都會打扮得特別優雅，沒人知道為什麼：帽子、領帶加風衣，逃跑的時候他會用雙手抓住風衣下襬，一副準備展翅高飛的樣子。

「靈媒負責把風。」老賊掀了掀鼻翼。靈媒垂頭喪氣地走開了。他知道老賊掀鼻翼的節奏有可能越來越快，等到他停下來的時候就會掏出左輪手槍。

「那裡。」老賊對聖嬰說。牆上有一扇小窗，離地面頗有一段距離，用瓦楞紙板代替破掉的窗玻璃。

「你從這裡上，進去後幫我開門。」老賊說。「記得別開燈，否則外面會看見。」

聖嬰像猴子一樣攀著光溜溜的牆往上爬，無聲無息地拆了瓦楞紙板後把頭伸進去。

他剛才完全沒注意到任何特殊味道，但在呼吸間一團甜食獨有的香味撲鼻而來。不過這股香味誘發的不是食慾，而是一種悸動，一種久違的溫柔觸動。

「屋子裡面應該有甜食。」聖嬰心裡這麼想。他吃甜食的習慣中斷很多年，大概是從戰前開始。這次一定要認真找，直到把甜食找出來為止。他在黑暗中往下爬，先是踢倒了電話，接著有掃把長柄鑽進他的褲管裡，好不容易才踩到地面。甜食的香味越來越濃，但是他仍然沒搞懂究竟從何而來。

「這裡應該有很多甜食。」聖嬰心裡這麼想。

他伸手試著在黑暗中摸索熟悉環境，以便放老賊從後門進來，結果猛然收回手，覺得有點噁心，他正前方八成有什麼怪東西，說不定是某種海底生物，軟軟滑滑的。他那隻懸在半空中的手變得黏黏的，濕濕的，彷彿被痲瘋斑疹覆蓋的感覺。指間似乎多了一個圓形突出物，像疣，又像是淋巴腺腫塊。他在黑暗中用力眨了眨眼睛，依然什麼都看不見，就連近在鼻子前方的手也一樣。不過他雖然看不見，卻聞得到，於是他笑了。他明白自己碰到了一個蛋糕，所以手上沾到了奶油，還有一顆糖漬櫻桃。

他立刻伸舌頭舔食那隻手，另一隻手則繼續瞎摸，碰到了一個鬆軟的東西，表面附著一層顆粒物，是甜甜圈！他摸索著把一整個甜甜圈塞進嘴巴裡，隨即興奮地小小歡呼一聲，原來裡面還有果醬夾心。這個地方實在太美好，烏漆墨黑中他不管往哪個方向伸手，都能找到不一樣的甜點。

他聽到敲門聲，有點距離，聽起來有點不耐煩，是等著他開門的老賊。聖嬰往傳出聲音的方向走，雙手先摸到蛋白霜餅，之後又摸到花生糖。他打開門。老賊的手電筒照亮聖嬰臉上沾到白色奶油的小鬍子。

「這裡到處都是甜食！」聖嬰以為老賊不知道。

「沒時間吃甜食。」老賊閃過他。「不能浪費時間。」他重新舉起手電筒在黑暗中形成一道光束，邁步向前。他每照亮一處，就能看到一排排貨架，貨架上是一排排托盤，托盤上則是一排排各種形狀、色彩繽紛的糕點，還有奶油多到像蠟燭燃燒時垂淚的蛋糕，以及如炮臺排列的耶誕蛋糕大軍和堆疊成堡壘的牛軋糖。

聖嬰整個人彷彿被掏空，想到沒有時間滿足口腹之慾，來不及嚐完所有這些甜點的滋味就得跑，一生只有短短數分鐘的時間擁有這份幸福，他就覺得一陣空虛，而且看到越多甜食就越覺得空虛。在老賊手電筒照明下出現的每一個轉角，每一個新展開的視角，似乎都是為了擋住他的去路。

他奔向貨架開始狼吞虎嚥，兩三個糕點一次塞進嘴巴，連味道都來不及品嘗，宛如在跟甜食作戰，彷彿那些甜食是虎視眈眈的敵人、奇形怪狀的魔獸將他團團包圍，被花生糖和糖漿大軍圍困的他只能用自己的唇齒殺出一條血路。耶誕蛋糕切開後露出乾果像是黃色大口裡長了眼睛，奇怪的甜甜圈則像多肉植物朝他綻放的花朵。聖嬰恍惚間覺得恐怕是自己要被那些甜食吞噬入腹。

老賊抓住他的臂膀往前走。

「收銀臺。」老賊說。「我們得搞定收銀臺。」

老賊邊走邊往嘴巴裡塞了一塊彩色海綿蛋糕、裝飾蛋糕用的糖漬櫻桃，還有一個牛角麵包，匆匆忙忙，努力讓自己專注於這趟任務。他關掉手電筒。

「外面會看到我們。」他這麼說。

他們走進糕餅店店面，這裡有玻璃櫥窗和大理石檯面。因為鐵捲門是鏤空格柵狀，所以，不僅馬路上夜間照明的光會透進來，還能看見外面的房屋和樹木，形成奇怪的明暗變化。

接下來得撬開收銀機。

「你來這裡。」老賊把手電筒交給聖嬰讓他由上往下照，以免被外頭看見。

聖嬰一手拿著手電筒，另一手則往身旁摸索。他撈到一個完整的水果蛋糕，在老賊用工具使勁撬鎖的同時，聖嬰把整塊蛋糕當成麵包拿起來啃。他很快就膩了，把吃了一半的蛋糕丟在大理石檯面上。

「把那個拿走！你這個髒鬼！」老賊壓低聲音吼他。雖然做賊，但是他對整潔有一種奇怪的執著。然後他自己也受不了誘惑，往嘴裡塞了兩片餅乾，那種一半淋了巧克力醬的拇指餅乾，同時繼續忙碌手邊的工作。

聖嬰為了讓自己兩手都能空出來，用牛軋糖和托盤餐巾堆出了一個手電筒架。他看到有幾個蛋糕上寫了「聖徒同名紀念日快樂」，他繞著那幾個蛋糕轉了一圈，擬出進攻計畫：先用手指划過檢查一遍，舔幾口巧克力奶油，然後整張臉埋進去從蛋糕正中央開始啃咬，咬完一個再咬一個。

但是，他始終覺得有一股按耐不住的焦慮，沒辦法找到完全投入享受的方法。他現在整個人匍匐在大理石檯面上，糕點在他下面，他恨不得能脫光衣服光溜溜地躺在那些糕點上，在上面打滾，永遠不離開。可惜他只能在那裡待五分鐘，最多十分鐘，然後一切就要結束，糕餅店將成為他這輩子的禁地，就像小時候，他只能整張臉貼在玻璃櫥窗上往裡看。要是能夠待上三、四個鐘頭該有多好……。

「老賊！」他說。「如果我們在這裡躲到凌晨，誰會看見我們？」

「別傻了，」總算撬開收銀機的老賊正在搜刮錢財。「我們得在警察巡邏到這裡之前抽身。」

就在這時候，他們聽到有人輕敲玻璃櫥窗。只見新月夜色中，靈媒通過鏤空鐵捲門敲著玻璃，然後做了幾個手勢。店裡的兩個人嚇了一跳，但靈媒又做手勢讓他們別緊張，叫聖嬰去接替他的位置，換他進來。老賊和聖嬰對他齜牙咧嘴揮拳頭，比手勢讓他離開店門口，否則就要他好看。

這時候老賊確認收銀機裡只有幾千里拉，抱怨連連，還把氣出在聖嬰身上怪他不肯幫忙。聖嬰有點心不在焉，嘴裡叼著酥皮捲，嚼著一顆顆葡萄乾，同時舔食糖漿，不但弄得自己一身都是，還噴到櫥窗玻璃上。他發現自己已經不想再吃甜食了，甚至還覺得一股胃酸湧上來，只是他不願放棄，不想投降。甜甜圈變成了一塊塊海綿，蛋捲成了捕蠅紙，蛋糕則化為黏糊糊的瀝青。現在他眼前的糕點全都成了死屍，躺在白色裹屍布上慢慢腐爛，或在他的胃裡分解成混濁糊狀物。

老賊接著咒罵另一臺收銀機的鎖，把甜食和飢餓都拋在腦後。這時候靈媒從後門走進來，嘴裡說著沒人懂的西西里方言指天罵地。

「你不管警察巡邏了？」另外兩個人頓時臉色蒼白。

「換人！換人！」靈媒用家鄉話埋怨，氣呼呼地奮力解釋說天寒地凍他空腹守在外面，而他們兩個在裡面狼吞虎嚥有多麼不公平。

「快出去把風！去把風！」聖嬰氣得對他大吼。他的怒氣來自於飽食後有增無減的自私與惡意。

老賊覺得把靈媒換進來比較合理，但是心裡清楚聖嬰不會輕易被說服，而沒有人把風就不能繼續待在這裡。於是他掏出左輪手槍指著靈媒。

「回到你的位置去。」老賊對他說。

靈媒放棄希望，想著至少在出去前囤一點儲備糧食，大手撈了一堆松子杏仁餅乾。

「萬一有人看到你手上捧著這些點心，你要怎麼說，笨蛋。」老賊斥責他。「統統放回去，快滾。」

靈媒哭了。聖嬰看他不順眼，拿起一個寫著「生日快樂」的蛋糕朝他臉上丟過去。靈媒明明可以閃開，卻故意正面迎上來，塗了滿臉都是，然後他笑了，頂著被奶油弄髒的臉、帽子和領帶一邊往外跑，一邊伸出舌頭來舔自己的鼻尖和嘴角。

老賊終於撬開另外一臺收銀機，忙著把錢裝進口袋，嘴裡抱怨自己手上有果醬黏糊糊的。

「好了，聖嬰，我們該走了。」他說。

可是聖嬰覺得事情不該就此結束，不應該放過這次大飽口福的機會，他可以跟自己的夥伴和托斯卡尼的瑪莉炫耀好幾年。托斯卡尼的瑪莉是聖嬰的女朋友，她的腿又直又長，身材跟臉蛋都跟馬很像。她之所以會喜歡聖嬰，是因為他常跟大貓一樣爬到她身上蜷縮成一團。

靈媒又跑進來，打斷了他的思路。老賊廢話不說直接掏槍，不料靈媒這回說：「警察來了！」然後雙手抓著風衣下襬轉身就跑。老賊收好最後幾張紙鈔，兩三步已經到了門口，聖嬰緊追在後。

聖嬰本來就在想瑪莉的事，此刻他才想到自己從來沒送過女友禮物，應該帶幾個甜點給她，否則恐怕會惹她生氣。聖嬰回頭抓了幾個西西里奶油捲，塞進襯衫底下，但隨即意識到剛才選的這個甜點太酥脆，又另外拿了幾個比較結實的糕餅塞進胸口。這時候他看到警察的身影出現在櫥窗外，一陣騷動後有警察指著道路底端的某個人，另一個警察舉槍朝那個方向扣下扳機。

聖嬰躲到一個工作檯後面。警察應該沒有打中目標，他們比劃了幾個手勢表示懊惱，然後看向店內。沒多久聖嬰就聽到他們發現糕餅店後門開著，魚貫走了進來。店裡到處都是武裝警察，聖嬰整個人縮成一團，同時發現在他伸手所能及的地方有蜜餞，為了讓自己保持鎮靜，他往嘴裡塞了好幾個糖漬香檸檬和佛手柑。

警察一邊檢查店內財物失竊和糕點被人飽餐一頓的情況，一邊心不在焉地把沒人碰過的小點心放進自己嘴巴裡，不過始終很注意沒有破壞線索。幾分鐘後，所有專心致志研究犯罪現場的警察都加入大快朵頤的行列。

聖嬰嘴巴動個不停，但其他警察咀嚼得更大聲，蓋過他吃東西的聲音。他覺得襯衫下有黏答答的東西在融化，而且開始反胃。他吃了太多蜜餞，整個人昏昏沉沉的，過了好一會兒才發現大門洞開。警察後來說他們看到一隻猴子整張臉糊著奶油，從店裡逃竄而去，打翻不少托盤和蛋糕。等大家從驚嚇中反應過來，閃過腳下的糕餅甜食追出去的時候，猴子已經消失無蹤。

等聖嬰在托斯卡尼的瑪莉面前解開襯衫，他的胸口已經一塌糊塗。他和她兩個人躺在床上互相舔吮到天亮，才把最後一塊殘渣、最後一坨奶油清乾淨。

美金和徐娘半老風塵女

晚飯後，埃馬努艾雷拿著蒼蠅拍在玻璃窗上揮來揮去。他三十二歲，體型肥胖，他的妻子尤蘭達正在換衣服準備出門去散步。

玻璃窗外是古時候軍用補給倉庫原址所在的廣場，廣場坐落在沿著山坡而建的房舍間，面向大海。海水如墨，陣陣海風灌入四面八方的巷道往山上吹。美國驅逐艦仙納度號停泊在港口外，六名水手走進第歐根尼之甕小酒館。

「菲力奇那裡有六個美國人。」埃馬努艾雷說。

「軍官？」尤蘭達問他。

「水手。比較好。簡單。」埃馬努艾雷脫掉帽子，站起來轉來轉去找外套袖子。

尤蘭達搞定了吊襪帶，現在忙著把束胸露出來的繫帶塞進去。

「好了，我們可以走了。」

他們專做美金黑市交易，所以要去找那幾個美軍水手，看看是否有美金可賣。雖然他們從事美金黑市交易，可仍然是有身分地位之人。

破敗的小廣場上有幾株為了調和環境而栽種的棕櫚樹迎風狂舞，彷彿絕望至極。廣場正中央是燈火通明的第歐根尼之甕小酒館，老闆是退伍返鄉的菲力奇，雖然反對黨的幾位鎮代表認為小酒館會破壞市容，但鎮公所照樣批准營業。小酒館造型像一個甕，裡面有吧檯跟幾張小圓桌。

埃馬努艾雷說：「等會兒你先出面，觀察一下，聊幾句，然後問他們要不要換錢。他們看到你應該比較有可能答應，之後我再出面議價。」

菲力奇店裡的吧檯從這一頭到那一頭的位子全被這六名水手給佔了，他們穿著白色長褲，手肘抵在大理石檯面上，乍看之下彷彿有十二個人。尤蘭達有些退縮，她看見十二隻眼睛骨碌碌轉地打量她，那些人一邊嚼著口香糖一邊抿嘴發出怪聲音。這幾個水手發育不良瘦巴巴的，寬大的白色上衣被他們穿成了布袋，頭上還戴著一頂小帽子，不過最靠近她的那個傢伙有兩公尺高，臉頰紅得像蘋果，脖子彷彿金字塔，明明身上穿了制服卻像打赤膊，圓圓的眼睛裡瞳仁上下移動都觸不到眼眶。尤蘭達把老是跑出來的束胸鬆緊帶藏好。

菲力奇戴著廚師帽，睜著沒睡飽的浮腫眼睛，動作迅速地在吧檯後面給那些水手的杯子倒酒。他抬起沒有表情、刮完鬍子老是留下一片黑影的臉對尤蘭達冷冷一笑算是打招呼。菲力奇會講英語，尤蘭達說：「菲力奇，你問他們要不要換美金。」

菲力奇保持冷笑，不肯答應：「你自己問。」然後叫一個髮色墨黑、面色蔥白的少年補充新的披薩和油炸飯團到展示架上。

尤蘭達被這些白衣瘦高個兒包圍，他們一邊嚼口香糖，一邊交換沒人聽得懂的怪音盯著她看。

「Please……」她比著手勢說。「我，給你們，里拉……。你們，給我，美金。」

幾個水手繼續嚼口香糖，那個脖子比公牛還粗的傢伙微微一笑，他的牙齒極白，白到看不見齒縫。

其中一個矮個子站了出來，他的臉膚色偏黑，像西班牙人。「我，美金，給你。」他也一邊說一邊比手勢。「你，上床，跟我。」

之後他用英語又說了一遍，其他人笑了半天，但是還算克制，只是嘴巴沒停下來，眼睛也自始至終都盯著她看。

尤蘭達跟菲力奇說：「菲力奇，你幫我跟他解釋。」

「威士忌加蘇打水。」菲力奇怪腔怪調說了一句英文，把杯子在大理石檯面上轉來轉去。要不是滿臉睡意，他那抹冷笑還挺討人厭的。

這時候大個子開口說話了，他的聲音彷彿海上的金屬浮標，隨著海浪顛簸浮沉。他為尤蘭達點了喝的，親自從菲力奇手中接過高腳杯遞給尤蘭達。那粗大的手指居然沒把細細的玻璃杯腳折斷也是難得。

尤蘭達不知如何是好。「我里拉，你們美金。」她只好再說一次。

但是那些水手已經學會了那句義大利文。「上床，」他們說。「上床，美金……。」

尤蘭達的丈夫走了進來，看到一圈躁動的背影，而他妻子的聲音從圈內傳出來。他坐到吧檯前，開口說：「菲力奇，這怎麼回事。」

「你需要什麼？」菲力奇掛著疲倦的笑容，兩個小時前刮的鬍子開始冒出新鬍碴。

埃馬努艾雷脫下前額被汗弄濕的帽子，踮腳一跳一跳地想看看那座人牆裡面的情況：「我太太在幹嘛？」

菲力奇爬上一張高腳椅，伸長了脖子，然後爬下來。「她還在裡面。」

埃馬努艾雷鬆了鬆領帶結，讓自己呼吸順暢一些：「叫她出來。」但菲力奇忙著斥罵那個青蔥少年，因為他送來的托盤上只有披薩，沒有油炸飯團。

「尤蘭達？」做丈夫的呼喚她，試著從兩個美國大兵之間鑽進去，結果下巴和腹部各被肘擊了一下，又回到人牆外面蹦跳。一個略微顫抖的聲音從人堆中傳出來：「埃馬努艾雷？」

他清了清喉嚨：「什麼情況……？」

「恐怕，」她的聲音有點遠，彷彿在講電話。「他們恐怕不要里拉……。」

他讓自己冷靜下來，用手大理石檯面上一拍。「不要……？那你出來吧。」

「馬上來……。」她在人牆中推擠了一下，不知道是什麼東西讓她動彈不了。她低下頭，看到一隻大手放在她左邊胸部下方，有力但柔軟的大手。那個有蘋果般紅潤臉頰的大個子擋在她面前，露出跟眼珠子一樣閃閃發亮的牙齒。

「Please……」她一邊小聲懇求，一邊試圖拉開那隻手，對埃馬努艾雷大聲喊：「我來了。」其實她根本走不了。「Please……，」她反覆說道。「Please……」

菲力奇把一個杯子推到埃馬努艾雷面前。「我可以幫你什麼？」戴著累贅廚師帽的他低下頭，十指張開放在吧檯上。

埃馬努艾雷眼神放空。「我想到了，等我一下。」然後他就走出去。

外面街燈已經亮起。埃馬努艾雷穿過馬路，走進拉瑪爾莫拉咖啡館，環顧四周，只看到那幾個固定來打紙牌的。「埃馬努艾雷，你來玩一局吧！」他們說。「你臉怎麼這麼臭啊！」埃馬努艾雷轉身跑走了。他一口氣跑到巴黎咖啡館，在店裡轉來轉去，一手握拳敲打另一手掌心。最後他附耳向咖啡館老闆小聲詢問。老闆回答說：「今晚還沒看到。」埃馬努艾雷飛奔而去。咖啡館老闆哈哈大笑，把剛才的事說給收銀小姐聽。

百合咖啡館裡拉．博羅妮思才剛坐下，伸直小桌下的雙腿，舒緩靜脈曲張帶來的不適，埃馬努艾雷那個胖子就氣喘吁吁地衝進來，帽子掛在後腦杓上。

「你跟我來，」他伸手拉她。「快來，很急。」

「埃馬努艾雷？你怎麼了？」拉．博羅妮思黑色瀏海下布滿細紋的眼睛瞪得很大。「都這麼多年了……。你怎麼了，埃馬努艾雷？」

他抓著她的手往前跑，她步履蹣跚跟在後面，卡在大腿一半的襯裙讓腫脹的雙腳更是難走。

在電影院前面，他們遇到浪女瑪麗亞正在勾搭一名義大利二等兵。

「太好了，你也來，我帶你去找美國大兵。」

瑪麗亞二話不說，輕拍了那名二等兵一下就走，跟在埃馬努艾雷身邊小跑步，一頭黯淡的紅髮在風中飄揚，眼睛裡的柔情穿過夜色流露無遺。

在第歐根尼之甕小酒館裡的情形沒有太大變化，菲力奇的陳列架上清出了好一些空間，琴酒全喝完了，披薩也快吃完了。埃馬努艾雷帶著兩個女人衝進來，把她們推過去，那幾個水手看見她們硬擠到人牆裡，高聲嚷嚷地打起招呼。埃馬努艾雷一屁股坐上高腳椅，整個人筋疲力竭。菲力奇給他倒了一杯烈酒。一名水手脫隊走過來，大手一揮拍上埃馬努艾雷的後背，其他人也笑嘻嘻地回頭看他。菲力奇跟他們解釋了一下埃馬努艾雷的情況。

「怎樣？」埃馬努艾雷問。「你覺得搞定了嗎？」

菲力奇仍然掛著萬年不變帶著睡意的冷笑。「哎，我看得找六個……」

情勢的確並未好轉。瑪麗亞摟著一個臭臉瘦高個兒的脖子，穿著綠色貼身洋裝的她整個人扭得像條正在蛻皮的蛇。那個矮個兒西班牙人淹沒在拉．博羅妮思的洶湧波濤裡，而她用滿腔母愛呵護著他。尤蘭達還是沒能脫身，那個高大的身影始終擋在她前面，隔開視線。埃馬努艾雷對另外兩個女人神經緊張地比了好幾個手勢，讓她們別昏頭犯傻，幫他想想辦法。但是那兩個女人看似什麼都不記得了。

「欸……」菲力奇輕輕點了一下埃馬努艾雷的肩膀。

「怎麼了？」埃馬努艾雷問，但是菲力奇忙著罵店員，讓人趕快把杯子擦乾。埃馬努艾雷回頭一看又有新客進來，一共十五個人，第歐根尼之甕小酒館一下子擠滿已經微醺的水手。浪女瑪麗亞和拉・博羅妮思被那群鬧哄哄的水手沖散了，前者從一個水手的脖子上換到另一個水手的脖子上，兩條腿像猴子一樣飛騰。後者帶著口紅勾勒出來的虛偽笑容用她充滿母愛的胸懷接納迷途羔羊。

埃馬努艾雷一會兒看見尤蘭達跟他們周旋，一會兒又消失不見。尤蘭達覺得自己一不小心就會被圍繞在她身邊的人淹沒，但每次都能看見那個牙齒跟眼白都白得出奇的大塊頭水手陪在她左右，於是莫名地覺得安心。那個跟著她的男人動作輕盈，在他筆挺的白色制服下那具壯碩的身體應該跟貓一樣肌肉延展性極佳，他的胸口緩緩起伏，彷彿裡面灌滿了海風。忽然間他用金屬浮標底部石頭般低沉的聲音，以不尋常的節奏吐出一個個間隔的字，成了一首歌，於是所有人開始原地旋轉，彷彿聽見音樂。

熟悉所有地方的瑪麗亞摟著一個留了小鬍子的水手正用腳開路，準備往小酒館後面的小門移動。菲力奇並不希望任何人去開那扇門，可是眼看著所有人跟在他們後面，推推擠擠蜂擁而去。

埃馬努艾雷窩在他的高腳椅上，瞪大眼睛看著這一幕。「菲力奇，那邊怎麼了？發生什麼事了？」菲力奇沒理他，因為店裡吃的喝的全都沒了，整個人憂心忡忡。

「去找瓦齊里亞，跟他借點飲料回來，」菲力奇對那個少年店員說。「什麼都行，啤酒也行，還有麵食。動作快！」

尤蘭達被推進了那扇小門，門後是一個小房間，乾乾淨淨，還有窗簾。房間裡有一張小床，很整齊，鋪著淺藍色床罩，還有洗手檯，什麼都不缺。大塊頭水手開始把其他人往外趕，動作不疾不徐，但也不退讓，他伸出那雙大手推人，把尤蘭達護在身後。但是不知道為什麼那些水手不顧一切就是要留在小房間內，大塊頭每推一批人出去，就有一批人湧進來，不過人倒是越來越少，因為有人覺得累了就留在外面。尤蘭達對大塊頭這麼做很滿意，如此一來她呼吸才比較順暢，也才有機會把老是跑出來的束胸鬆緊帶藏好。

埃馬努艾雷觀察了半天，他看著大塊頭伸手把人推出小門外，他的妻子不見蹤跡顯然是在小門內，其他水手一波波持續往裡面擠，但是每一波都會少一、兩個。最初是十個人，再來是九個，然後七個。大塊頭還要幾分鐘能把那扇門關上呢？

埃馬努艾雷往外跑，他連跳帶跑地穿過廣場。郵局前面停了一排計程車，司機都在打瞌睡。他把他們一個一個叫醒，跟他們說明該怎麼做，遇到有人聽不懂還大發雷霆。計程車各自往不同方向急馳而去，埃馬努艾雷直挺挺地站在踏腳板上，也跟著其中一輛出發。

年邁的馬車夫巴契原本高高坐在座位上打瞌睡，聽到那一陣騷動就醒了，連忙爬下來看是否有生意可做。作為身經百戰的老手，他一聽就全都明白了，重新爬上馬車，喚醒他的老馬。等巴契的馬車吱嘎作響地越走越遠，軍用補給倉庫原址所在的這個廣場上除了第歐根尼之甕小酒館傳出的吵雜聲外，就不見半個人影，陷入死寂。

鳶尾花酒館裡有幾個女孩正在跳舞，這些未成年少女嘟著紅豔豔的唇，貼身針織衫勾勒出渾圓的胸部。埃馬努艾雷沒耐性等到這隻舞結束，直接對著一個女孩大喊：「喂，你過來！」她的舞伴是一個額頭被瀏海覆蓋的小夥子，走過來對他說：「你要幹嘛？」另外三四個小夥子也圍了過來，像拳擊手那樣吸著鼻子。「你走吧，」計程車司機對埃馬努艾雷說。「否則這裡也要亂了。」

他們趕到潘特拉家，但是她不肯開門，說家裡有客人。「美金啊，」埃馬努艾雷說。「是美金！」她打開門，身上穿著寓意雕像風格的浴袍。他們把她拽下樓梯，推入計程車內。回程沿路還拉上牽著狗在海邊散步的巴麗拉，脖子上圍著狐狸皮草坐在旅人咖啡館裡的貝寶萍，還有在和平旅店裡叼著象牙菸嘴的貝秋安娜。之後還找到三個新來的小姐跟寧芙女神的女老闆走在一起，她們笑個不停，以為他們準備去鄉間，於是也上了車。埃馬努艾雷坐在副駕駛座，被後面擠成一團的女人喧鬧聲吵得神經緊張。計程車司機只擔心車子板金會變形。

開到一半，路上出現一個人看似要往山下走。他做了一個手勢要求停車，原來是那個青蔥少年扛著一箱啤酒，還帶著一大托盤的麵食，希望能搭便車。車門打開，只見少年連同手上所有東西一起被吸了進去。計程車再度出發。夜色中幾個遊手好閒的人對著那輛車內人聲高亢、車速跟救護車一樣快的計程車眨了眨眼睛。埃馬努艾雷偶爾聽見拉長但壓抑的怪聲，他跟司機說：「你的車恐怕有故障，你有沒有聽到那個噪音？」司機搖搖頭：「是那個少年的聲音。」埃馬努艾雷擦了擦汗。

計程車在第歐根尼之甕小酒館門前停下，少年率先竄出來，一手高舉托盤，另一手則抱著啤酒箱。一頭直髮的他眼睛低垂，跟猴子似的一溜煙跑了，因為他身上已經不剩半顆釦子。

「菲力奇！」他放聲大喊。「我把東西全帶回來了！沒讓任何人佔便宜！可是你都不知道他們對我做了什麼，菲力奇！」

尤蘭達仍然被困在那個小房間裡，大塊頭持續在門口推人。現在只剩下一個人還堅持要進去，那傢伙酩酊大醉，每次被攔下來就暴跳如雷。這時候新人登場，菲力奇站到高腳椅上，疲憊萬分地看著那一片小白帽讓開了一條路，然後羽毛帽、黑色絲綢包裹的豐臀、豐腴的大腿、繡花束胸高高堆起的胸脯魚貫出現飄進來，然後轉眼間彷彿肥皂泡泡消失不見。

同一時間外面傳來一陣煞車聲，四、五、六輛計程車抵達後排成一列，每一輛車都有好幾位小姐下車。梳著典雅髮型的米蕾摩斯氣度雍容地帶頭走進來，那一雙近視的眼睛骨碌碌地轉不停；西班牙美女卡門身穿一襲薄紗，面容削瘦堪比骷髏頭，像貓一樣扭動著同樣瘦骨嶙峋的身軀；跛腳喬凡娜莎吃力地拄著一把油紙傘走進來。還有一頭黑人捲髮和毛茸茸小腿的黑美人常香、衣服圖案是各種香菸牌子的托波麗諾、衣服圖案是各種撲克牌的米雷娜．拉．凰安、臉上長滿青春痘的蔻姬，以及整件洋裝都是蕾絲的妖女伊內絲。

只聞石板路上有東西滾動的聲音，原來是巴契的馬車回來了，那匹老馬已經奄奄一息。馬車停穩後，也有一名女子下車。她穿著一件有各種滾邊和飾帶妝點的寬大天鵝絨袍子，胸前掛滿了項鍊，脖子上還有一條黑色頸飾，垂墜的耳環走古典宮廷風，手上拿著一只單握把的精緻眼鏡，頭上除了黃色假髮，還有三劍客才會戴的那種大帽子，帽子上有玫瑰、葡萄和一大片鴕鳥羽毛。

第歐根尼之甕小酒館裡圍起了新的人牆。有人拉手風琴，有人吹薩克斯風，小桌上有女子在跳舞。儘管盡了最大努力，水手的人數始終比女人多，但是每一隻手伸出去總能摸到臀部或胸部或大腿，只是有些混亂，看不出來那些蹶在半空中的臀、壓低與膝蓋同高的胸是屬於誰的。光滑柔嫩但鋒利的的纖纖玉手在人群中遊走，塗著紅色蔻丹的鋒利指甲和肉墩墩的指腹伸進水手上衣裡，解開釦子，輕輕撫摸肌肉，讓人心癢難耐。唇與唇有如飄在空中的傳單一觸即分後跟吸盤一樣黏在眼睛下面不動，微甜的粗糙舌頭舔濕並腐蝕著皮膚，嘟起的紅唇如此豐厚甚至親到了鼻孔。那些看不到盡頭、數也數不清四處游移的腿，彷彿碩大章魚的觸鬚，那些腿蹭進其他腿之間後互相碰撞的大腿肉和小腿肉便開始滑行蠕動。之後彷彿所有一切都被那些水手動手拆解，有人拿到了有葡萄裝飾的寬邊帽，有人拿到了一條蕾絲內褲，有人拿到了一排假牙，有人的脖子上圍了一條絲襪，還有人拿到一件絲質小洋裝。

尤蘭達單獨跟大塊頭水手留在小房間裡，門用鑰匙鎖了起來。尤蘭達站在洗手檯鏡子前面整理頭髮，大塊頭走到窗前拉開窗簾。只見窗外臨海一帶暗沉沉的，堤防上那一排街燈與水中倒影互相輝映。大塊頭開始唱起一首英文歌：「白晝結束，黑夜降臨，天是藍的，鐘聲開始響起。」

尤蘭達也走過去看著玻璃窗外，他們都把手放在窗臺上，很貼近。聲音低沉的大塊頭水手接著往下唱：「上帝的子民啊，讓我們同唱哈雷路亞。」

尤蘭達重複最後一句：「讓我們同唱哈雷路亞，哈雷路亞。」

埃馬努艾雷心裡七上八下穿梭在水手間，躲開偶爾會撲到他懷中的變了模樣的那些女子，就是找不到自己的妻子。然後那群計程車司機好不容易找到他，擋住去路要求他結算車資。埃馬努艾雷差點哭出來。巴契也加入計程車司機的陣容，揮舞著馬車夫趕車用的皮鞭，開口說：「你如果不付錢，我就把那個女人帶走。」

之後大家聽到警哨聲，警察包圍了小酒館。仙度納號驅逐艦的巡邏隊戴著頭盔，手持長槍，讓水手們一個一個走出來。義大利警方派來廂型車，把所有遭到逮捕的女子送上車後載走。

水手們排成一列往港口走去。當載著那些女子的廂型車經過身旁，紛紛張開雙臂朝對方揮手道別。大塊頭走在最前面，高聲唱起歌來：「白晝已過，夕陽西沉，讓我們同唱哈雷路亞，哈雷路亞。」

廂型車上夾在米蕾摩斯和蔻姬之間的尤蘭達聽見歌聲漸漸遠去，便接著往下唱：「白晝已逝，勞動節束，哈雷路亞。」

往船艦上走的水手和被載往警察局的女子一同齊聲高唱。

退伍返鄉的第歐根尼之甕小酒館老闆菲力奇開始整理桌子。無人理會的埃馬努艾雷坐在椅子上低著頭，下巴抵著胸口，變了形的帽子掛在腦後。他差點也被逮捕，負責指揮這次行動的美國海軍軍官詢問過旁邊的人之後，決定放他一馬。軍官也留了下來，小酒館裡只剩下他們兩個。沮喪的埃馬努艾雷坐在椅子上，軍官雙手環胸站在他面前。等軍官確定酒館裡沒有其他人，他伸手拍了拍埃馬努艾雷，開口跟他說話。菲力奇走過來幫他們翻譯，黑色鬍碴冒出來的扁平臉龐上掛著一絲冷笑。

「他說讓你也幫他找一個女孩。」菲力奇對埃馬努艾雷說。

埃馬努艾雷眨了眨眼睛，重新低下頭。

「你，給我，女孩。」軍官說。「我，給你，美金。」

「美金。」埃馬努艾雷用手輕拍臉頰，讓自己回神。然後他站起來。

「美金。」他複述一次。「美金。」

他們一起步出酒館。夜空中雲彩飄過，堤防盡頭的燈塔按照設定持續閃爍不輟。那首「哈雷路亞」不絕於耳。

「白晝將盡，天空依然蔚藍，哈雷路亞。」埃馬努艾雷和軍官手挽著手走在路上，尋找可以徹夜尋歡的下一站。

小兵奇遇記

火車車廂裡，一位高䠷豐滿的女士坐到小兵托馬葛拉身旁。從衣服和面紗判斷，她應該是鄉下人，守寡中。黑色絲綢洋裝是專為長期服喪的人所做，搭配多此一舉的滾邊和蝴蝶結，遮住臉的面紗從一頂老氣笨重的帽緣垂下。小兵托馬葛拉注意到車廂裡有很多空位，他原以為那名寡婦會在那些空位之中選擇，沒想到她竟然會緊挨著一名年輕士兵坐下。顯然她有旅行上的一些考量，小兵連忙告訴自己，因為不想吹風，或是跟行車方向有關。

女士身形健美，頗為結實，甚至有點壯碩，幸而她莊重的溫柔表情讓所有高高隆起的弧線軟化許多，所以他猜測她大約三十出頭。然而若是看臉，她放鬆的紅潤臉龐面無表情，眼皮低垂看不到眼神，烏黑眉毛十分濃密，緊抿的雙唇淡淡一抹刺眼的朱紅，應該超過四十歲。

托馬葛拉是第一次放復活節假期的年輕士兵，擔心那位女士如此高大豐腴，走進包廂恐怕有點困難，坐在位子上的他連忙把手腳都縮起來，隨即聞到她身上的香味。那是一款知名香水，或許並不貴，但是長時間使用下來，已經與她的體味自然地融為一體。

那位女士儀態端莊地在托馬葛拉身邊坐下來後，他才發現她的身形不如站立時那麼壯碩。她雙手交握，擱在大腿上，幾枚暗色的戒指緊箍著肉肉的手指，腿上還有一個漆皮小皮包，她脫下外套，露出渾圓雪白的臂膀，然後將外套也放在腿上。托馬葛拉見她脫衣，服連忙閃躲好騰出空間來讓她的手臂能夠轉圜，但是她幾乎沒怎麼動，簡單幾個肩膀動作搭配扭腰，就掙脫了袖子的束縛。

這個包廂座位坐兩個人還算舒適，托馬葛拉覺得自己跟那位女士靠得著實很近，但不至於會有肢體碰觸冒犯到她。不過，托馬葛拉心想，對方身為女性，之所以沒有對他露出嫌惡態度，肯定是因為他身上穿的硬挺軍服，否則應該會選擇坐離他遠一點。想著想著，托馬葛拉原本緊繃的肌肉漸漸放鬆，在他沒有移動的情況下開始橫向擴散，原本肌腱收縮的大腿跟褲管各自為政，如今一旦鬆懈，大腿便向褲管舒張，而他的褲管又輕觸著寡婦的黑色絲綢洋裝，雖然隔著褲管和絲綢，但小兵的大腿形同貼著她的大腿，輕柔而短促，彷彿鯊魚在海中交會，潮水一波波推著他向她靠近。

其實那碰觸猶如蜻蜓點水，每次火車震動就會讓他們膝蓋輕觸後再分開。那位女士的膝蓋堅硬而厚實，每一次晃動，托馬葛拉的膝蓋骨便會懶洋洋地晃過去感覺一下，至於她那滑順微突的小腿肚，則得若有似無地略為出力才能跟自己的小腿肚相碰。能碰觸到小腿肚實屬難得，得花一點功夫：因為人體重心會移動，輪流靠臀部左側或右側支撐，而且不像膝蓋晃動得那麼溫柔。所以，如果想得到令人滿意的自然坐姿，必須在座位上稍微挪動一下，加上換軌道時車身傾斜的幫助，還有可想而知，偶爾必須自己借力使力一下。

那位女士不動如山。頭戴名媛帽的她，眼皮低垂目光停滯，雙手抓著放在大腿上的皮包，但她的身體大面積緊貼著小兵的身體，難道她絲毫沒有察覺？難道她逃家？或只是鬧彆扭？

托馬葛拉決定想辦法傳遞訊息給她：他收縮小腿肚的肌肉，彷彿那是一方硬梆梆的拳頭，然後用這個小腿肚拳頭（就好像小腿肚裡有一個拳頭拼命想張開）去敲打那名寡婦的小腿肚。當然，那動作其實一閃而逝，不過是肌腱鬆緊之間的事。重要的是她沒有退縮，至少在他看來是如此！他為了掩飾剛才那個小動作，刻意抖了抖腳，一副活動筋骨的樣子。

現在得從頭來過。剛才費了一番精神、小心翼翼才完成的碰觸已經落幕。托馬葛拉決定鼓起勇氣，假裝找東西把手伸進口袋裡，伸進靠近她那一側的口袋，然後故作放空狀讓手留在口袋裡。那個動作很快，看似無意，托馬葛拉也不知道自己究竟有沒有碰到她，不過他知道往前進一步極其重要，也知道自己在玩的是非常危險的遊戲。此刻他的手背挨著黑衣寡婦的臀部，感覺到她的重量壓在每一根手指、每一根指骨上，不管他的手做什麼動作都是跟那名黑衣寡婦的初次親密接觸。托馬葛拉屏住呼吸，手在口袋裡轉了一圈，讓手心朝向她，儘管隔著口袋，但是掌心貼著她展開，姿勢實在很怪，得擰扭著手腕。不過既然已經轉了，不如再大膽一點：那隻反轉的手開始蠕動指頭。現在所有疑慮一掃而空：黑衣寡婦不可能對他的動作毫無所察，可是她沒有閃躲，假裝鎮定自若，或心不在焉，也就是說她並不討厭他做的事。不過，仔細想想，也有可能她對托馬葛拉的手動來動去不在意是因為她真以為他在口袋裡找東西：找車票，或找火柴……。所以，如果說那小兵的指腹突然間具備一種洞察力，能穿透不同布料感覺到她襯裙的花邊，甚至皮膚的細微凹凸、毛孔和痣，如果，他的手指真的如此神奇，那麼或許她那平滑慵懶的肉體真的只能感覺到小兵的指腹，並不會感覺到手背、指節或指甲。

托馬葛拉的手偷偷摸摸地離開了口袋，懸在那裡猶豫了一會兒之後突然急忙忙整理起長褲，手從褲腰皮帶的位置漸漸游移到膝蓋上。或許應該說他騰出了空間以便另起爐灶，因為若想要更進一步，他的手必須偷偷溜進他和那名女子之間，那是一個過程，雖然很快，但是充滿了緊張和甜蜜的悸動。

必須說明的是，托馬葛拉現在的策略是反向操作，當然也可以說他睡著了。這麼說吧，與其說是掩護，不如說是為了她著想，萬一他的努力不懈讓她覺得不舒服，至少她曉得那些動作是他在深沉睡夢中的無心之舉，應該可以讓她不那麼難過。從這時候開始，托馬葛拉以貌似熟睡的警覺，讓原本握住膝蓋的手鬆開一個指頭，小拇指，他讓小姆指四處查探。小拇指爬上她沉默溫馴的膝蓋，半瞇著眼的托馬葛拉本可以放縱小姆指在那弓起來的淺色絲襪上盡情變換姿勢，但是他意識到冒這個風險收穫不大，因為小姆指肉不多，而且行動不靈敏，只能傳遞部分感覺，既不能勾勒形體，也無法領會觸摸對象的本質。

於是，他讓小姆指重新跟手會合，不是收回小姆指，而是讓無名指、中指和食指跟它合體：現在他整隻手穩穩地擱在那名女子的膝蓋上，隨著火車輕輕搖動。

這時候托馬葛拉才想到其他人。就算那名黑衣寡婦是為了委曲求全，或某個神祕理由動彈不得，所以對他的冒進沒有抵抗，問題是車廂裡還坐著其他乘客，他們很可能會對他有失軍人體面的行為，以及那女子的默不作聲大做文章。主要是為了避免那名女子遭人質疑，托馬葛拉把手收回來，還把手藏了起來，彷彿錯都錯在那隻手。但是把手藏起來，他想想，其實是一種偽善的託辭，事實上，他之所以放開坐在那裡、占據了整個座位的那名女子，無非是為了能夠更靠近她。

果不其然，他的手還在附近摸索，手指察覺到她的存在後便像蝴蝶一樣停靠其上，只需要輕輕一推整個手掌就能順勢貼上去，然而他看不透那名黑衣寡婦面紗下的眼神，她的胸脯隨呼吸微微起伏，怎麼會呢！托馬葛拉立刻把手抽回來，如老鼠般逃竄。

「她完全沒反應，」他心想。「表示她同意。」但是他又想：「要不是我閃得快，說不定就來不及了。她有可能在觀察我，準備隨時大鬧一場。」

於是，為了謹慎起見，托馬葛拉的手溜上椅背，等待火車晃動，即便是感覺不出來的小小晃動，都足以讓手指順理成章滑下來搭在那位女士的身上。要說等待，其實不盡正確，他的手立起指尖以蟹行方式從椅背朝她前進，動作極小，可以歸因為火車震動所致。不過，他前進到一半突然停下來，不是因為那位女士表現出不樂意的樣子，而是因為，托馬葛拉心想，如果她接受，只需要半轉過身子迎向他就好，也就是說，她可以整個人靠過來，倚向他殷殷期盼的那隻手。為了體貼，為了讓對方發現自己的孜孜不倦，深深為那位女士傾心的托馬葛拉繼續小心翼翼地蠕動手指。那位女士望著窗外，一隻手懶洋洋地撥弄著皮包上的扣環，一會兒開一會兒關。那些暗號是為了叫他住手，那是她最後一次對他容忍，警告他不要再持續試探她的耐心？「是這樣嗎？」托馬葛拉心想。「是這樣嗎？」

他發現他的手像一隻水蛭，緊咬著她的肉不放。一切塵埃落定，托馬葛拉已經不能反悔了，而她，她依舊高深莫測。

小兵的手有如螃蟹在她的大腿上橫行。他竟如此明目張膽，當著所有人的面這麼做？沒有，黑衣寡婦拿起原本摺好放在腿上的外套，披在單肩上。是為了讓他有所遮蔽，還是為了阻擋他前進？現在他的手可以來去自如，而且沒有人看得見，他緊緊地攫住她，打算像一陣風吹拂大地那樣輕撫她。而那黑衣寡婦的臉始終看著窗外，望著遠方，托馬葛拉盯著她裸露在外，在耳後和髮際線之間的皮膚。耳後那裡有一根血管脈動起伏，那就是她的答覆，很清楚，讓人怦然心動，卻又難以捉摸。她突然轉過臉來，那張驕傲、沒有表情的臉，像掀開布幔那樣，她掀開從帽緣垂下的面紗，露出低垂眼簾間的茫然眼神。那視線越過他，越過托馬葛拉，或許完全沒有停留在他身上，看向他身後的某個東西，或看向空無，尋找思緒的落點，總之是看向比他更重要的某個東西。那是他後來才意識到的，因為先前，當她把臉轉過來的時候，他立刻退縮，緊閉雙眼假寐，努力忍住在他臉上泛開的紅暈，因此錯過了捕捉她的眼神，釐清他內心所有疑惑的機會。

他的手，躲在她的黑色外套裡，幾乎不再屬於他。他手麻，手指拼命縮向手腕處，那不再是一隻手，失去了感覺，僅是一把枯骨。幸好黑衣寡婦很快就結束她短暫脫離冰封、茫然環顧四周的狀態，於是那隻手的血液和勇氣一併回流。當他重新觸摸到她圓潤柔軟的大腿時，發現遇到了瓶頸：他的手指在裙子邊緣游走，再過去，就是突出的膝蓋，然後是懸崖。

走到盡頭了，托馬葛拉心想，這段祕密的歡樂時光結束了。此時此刻，仔細回想，這段時光在他的記憶中其實十分貧乏，是他拚了命放大自己的感覺。但不容他否認的是，若不是他那身叫人心疼的軍服，那位女士不可能如此低調、不落痕跡地給予眷顧，讓他得以笨手笨腳地輕撫那件黑色絲綢洋裝。

不過，在他悲從中來，打算收手的時候，看見她處理原本放在膝蓋上那件小外套的方式，才打消了放棄念頭：她把外套攤開（原本是摺好的），仔細地搭在肩膀上，衣角垂落遮住雙腿。於是他的手被關在密室裡。這或許是那位女士給他的最後一次信任測試，因為她知道她跟小兵之間的不對等關係，讓他絕對不敢踰矩。小兵勉力回想，直到那一刻為止黑衣寡婦和他經歷了什麼，在回憶中搜尋她是否有什麼表示才讓他決定更進一步。他回想自己做過的動作，一會兒覺得不過是蜻蜓點水般的觸碰和不小心的擦撞，一會兒又覺得異常親密，讓他無法輕易退縮。

他的手自然傾向於接受記憶中的後者，因為，在他還沒想清楚這樣下去會不會一發不可收拾的時候，他的手已經越過了隘口。那位女士呢？她在睡覺。戴著那頂名媛帽的頭抵著牆角，眼睛閉著。所以他，小兵托馬葛拉，應該尊重她的睡眠權，不管她是真睡還是假睡，把手收回來嗎？或者，那是女子的權宜之計，他早該看出端倪，而且應該心存感激？走到這一步也來不及回頭了，只能繼續前進。

小兵托馬葛拉的手小小的，短短的，硬皮和老繭深深嵌入肌肉裡，所以看起來依舊柔軟平整，而且感覺不到骨頭，控制動作的主要是柔軟的筋，不是指骨。那隻小手的動作持續不間斷，很全面也很細膩，因此觸摸時能兼顧熱烈與熱情。但是當這第一次騷亂有如將遠方浪潮一波波導入祕密地下水道般，進展到黑衣寡婦身上最柔軟之處的時候，小兵覺得有些不大對勁。因為如果那名寡婦完全無所察覺，很有可能她是真的睡著了。他嚇了一大跳，連忙把手收回來。

此刻他的兩隻手乖巧地擺在自己的膝蓋上，整個人蜷縮起來，跟女子走進來當下他擺出的姿勢一樣。他這樣很可笑，他自己知道。於是，他腳跟一放，扭了一下臀部，一副急於想要重新建立關係的樣子。但他的謹慎同樣可笑。看起來他想要從頭再來一次，那需要十足的耐心，可是他又對自己先前已經到達的目的地毫無把握。他真的去過？抑或只是一場夢？

鐵路隧道突然從天而降。車廂內越來越暗，原本托馬葛拉還略顯羞澀，時不時把手移開，彷彿那真是他們之間的第一次接觸，所以對自己的膽大妄為也感到詫異，之後才慢慢試著說服自己其實他跟那名女子已經達到一種極為親密的狀態。他焦慮的手如小雞般一巔一巔地往她的胸脯前進，那碩大且沉重到有些下垂的胸脯，他喘著氣摸索，只希望她能懂得他心中卑微的、快要承受不住的快樂，還有他的需求。他不求別的，只求她能擺脫閉塞走出來。

黑衣寡婦果然有了反應，突然伸手護住自己，同時推開他。托馬葛拉立即退到角落裡，緊張地直搓手。但那應該是虛驚一場，因為車廂走道有光讓寡婦擔心火車即將駛離隧道。也或許，是他踰越了界線，對寬容大度的她做出了嚴重失禮的行為？不對，他們之間已經沒有是什麼不能做的了，她剛才那個動作就說明先前一切不是他的幻覺，她不但接受，而且樂在其中。托馬葛拉又湊過去。只不過他為了釐清事情原委浪費了很多時間，火車在隧道裡所餘時間無幾，萬一突然天光大亮就糟了，必須審慎行事。托馬葛拉知道列車隨時有可能脫離黑暗隧道。他遲疑得越久，再採取行動就越危險。不過這個隧道真的很長，他之前坐過這個路線好幾次，記得這條隧道極長，如果他早點把握機會，時間其實很充裕，不過現在最好等待，到底為什麼隧道還不結束，這可能是他最後的機會了。黑暗漸漸淡去，火車總算駛出隧道。

剩下最後幾站這列鄉間火車就要抵達終點，車上的人越來越少，車廂內大部分乘客都下車了，其他乘客也紛紛卸下行李，往車廂門口移動。最後車廂內只剩下小兵和寡婦，兩個人距離很近又很遠，兩個人的雙臂都在胸前交叉，不發一語，眼神放空。托馬葛拉還需要再想一想：「現在所有座位都沒人，她如果不想被打擾，坐得舒服一點，如果討厭我，可以換座位坐……。」

他依然躊躇不前、擔心害怕，或許是因為還有一群抽菸的乘客站在走道上，或許是因為天要黑了所以車廂內燈亮了。他想把面向走道的包廂玻璃門上的簾子拉下來，有人在火車上想好好睡一覺的時候會那樣做，他猛然站起來，小心翼翼地慢慢解開一扇扇簾子往下拉，固定好。他轉過身，發現她整個人已經躺平，貌似打算睡覺的樣子，可是她睜著眼睛不動，人雖然躺下了，卻始終維持原本的端莊儀態，靠在扶手上的頭依舊戴著那頂叫人肅然起敬的帽子。

托馬葛拉站在那裡，為了保護裴睡的她，準備把車窗那一邊的簾子也拉下，便伸長了手越過她想要解開簾子。但是他在那位不動聲色的寡婦上方笨拙地忙碌半天之後，決定放棄折騰那卡在溝槽裡的窗簾，同時意識到自己應該另外採取什麼行動，好讓她明白自己內心對她有多麼急切渴望，而不是向她釐清先前的誤會，說什麼：「是這樣的，您對我百般遷就，是因為您相信我們與生俱來對於情感的需求，相信我們這些孤零零的可憐士兵，而我這樣的人，收到您釋放的善意後，您看看，我現在竟然起了如此不堪的貪念。」

事實擺在眼前，那名寡婦顯然毫無畏懼，或者應該說不管發生什麼事都在她的預料之中，所以小兵托馬葛拉唯一該做的就是不要再心存懷疑，讓他瘋狂的慾念擁抱緘默但堅定的她。

當托馬葛拉起身，在他身下的黑衣寡婦眼神清亮肅穆（她有一雙天藍色的眼睛），從帽緣垂下的面紗依舊遮著她的臉。在田野間奔馳的火車鳴放尖銳汽笛聲，車外是綿延不見盡頭的一排排葡萄藤架，全程不休敲打玻璃窗的雨滴再度奮力潑灑而下，小兵托馬葛拉對自己竟然如此大膽，分外感到不安。

席地而睡

他每次睜開眼，就覺得售票處大燈黃澄澄的刺眼燈光全打在自己身上。他用翻起外套領子遮住眼睛，尋找黑暗和溫暖。蜷縮成一團的他原本不覺得石頭地板有多冷多硬，但是現在寒冷有如利刃由下而上鑽進他的衣服和破洞的鞋子裡，髖骨外側薄薄一層肉卡在骨頭和石頭地板之間，感覺很痛。

其實這個位置他選得很好，靠近樓梯轉角，可以遮風避雨，而且不是通道。所以他躺下來沒多久，就看到兩個女人的腳站定在他腦袋前方，然後說：「欸，這個人佔了我們的位置。」

他聽到了，沒有醒，口水從嘴角流到兼做枕頭的破損行李箱外殼上，頭髮跟身體的線條保持同一水平方向。

「喂，」之前說話的那個女人膝蓋髒兮兮的，裙子如一口垂下的鐘。「起來，至少讓我們鋪個墊子。」

其中一隻腳，穿著大頭鞋的那個女人的腳輕輕點了點他的髖骨，彷彿嗅聞的狗鼻子。男人用手肘撐起上半身，在黃色燈光下雙手胡亂揮了幾下，眼神迷茫又氣惱，頭髮卻紋風不動，依然全體豎立。之後他又一頭栽下去，彷彿打算用腦袋捶打行李箱。

那兩個女人放下頂在頭上的布袋，跟在她們後面的那個男人把捲成一捆的鋪蓋放在地上解開整理。「欸，」年紀較長的那個女人說。「你站起來，我們幫你下面墊個東西。」才怪。男人繼續睡。

「他八成累壞了。」比較年輕的那個女人說。她骨瘦如柴，但是有些部位挺有料，像胸部和臀部，有如掛在骨頭上的肉，當她彎腰攤開被褥、整理布袋的時候在衣服下面亂晃。

那三個人是做黑市交易的，裝貨物的布袋很滿，可是飯盒是空的。這些人身體力行睡「硬鋪」，睡覺選車站，旅行靠牲口，他們同時也學會未雨綢繆，帶著被褥鋪墊四處旅行，把軟的放下面，暖的放上面，裝貨物的布袋和飯盒當枕頭。

年紀較長的老女人試圖幫那個睡得不省人事的男人鋪個墊子，把不肯配合的他這裡那裡抬起來。「他真是累壞了。」老女人說。「很可能是外來移民。」

跟她們一起來的那個男人很瘦，帶了一布袋的拉鍊，已經鑽進被褥和鋪墊之間，拿下貝雷帽遮住眼睛。「欸，你快進去，還沒整理好啊？」他對著彎腰拍打布袋好當枕頭用的年輕女人的臀部說。年輕女人是他的妻子，但是他們在車站打地鋪的時間比睡在自家雙人床上的時間多。兩個女人都躺下，年輕女人和她先生兩個人挨著睡，發出一陣打哆嗦的聲音，老女人則幫那個沉睡不醒的窮酸鬼蓋上被子。或許老女人並不是真的很老，只是被生活所逼憔悴如斯，頭上總是頂著麵粉和油，在一列又一列火車上上下下，身上穿的衣服跟布袋沒有兩樣，成日蓬頭垢面。

沉睡的男人腦袋瓜一直從行李箱上滑下來，行李箱太高，他只能歪著脖子睡。老女人想幫他調整姿勢，卻差點害他腦袋瓜磕碰到地上。於是她乾脆讓他靠著自己的肩膀，男人闔上嘴巴，吞了一口口水，往下面蹭到更柔軟的地方躺好後繼續流口水。他現在躺在她的胸脯上。

他們快要睡著的時候，來了三個義大利南部人。他們是父女三人，父親留著黑色的小鬍子，兩個棕髮女兒體型微胖，三個人都不高，帶著柳條編織籃，在燈光照射下愛睏的眼睛快要睜不開。看起來兩個女兒想要去一個地方，而父親想要去另一個地方，於是鬧得很不愉快，他們不看對方，也不大願意開口說話，偶爾逼不得已才冒出幾句話，三個人走走停停。當他們發現這個地方已經被那四個人占據的時候，更加不知如何是好，這時候又來了兩個打著綁腿、披著短斗篷的年輕人。

這兩個人立刻加入父女三人，努力說服已經躺好的四個人和自己分享被褥，大家一起取暖。年輕人來自威尼斯，想要移居法國。他們讓做黑市交易的三個人起來，以便重新整理所有鋪蓋，讓所有人共享。看得出來年輕人所有動作的目標都是那兩個睡眼惺忪胖少女的胸和臀，最後總算一切就緒。老女人根本沒有移動過，因為沉睡男人的頭始終枕在她胸前。威尼斯青年自然選擇了兩個少女之間的位置，把老父親擠到一邊去。在被褥和斗篷的遮掩下，他們的手還伸到另外兩個女人身上。

有人發出鼾聲，老父親睡不著。儘管他睡意正濃，然而刺眼的黃色燈光直達眼皮下方糾纏不休，就連用手遮掩都擋不住。還有擴音器傳出高分貝機械嗓音：「……快車……月臺……離站……」都讓他緊繃不已。而且他想上廁所，可是他不知道可以去哪裡解決，擔心自己會在車站裡迷路。最後他決定找人幫忙，被他試圖搖醒的正好是第一個在這裡睡覺的倒楣鬼。

「公廁，老弟，公廁。」他坐在裹著被褥睡成一片的那群人之中，拉著倒楣鬼的手肘。

沉睡的男人猛然坐起來，睜開充滿血絲的迷濛眼睛和厚唇看著面前低頭看著自己的那個人。那個人有一張巴掌大的貓臉，布滿皺紋，還留了黑色小鬍子。

「公廁，老弟……」來自南義的老父親說。

被叫醒的那個人一臉茫然，倉皇地環顧四周。他們兩個人就這麼半張著嘴對看。之前一直沉睡不醒的男人莫名所以地看著那個老女人的臉，她就躺在自己旁邊，他表情驚恐地盯著她看，似乎隨時可能驚呼出聲，但是轉眼他又一頭栽進那個女人的胸前，沉沉睡去。

老父親站起來，踩踏過兩、三個人後，腳步猶疑地來到燈火通明但寒冷的大廳。落地窗外是漆黑夜色和幾何線條交錯的金屬景觀。他看到一個比自己更矮小的棕髮男子，衣服皺巴巴，但是帶著霸氣，一副吊兒郎當的樣子向他走來。

「公廁，老弟。」老父親懇切詢問。

「美國菸，瑞士菸。」矮個子沒聽懂對方的問題，掏出一個菸盒。

那是貝爾莫雷托，在火車站附近混日子，沒有家也沒有固定的落腳處，三不五時隨便上一列火車就換個城市，只要能夠繼續有一搭沒一搭地販賣菸草和口香糖就好。到了晚上，如果能混入那些在火車站睡覺等換車的人，就能在被褥下躺著睡幾個小時，不然就只好遊蕩到天亮，除非遇到老同性戀把他帶回家，讓他洗澡，給他東西吃讓他陪睡覺。貝爾莫雷托也是義大利南部人，他對那個留了黑鬍子的老先生很客氣，把人帶去公廁，等人解決完畢後再陪著走回原處。貝爾莫雷托請他抽菸，兩個人抽著菸，睡眼惺忪地看著一列列火車離站，還有大廳裡席地而睡的那群人。

「跟狗一樣倒地就睡。」老父親說。「我六天六夜沒碰過床了。」

「床，」貝爾莫雷托說。「有時候我會夢到床。一張專屬於我的白色的床。」

老父親回去睡覺。他掀開被褥找位置的時候，看見其中一個威尼斯年輕人的手放在他女兒的大腿中間，他伸手進去驅趕鹹豬手，他女兒的腿輕輕動了一下，威尼斯人以為是朋友的手想來佔便宜，便用拳頭推開他。老父親揮拳回敬的同時開口咒罵，其他人嚷嚷著抱怨這樣沒辦法睡，老父親用膝蓋把人頂開後回到自己原本的位置，鑽進被褥後沮喪發呆。他覺得冷，整個人縮起來，他的手還留有女兒襯裙下的餘溫。突然很想哭。

這時候大家都察覺到有一個外人闖了進來，像狗一樣在被褥下鑽來鑽去。有女人尖叫，於是大家手忙腳亂掀開被褥搞清楚究竟怎麼回事。結果發現打赤腳的貝爾莫雷托如胎兒一般蜷縮成一團，腦袋鑽進一條襯裙下，雙腳則鑽進另一條襯裙下。他被落在背後的拳頭打醒後說：「對不起，我無意打擾。」

可是，大家被這一鬧全醒了，口中罵個不停，除了最早來的那個，還在流口水。

「這裡睡得腰酸背痛，全身冰冷，」他們說。「應該把這裡的燈砸爛，把擴音器的線給剪了。」

「你們想知道的話，我可以教你們怎麼做床墊。」貝爾莫雷托說。

「床墊，」其他人齊聲複誦。「床墊。」

貝爾莫雷托讓大家騰出幾床被褥，用坐過牢的人都知道的手法摺成手風琴形狀。大家都讓他別做了，因為被褥不夠，這樣一來會有人沒得遮蓋。於是大家聊起腦袋瓜下面如果不墊個東西就沒辦法睡，但是並非每個人都有東西可以拿來墊，像那幾個南部人的籃子就派不上用場。貝爾莫雷托做了一番安排，讓每個人的腦袋瓜都能枕在女人的臀部或大腿上，被褥的問題比較麻煩，不過最後大家都各就各位，還找出許多新的組合。只不過沒多久又告吹，因為大家沒辦法靜止不動。貝爾莫雷托推銷大家買了義大利國產菸一起吞雲吐霧，各自說起幾個晚上沒睡了。

「我們已經旅行二十天了，」那兩個威尼斯人說。「我們試了三次想越過那該死的邊界，三次都被擋下來。等到了法國，看到第一張屬於我們的床，要連續睡上四十八小時。」

「床，」貝爾莫雷托說。「有洗乾淨的床單和讓人陷進去的羽毛床墊。一張小小的、暖呼呼的床，只有我一個人睡。」

「像過我們這種生活的人怎麼辦？」做黑市交易的男人說。「回家上床睡一晚，就得出發趕火車。」

「要是能有一張乾淨暖和的床，」貝爾莫雷托說。「我要裸睡，一絲不掛。」

「我們已經六天沒有脫過衣服了。」南義的兩個少女說。「連內衣褲都沒辦法換。六個晚上跟狗一樣到處睡。」

「我真的很想溜進別人家，」其中一個威尼斯年輕人說。「不是為了偷東西。我只想有張床，能夠一覺到天亮。」

「不然乾脆偷張床搬來這裡睡。」另一個威尼斯人說。

貝爾莫雷托靈機一動。「你們等我一下。」他說完就走了。

他在拱門附近轉了幾圈才遇到浪女瑪麗亞。瑪麗亞如果一整晚都沒有找到客人，第二天就沒飯吃，所以即便已經過了十二點她還不放棄，繼續頂著一頭黯淡的紅髮和堅實的小腿肚在紅磚道上上下下，直到黎明。貝爾莫雷托跟她是好朋友。

火車站裡那群人依然在討論睡覺、床和席地而睡的話題，一邊等待落地窗外的天色漸亮。不到十分鐘貝爾莫雷托再度出現，肩膀上還扛著一張捲起來的床墊。

「來，」他把床墊攤開。「每次躺半小時，收費五十里拉，一次可以躺兩個人。來啊，一個人二十五里拉，才多少錢？」

他跟浪女瑪麗亞租了這張床墊，反正她床上有兩張，現在他再以半小時為單位轉租出去。其他等著換車昏昏欲睡的旅客紛紛圍過來，興趣頗高。

「來啊，」貝爾莫雷托說。「我負責叫你們起床。再加一床被褥更美，沒有人看見，想生孩子都行。來啊。」

其中一個威尼斯年輕人率先成交，還拉了一個南義女孩一起。做黑市交易那個比較年長的那個女人為自己和睡在她身上不省人事的男人預約第二順位。貝爾莫雷托拿出一本小冊子，開心地記錄排隊客戶資訊。

等天亮之後他再把床墊帶回浪女瑪麗亞家，他們可以在床上嬉鬧胡搞到天黑，最後再一起沉沉睡去。

十一月的願望

寒冷在十一月的某個早晨降臨城市，騙人的太陽高掛空中，虛偽地擺出安然悠哉的姿態，陽光被長而筆直的道路切割成許多刀鋒，讓貓咪從屋簷下跑進還未開伙的廚房裡躲起來。大家都起晚了，不推開窗戶，披上薄衣出門時反覆唸叨：「今年冬天遲到了。」一呼吸著冷冽的空氣，打一個哆嗦。然後思考家中煤炭存量，還有從夏天開始準備的柴薪，為自己有先見之明感到慶幸。

對窮苦人家而言，這一天是個壞日子，因為他們不能再對之前擱置的問題視而不見：暖氣、保暖衣物。公園裡，他們盯著瘦巴巴的梧桐樹看，看著瘦巴巴的孩子們躲過警衛，把鋸子藏在打了補丁的大衣下。有一群人在看公告欄裡分發冬季衣褲的慈善活動海報。

這個教區裡接受救濟的人得去葛里洛神父家裡領東西。葛里洛神父住在一間老房子裡，狹窄的樓梯沒有華麗梯井。他的公寓大門正對著樓梯，門前僅有一個小小的轉角平臺。分發物資的那幾天窮人會在這裡排隊，一個接一個敲開緊閉的門，把證明文件和兌換券交給毛髮稀疏、老是淚汪汪的女管家，然後站在平臺上等著女管家回頭遞給自己一份乏善可陳的救濟物資。可以看見門後屋內擺著蟲蛀老家具的一個房間裡，體型壯碩的葛里洛神父聲音低沉沙啞，坐在堆滿救濟物資的桌子後面，正在記錄所有進出。

有時候排隊人龍在樓梯轉角處糾纏不清，有沒落家庭、從未出過門的寡婦，有咳嗽止不住的遊民，有人滿身塵土從鄉下趕來踩著釘鞋爬樓梯，還有不知原籍何處、骨瘦如柴披頭散髮的年輕人腳踩冬天的便鞋，身上卻穿著夏裝。有時候這個行進速度緩慢、歪歪斜斜的人龍會排到二樓夾層法碧姿雅皮草店的玻璃門前方。優雅的貴婦們為了讓自己能及時穿上貂皮大衣或羔羊大衣，又不想碰觸到那些衣衫襤褸的人，只得貼著樓梯扶手走。

這一天，葛里洛神父要發放的是衛生衣褲，排隊人群中有一個沒穿衣服的。這個老先生身材高大，在火車站幫人搬行李維生，臉上亂糟糟的白鬍子有幾撮染成了金色。他身上只穿了一件軍用大衣，裡面不見寸縷，大衣從頭釦到底，身上裹得很嚴實，但是光溜溜的小腿露在外面，腳上是一雙大頭鞋，沒有襪子。大家瞠目結舌看著他，他笑嘻嘻地對他們擠眉弄眼不以為意。白色瀏海覆蓋的額頭下是一雙討人喜歡的藍色大眼睛，還有一張醉醺醺的開心的大臉。

他叫巴巴卡洛，那年夏天他在河邊做工清除碎石的時候衣服被偷了。從那時候開始他就過著衣不蔽體的生活，偶爾被送進監獄或老人安養院，不過沒多久他就被監獄放出來，或是從老人安養院偷溜出來，在城裡或其他鄉鎮打混，或是四處打零工。沒有衣服穿正好讓他有乞討的藉口，實在沒地方去的時候也可以以此為理由進牢裡待著。那天早晨天氣變冷讓他下定決心找件衣服，於是赤身裸體的他罩著那件軍用大衣就出來兜轉，把女孩們嚇得花容失色，而且每走到一個十字路口來回向路人乞討的時候都會被警察攔下來。

他走到隊伍尾巴排隊的時候，成了所有人討論的對象。為了能夠插隊到前面，他絞盡腦汁謀劃並使出各種伎倆。

「沒錯，沒錯，我裡面沒穿衣服！你們要看嗎？我可不是只有小腿光著喔！要不要我解開釦子？這樣吧，你們如果讓我插隊，我就不解釦子！冷什麼！我好得不得了！你要摸摸看嗎，這位太太，看我是不是熱呼呼的？神父今天只發衛生褲？我要衛生褲幹嘛？等我拿到就轉手賣掉！」

他一屁股坐在隊伍最後面，那裡正好是法碧姿雅皮草店門口的樓梯轉角平臺。貴婦們來來去去，展示剛穿上身沒幾天的皮草大衣。「哎呀！」看到坐在地上的老頭光溜溜的腿都驚叫出聲。

「太太，別叫警察來，他們已經抓過我了，把我送來這裡就是想讓我領衣服。再說了，我也沒暴露什麼啊，不要這麼計較嘛。」

貴婦們匆匆走過，巴巴卡洛感覺到散發樟腦丸和鈴蘭芳香劑香味的柔軟衣襬輕拂過他。「真是好皮，太太，無話可說，穿著肯定很暖。」

每一位貴婦經過他身邊，他都伸出手撫摸人家身上的皮草。「救命啊！」貴婦們驚聲尖叫，他則把臉湊上去像貓一樣蹭了又蹭。

法碧姿雅皮草店裡面開起了閉門祕密會議，沒有人敢離開。「我們是不是該叫警察啊？」她們不知道該怎麼辦。「不是警察送他來這裡領衣服的嗎？」她們偶爾拉開一條門縫。「他還在那裡？」有一次巴巴卡洛維持坐姿，把自己那張大鬍子臉送上門縫：「哇！」貴婦們差點被他嚇暈。

最後他做出決定：「不如我們開門見山直接談判吧。」他站起身來，按下法碧姿雅皮草店的門鈴。來開門的是兩名店員，一個臉色發白膝蓋發抖，另一個是綁著黑色髮辮的小女孩。「麻煩幫我叫老闆娘來。」

「走開！」臉色蒼白的那個女店員說。但是巴巴卡洛不讓她關門。

「你去叫老闆娘出來。」他跟另一個女店員說，小女孩轉頭就進去了。「好乖。」巴巴卡洛說。

等老闆娘跟貴婦客人出來，他說：「我如果不解開大衣鈕扣，你們給我多少錢？」

「你說什麼？」

「快點，少囉嗦。」他伸出一隻手從脖子那裡開始解釦子，另一隻手則往外拉。貴婦們急忙從小皮包裡找銅板拿給他，一位個頭高大、珠光寶氣的貴婦似乎找不到零錢，用畫了深褐色眼影已經出油的眼睛上下打量他。巴巴卡洛停止動作：「那如果我解開大衣鈕扣，你們會給我多少錢？」

「哈！哈！哈！」綁辮子的女店員忍不住笑出來。

「琳達！」老闆娘斥喝她。

巴巴卡洛把錢收進口袋裡就走了。「掰，琳達。」他說。

隊伍尾端有耳語說今天衣服不夠，沒辦法發給所有人。

「先給我，我裡面沒穿！」巴巴卡洛衝到隊伍前面。

女管家站在門口雙手合十：「你沒穿衣服！這怎麼行！你等一下，不行，你不能進去！」

「女管家，你如果不讓我進去，我只好誘惑你犯罪。神父在哪裡？」

他闖入神父住的公寓，看到巴洛克風格畫框裡血淋淋的聖心，很高的櫥櫃和掛在牆上像黑色大鳥張牙舞爪的十字架。原本坐在書桌後面的葛里洛神父站起來後放聲大笑。

「哈，哈，哈！誰把你搞成這副模樣？哈，哈，哈！」

「神父，聽說今天發的是衛生衣褲，可是我是來領長褲的，您有嗎？」

神父又坐回他的高背椅上，肚皮朝天笑到雙下巴都跑出來了：「沒有，沒有，哈，哈，哈，我沒有……。」

「我又不是要您把自己的長褲給我……。那我只好在這裡等您打電話給主教，讓他派人送一條過來了。」

「沒錯，孩子，你說的沒錯，是該去找總主教，你去吧，哈哈哈，我給你寫張字條……。」

「給我字條。那衛生衣褲呢？」

「好，好，哈哈哈，我們來看看，孩子。」

神父在衛生衣褲裡面翻了半天，找不到適合巴巴卡洛的大尺碼。好不容易挖出現有物資中最大的尺碼，巴巴卡洛說：「那我就穿這個。」女管家趕在他脫下軍用大衣前逃到門外的樓梯平臺。

巴巴卡洛脫得一絲不掛之後，做了幾個伸展動作當作暖身，然後開始往身上套衛生衣褲。當葛里洛神父看到他跟加里波底一樣毛髮稀疏的腦袋瓜被領口勒著脖子，緊繃的上衣袖口和長褲腳踝都卡住，搭配腳上的大頭鞋，更是笑得停不下來。

「哎喲！」巴巴卡洛叫了一聲，然後像被嚇到一樣跑去角落裡縮成一團。

「你怎麼了，怎麼回事，孩子？」

「好癢，我全身都好癢……。神父，您給我什麼衣服啊？我全身都癢……！」

「沒事，因為是新衣服的關係，沒事，你慢慢就習慣了。」

「哎，我皮膚很敏感，我已經習慣不穿衣服了……。哎呦，真的好癢。」巴巴卡洛扭來扭去想要抓背。

「沒事，沒事，下水洗過一次就好了，會跟絲綢一樣軟……。現在你去我寫給你的那個地址，他們會幫你準備衣服，去吧。」神父讓他穿上大衣，將他往門口推。

巴巴卡洛放棄抵抗，他輸了。大門在他身後關上，他低著頭下樓，口中念念有詞，一邊往自己身上摸來摸去。還在樓梯上排隊的人紛紛問他：「你怎麼了！他們打你了？

也太大膽了吧，神父居然動手打老人！不過你這條衛生褲真不錯！」大家看著他的小腿被包裹在白色的絨布裡。

巴巴卡洛彷彿一下子老了十歲，藍色的眼睛熱淚盈眶。他準備離開，經過皮草店門口的時候突然轉身，不再念念有詞，伸手敲門。

綁辮子的女店員探出頭來。「什麼事……」她說。

「你看。」巴巴卡洛原本要哭不哭的臉上多了一絲笑容，指著被衛生褲包覆的腳踝。

店員說：「喔……。」

他擠進門內：「叫你們老闆娘過來，快！」店員一走，他就躲進旁邊那個房間，用鑰匙把門反鎖。

老闆娘法碧姿雅出來後沒看到人又轉身回去，邊搖頭邊說：「為什麼不把神經病關起來，我真不懂……。」

巴巴卡洛剛把門鎖上，就脫下身上的大衣、衛生衣、鞋子和衛生褲，然後神清氣爽地深呼吸，終於又一絲不掛了。他看著大鏡子裡的自己，鼓起一塊塊肌肉，做了幾個伸展動作。房間裡沒有暖氣，冷得不像話，但是他真的很開心。然後他開始觀察四周。

他把自己反鎖在法碧姿雅皮草店的倉庫裡，長長的衣架上掛了成排的皮草。老搬運工高興得眼睛都亮了！皮草欸！他像彈豎琴那樣，用手撫過一件又一件皮草，然後再用肩膀和臉去蹭。有狡猾的灰貂、極其柔軟的羔羊毛、雲團般的銀狐、體型嬌小動作敏捷的貂鼠和松貂、溫和穩重的褐色海狸、良善端莊的兔子，還有一塊塊白色的小山羊皮草摸起來會窸窣作響，豹皮摸起來則會起雞皮疙瘩。巴巴卡洛發現自己冷到牙齒打顫，於是他拿了一件羔羊短外套往自己身上比了比，大小正好，再用狐狸皮草往腰上一圍，拿毛茸茸的尾巴當遮羞布，再披上一件皮草斗篷，那應該是為某位身材魁梧的女子量身訂製的，摸起來十分柔軟，可以把他整個人包起來。他還找到一雙海貍皮短靴和一頂皮毛，大小正合適，再加上一個手籠，配件都齊全了。他在鏡子前面感受了好一會兒，分不清哪裡是鬍子，哪裡是動物皮草。

衣架上仍然是滿的。巴巴卡洛把一件件皮草丟到地上，最後變成了一張又大又鬆軟的床，可以整個人陷進去。他躺下來，把剩下的堆積如山的皮草全都蓋在自己身上。實在太過暖和，如果就這樣睡著未免太可惜，畢竟難得這麼舒服。不過老搬運工最後還是撐不住睡著了，連夢都沒做。

巴巴卡洛醒來的時候窗外天色已暗。四周寂靜無聲。顯然皮草店已經關門了，他不知道怎麼離開。他豎起耳朵，似乎聽到隔壁房間傳來咳嗽聲，從門縫透出些許光線。

身上有貂皮、狐狸皮、印度羚羊皮和海貍皮的他站起來，慢慢打開門，看到綁辮子的那名店員彎著腰坐在小桌子前面縫衣服。因為倉庫裡的皮草價值不菲，老闆娘都會讓一個店員睡在店裡的小床上，萬一遭竊可以通報。

「琳達。」巴巴卡洛叫她。女孩瞪大眼睛，看到一隻人形大熊雙手塞在羔羊手籠裡從陰暗處走出來。她說：「……你真帥……」

巴巴卡洛前進後退，像模特兒一樣展示自己。

琳達說：「……不過我現在得叫警察了。」

「警察！」巴巴卡洛很受傷。「可是我又沒偷東西。我有做壞事嗎？我當然不會穿這樣上街。我只是來店裡脫衛生衣褲的，因為我很癢。」

他們兩個人說好讓巴巴卡洛在店裡過夜，但是一大早就得離開。而且琳達知道衣服要怎麼洗，之後穿了才不會癢，她可以幫他洗衣服。

巴巴卡洛則幫她扭乾衣服，還在電爐旁邊拉了一條繩子把衣服晾起來。他們一起吃掉琳達帶來的幾顆女王蘋果。

巴巴卡洛說：「你也試穿一下這些皮草。」他讓她全都穿過，做各種搭配造型變化，有綁著辮子的，也有把頭髮解開的，然後互相交換他們對不同皮草穿在赤裸皮膚上的柔軟感受。

最後他們還用皮草搭了一個帳篷，可以讓兩個人平躺，於是他們到裡面去睡了一覺。

琳達醒來的時候，巴巴卡洛已經起來在穿衛生衣褲。窗外天色漸亮。

「衣服乾了嗎？」

「還有一點潮潮的，但是我得走了。」

「還會不會癢？」

「完全不會，我感覺好得不得了。」

他幫琳達整理倉庫恢復原樣，然後穿上軍用大衣，在門口跟她道別。

琳達看著他走遠，看著大衣和大頭鞋之間的那截白色衛生褲，還有隨著清晨寒風飄揚的頭髮。

巴巴卡洛沒打算去總主教那裡領衣服，他準備穿著這套衛生衣褲到各鄉鎮的廣場上去做健身操。

法官之死

那天早晨，歐諾佛里歐．柯雷利奇法官察覺那一波人來人往有些不尋常。他每天開著一輛不起眼的小車從家裡出發，穿過整個城市到司法部上班，車外紅磚道上行人摩肩擦踵，烤栗子的無照小販周圍交通打結，盲人在叫賣：「買樂透……百萬獎金……」學生的作業簿在書包裡晃蕩，還有被蝸牛啃食的包心菜和芹菜一簍簍滿到快要溢出來。

但是今天他覺得行色匆匆的那些人跟以往有些不同。那些人斜瞄過來的眼睛裡可見冷漠的三角眼白，牙齒翻出雙唇外，大衣和圍巾在肩膀上勾出冷硬的角度，厚重毛衣領口和大衣翻領上是突出的下顎線條。歐諾佛里歐．柯雷利奇法官心中的不安有增無減。

這幾個星期以來，他家外牆上越來越常出現用粉筆畫的圖案，越畫越大，圖案是絞刑臺，還有人在絞刑臺上被吊死，那些被吊死的人都帶著法官的圓頂高禮帽，禮帽上方則是一個圓環繩結。歐諾佛里歐．柯雷利奇法官意識到大家恨他好一陣子了，法庭內常有人竊竊私語，出庭作證的寡婦不罵被告反而常常罵他，但是他知道自己在做什麼，他也討厭他們，這些衣衫襤褸的傢伙作證的時候回答訊問語氣不佳，大庭廣眾之下坐沒坐相，這些傢伙一生就一窩小孩，欠一屁股債，是非觀念不分。這些義大利人。

歐諾佛里歐·柯雷利奇法官早就看清義大利人是怎麼回事。女人永遠肚子裡懷著一個，手裡又抱著一個癩痢頭娃娃；年輕人臉色發青，如果沒有戰爭就只能失業在家或去火車站賣菸；老人有哮喘和疝氣，雙手布滿老繭，連拿支筆在口供上簽名都做不到。如果不好好控制成日抱怨連連、哭哭啼啼、暴躁易怒的那些人，他們就會愈發肆無忌憚，踩著丟在地板上的烤栗子殼，拖著他們的小屁孩和疝氣見縫插針出現在各種角落。

幸好還有他們，正派世家子弟，他們皮膚光滑鬆軟，有鼻毛和耳朵絨毛，臀部跟沙發椅的填充坐墊一樣穩定不亂扭。他們身上叮叮噹噹掛滿勳章、配飾、項鍊、單柄眼鏡和單片眼鏡、助聽器和假牙。他們是數百年來坐在古老王國公署內巴洛克高背椅上長大的世家子弟，這些世家子弟擅長訂定法律、執行法律並在對自己有利的條件下讓大家遵守法律。這些世家子弟有一個眾所周知但彼此心照不宣的祕密，那就是：義大利人很討人厭，義大利如果沒有義大利人會更好，再不濟，如果能讓義大利人安分一點也行。

歐諾佛里歐·柯雷利奇法官抵達司法部，大樓很老舊，因為過去數次轟炸搖搖欲墜，靠幾根腐鏽的桁架支撐，牆面粉刷斑駁，三角牆上的巴洛克楣飾也殘缺不全。有一群人簇擁在緊閉的大門口，彷彿宗教遊行儀式，但是被警衛擋了下來。通常旁聽席會保留給被告親友和其他有身分地位的人，但是這群人之中每次總有幾個成功溜進法庭，在最後面的長板凳上找到位子，等開庭時出言抗議或發出噓聲擾亂法庭秩序。其他人進不去，就在外頭大聲喧嘩，威嚇叫囂，有的還會高舉大字報。他們製造的噪音不時會傳入法庭內，讓歐諾佛里歐．柯雷利奇法官神經緊繃，對那些蠻橫不講理、明明不懂還愛管閒事的義大利人更加深惡痛絕。

但是那一天群眾異常安靜守秩序，看到歐諾佛里歐．柯雷利奇法官從快解體的小車走下來，經由側邊一扇小門走進司法部的時候，沒有發出充滿敵意的議論聲。

走進司法部之後，歐諾佛里歐．柯雷利奇法官忐忑的心情稍稍平復，司法部裡的人都很友善，法官、檢察官和律師都是正經人，他們會壓下嘴角的微笑，脖子兩側的血管脈動時有如青蛙的鼓膜。這些人很沉穩，也很平靜，在政府和所有中央重要部會都有他們這樣的人，他們眼睛低垂，有著青蛙般的脖子，慢慢的，寡廉鮮恥的義大利人或許會頭腦清醒一點，坦然接受已經忍耐了數百年的疝氣和癩痢頭。

開庭前，法庭內湧入一團團黑衣，一名臉上長滿肉疣的律師從口袋裡掏出一份報紙，上面刊登種種對義大利人極盡詆毀之能事，他拿給其他同業看，指著嘲諷插畫中被描繪成頭戴寬沿帽、手持狼牙棒的義大利人滑稽醜陋形象哈哈大笑，只有一個人沒笑，他是新來的書記官，一個小老頭，頂著像松果的捲毛頭，外表看起來溫順恭敬。他們一個接一個瞬著因為大笑而充血的眼睛看著他那張沮喪、布滿皺紋的臉，從青蛙脖子傳出來的笑聲越來越收斂。「不能相信那個傢伙。」歐諾佛里歐．柯雷利奇法官這麼想。

之後法庭展開庭訊。這陣子由歐諾佛里歐．柯雷利奇法官擔任審判長的幾個案件可不是為求飽餐一頓闖入民宅偷竊的一般案件，他審理的那幾個案件被告在戰爭時期讓人逮捕並槍殺許多義大利人，而歐諾佛里歐．柯雷利奇法官聽完陳述之後，堅信那些被告是值得敬佩之人，有志之士，社會需要更多這樣的人，才能夠讓那些永遠窮酸潦倒、面黃肌瘦，永遠吃不飽、隨時準備哭出來的笨手笨腳的義大利人安分守己。

反正歐諾佛里歐．柯雷利奇法官有法律為屏障，法律是他們這些有著青蛙脖子的人制定的，儘管看起來貌似是為了那些邪惡的義大利窮鬼量身訂做。他知道法律可以任憑他們玩弄於股掌，把黑的說成白的，白的說成黑的。於是他宣判所有被告罪名不成立，庭審後，群眾聚集在司法部前的廣場上鬧騰到晚上，還有穿著喪服的婦女為她被吊死的男人高聲哭喊。

歐諾佛里歐．柯雷利奇法官入座，審視了來旁聽的群眾一眼，看起來應該都是可信賴的人，這些有著長暴牙的人、漿過的衣領卡著後頸的人、跟鳥一樣眉頭緊貼鼻根的人，還有頸部皮膚蠟黃枯瘦、頭上戴著面紗帽的女士。但是再仔細一看，歐諾佛里歐・柯雷利奇法官發現法庭最後一排的長板凳全被不遵守規定混進來的閒雜人等占據，有臉色蒼白、梳著辮子的年輕女孩，有下巴抵著拐杖的肢障人士，有眼周很多細紋的藍眼珠男人，有眼鏡腳斷了用繩子綁起來的老人，還有用披肩把自己裹起來的老太太。最後那一排長板凳跟倒數第二排長板凳之間有點距離，那些混進來的人坐著動也不動，雙手環在胸前，全都盯著歐諾佛里歐・柯雷利奇法官的臉。

歐諾佛里歐・柯雷利奇法官心中那一絲不安漸增。法官席兩側各有一名警衛，就是為了保護他不受那些亂民的抗議影響，不過這兩名警衛跟之前輪值的警衛長得不一樣，這兩個臉色蒼白憂鬱，帽緣露出幾綹金髮。那名書記官好像在寫自己的東西，坐在桌子後面始終低著頭。

被告已經在圍欄後方就定位，動也不動，身上的衣服很乾淨，熨燙平整。梳理整齊的暗灰色頭髮髮際線很低，幾乎貼著眼睛和顴骨上方，顏色極淺的眼珠子看似毫無神采，沒有眉毛也沒有眼睫毛的眼眶有些泛紅。他的嘴唇偏厚，顏色接近膚色，大而方正的門牙讓嘴唇闔不起來。刮過鬍子的地方留下一片彷彿大理石紋的暗影。他的雙手穩穩地握住被告席的圍欄，手指像印章一樣又粗又扁。

開庭。證人依然是那些動不動就哭哭啼啼的人，特別是女人，還會舉起手臂指著圍欄嘶吼：「就是他……我親眼看見……，他說：『現在你們死定了，土匪……』我只有這麼一個兒子啊，我的強尼……。他就是那麼說的。『你現在怎麼不說話，蛤，畜牲……』」

這些人不懂什麼叫做守規矩，歐諾佛里歐．柯雷利奇法官心裡這麼想，這些亂七八糟、目無法紀、沒禮貌的傢伙，畢竟圍欄後面的那個人原本是他們的上司，是他們不服從命令。現在他坐在圍欄後面不動如山，形同給他們上了一堂教養課，用他幾乎沒有顏色的眼珠子看著他們，不反駁，但有一點不耐煩。

被告一派冷靜讓歐諾佛里歐．柯雷利奇法官很羨慕，他心中不安正在一點一點升高。法庭外，在司法部中庭拿著榔頭敲敲打打的工人讓他神經緊張，他們在那裡工作自然是為了替這棟搖搖欲墜的大樓補強，從法庭那幾扇有如教堂高聳窗戶望出去，可以看到工人正在徒手搬運橫梁及木板。「不懂為什麼會讓他們在開庭的時候施工？」歐諾佛里歐．柯雷利奇法官覺得納悶，好幾次想派傳達員去叫他們暫停，但每次都被事情耽擱。

他正透過證人的證詞重建最重要罪狀的案發現場：在某個鄉鎮廣場上，男女老少被殺害之後還被放火焚燒。廣場上屍體堆積如山的畫面在歐諾佛里歐・柯雷利奇法官眼前浮現，愈來愈清晰，他鉅細靡遺、一絲不苟地詢問細節，讓現場完整還原。死者被棄置在廣場上一天一夜，沒有任何人可以靠近。歐諾佛里歐・柯雷利奇法官想像那些瘦骨嶙峋的蠟黃人體裹在髒兮兮、被凝結成塊的血浸濕的破爛衣服裡，肥碩的黑色蒼蠅停在他們的嘴唇和鼻孔上。坐在最後一排的那幾個人莫名所以仍然沒有動靜，歐諾佛里歐・柯雷利奇法官為了克服自己對他們的畏懼，在心裡想像他們被殺了之後堆疊在一起，無法瞑目的眼睛彷彿兩個洞，鼻孔下血跡斑斑。

「他走向那些死者，」一個滿臉鬍子、病僂著腰的老先生作證說：「我看著他，他走到那些死者前面，停下來，然後做出我都不屑對他做的事：他朝他們吐口水。」

歐諾佛里歐・柯雷利奇法官看著那些蠟黃的死掉的義大利人，發黑的肚臍眼暴露在外，襯裙掀開露出竹竿粗細的大腿，感覺唾液也湧到他的嘴邊。他看著被告的嘴唇，沒有血色、突出的厚唇，一顆珍珠般的唾液從那唇間噴濺出來該有多美，他幾乎能感覺到那種隱而不宣的迫切需要。被告想起往事，張開嘴唇，在大而方正的門牙上有些許唾沫。歐諾佛里歐・柯雷利奇法官能對被告的憎惡感同身受，因為憎惡讓他對死者吐了口水。

辯護律師慷慨激昂地展開反駁，就是這個大腹便便、臉上長滿肉疣的小矮子，剛才看著取笑窮人的漫畫樂不可支。吹噓被告的成就，說他是積極認真的公務員，全心全意維護公共秩序，有鑑於此，律師要求減輕刑責，處以最低年限的刑期。

在辯護律師夸夸而談的時候，歐諾佛里歐・柯雷利奇法官不知道該看哪裡。他如果看向旁聽席，那些坐在最後一排的義大利人緊盯著他連眨都不眨一下的眼神讓他坐立難安。而法庭外的敲打聲、持續運送木板的工作從沒停過……現在從窗戶看出去可以看見一條繩索，還有兩隻手在丈量，似乎想知道繩索究竟多長。那條繩索要拿來做什麼？

現在輪到檢察官發言。這個人個子瘦長，站立時整個人重量壓在凸出的髖骨上，肌腱隨著一張一闔的齒顎而動。他開始陳述必須要為那段時期發生的諸多罪行伸張正義，處罰真正的罪犯，他還說被告顯然不是，而且他那麼做也是不得不然。最後他要求處以辯護律師提出的一半刑期。

坐在第一排的旁聽觀眾紛紛鼓掌，發出奇怪的骨頭喀嚓聲，混雜著打屁股的聲音。歐諾佛里歐・柯雷利奇法官心想，現在坐在最後一排的那些人應該要開始大叫大嚷了吧。然而，他們卻全神貫注維持原本姿勢不動，看不出他們到底怎麼了。

陪審團退到隔壁小房間以便商議判決結果。從房間窗戶看向中庭，歐諾佛里歐・柯雷利奇法官終於明白外面那些人用橫梁和繩索在忙什麼：絞刑臺。他們在司法部中庭架了一個絞刑臺，而且已經完工，黑色，很簡陋，打了個活結晃來晃去。工人都走了。「那些無知的笨蛋，」歐諾佛里歐．柯雷利奇法官心想。「他們以為被告會被判死刑，所以架了一個絞刑臺。等下我就讓他們好看！」為了讓他們學到教訓，他運用只有他熟稔的法律條文引導，建議陪審團做出被告無罪判決。陪審團集體通過他的建議。

宣讀判決書的時候，最激動的人是歐諾佛里歐．柯雷利奇法官。其他人都毫無反應，包括手指緊握圍欄的被告，正規的旁聽群眾和闖進來的旁聽群眾。那些臉色蒼白、梳著辮子的年輕女孩，那些肢障人士和圍著披肩的幾個老太太都站了起來，抬頭挺胸，眼中閃爍熊熊火光。

書記官走向前拿著判決書給歐諾佛里歐．柯雷利奇法官簽名。書記官謙卑、憂傷的神情彷彿他承上給法官簽署的那些文件是死刑判決書。那些文件，沒錯，因為簽完第一份，還有第二份，但是書記官讓他瀏覽上面那份文件時，只露出第二份文件的頁尾。法官也在第二份文件上簽名。眼周有細紋的藍眼珠男人和眼鏡腳斷了的老人都盯著他看。法官開始冒汗。

現在書記官拿走第一份文件，拿走之後，歐諾佛里歐．柯雷利奇法官看到下面第二份文件上是這麼寫的：「歐諾佛里歐．柯雷利奇，職業法官，犯下長期辱罵、羞辱我們這些可憐的義大利人民之罪行，被判處死刑，執行絞刑。」下面是他自己的簽名。

那兩個神情憂鬱的金髮警衛從兩側走向他，但是沒有伸手抓他。

「歐諾佛里歐．柯雷利奇法官，」他們說。「請跟我們走。」

歐諾佛里歐．柯雷利奇法官抬頭。那兩名警衛把他夾在中間，沒有動手，帶著他穿過一扇小門，走向空無一人的中庭，走向絞刑臺。

「請你上絞刑臺。」他們說。

沒有人動手推他。「請上去。」他們說。歐諾佛里歐．柯雷利奇法官自行往上走。

「請把頭伸進繩結裡。」他們說。

法官把頭伸進環形繩結裡。那兩個人幾乎沒有正眼瞧過他。

「現在，請踢開板凳。」警衛說完就走了。

歐諾佛里歐．柯雷利奇法官踢開板凳，感覺到繩索勒緊他的脖子，咽喉慢慢緊縮，彷彿有人出拳擊碎他的頸骨。他的眼珠有如兩隻黑色大蝸牛奪眶而出後，那尋尋覓覓的光便化為烏有。這時，無人中庭的磁磚逐漸被夜色籠罩。中庭無人，是因為那些粗鄙的義大利人根本沒人來看著他嚥氣。

貓與警察

這陣子城裡開始挨家挨戶搜查是否有人藏匿武器。警察坐上廂型車出任務，頭上戴的皮革頭盔讓他們看起來更加整齊畫一，也更冷酷無情。警車鳴笛開往貧民區，直奔某個泥水匠或工人家中翻箱倒櫃，拆掉整個暖氣管路。那幾天巴拉維諾員警的心裡始終七上八下。

他原本失業在家，不久前才自願加入警察。這幾天他剛得知一個祕密，是深藏在看似平靜無波、勤勞忙碌的這個城市底層的祕密：在沿著馬路高築的水泥牆後面，在僻靜的圍欄後面，在黑暗的地下室裡，囤積了數量驚人的閃亮亮、殺傷力強的武器，有如豪豬的尖刺蓄勢待發。這些武器包括堆積如山的機關槍，以及如礦藏般取之不竭的子彈。據說，還有人在房子封死的門後面藏了一尊大炮。由金屬痕跡反應得知，在一處礦區附近的那些民宅裡，有組裝手槍藏在床墊下，暖氣設備後面則掛著長槍。巴拉維諾員警跟其他員警在一起的時候都無法放鬆，總覺得所有下水道人孔蓋和所有堆肥桶都是某些莫名其妙威脅的掩護。他常常在想那尊被藏起來的大炮，想像那尊大炮出現在他小時候去過一次的那個富麗堂皇大廳裡，那是他母親去幫傭的一個大戶人家。那棟房子裡有一個房間多年來都鎖著，從未開啟。他看著大炮矗立在有蕾絲裝飾的褪了色的天鵝絨沙發之間，泥濘的輪子壓在地毯上，炮臺頂著水晶吊燈。大炮填滿了整個大廳的空間，還在鋼琴烤漆上留下刮痕。

有一晚，警察前去搜查幾個勞工社區，把其中一棟大樓團團圍住。那棟高大的建築看似搖搖欲墜，彷彿因為裡面擠了太多人導致樓地板和牆面都扭曲變形，而大樓本身則成了千瘡百孔、布滿老繭和硬痂的一塊死肉。

在堆滿垃圾桶的中庭周圍，是每一層樓都有的長廊和歪七扭八的生鏽欄杆，欄杆上和一條條曬衣繩上都晾著衣服和抹布，沿著長廊是一扇扇門窗，但是用木板取代了玻璃，還有黑色的暖氣管橫貫而過。長廊盡頭是簡陋的木造茅廁，堆疊成一座粉刷剝落的高塔，每一層樓都是如此，只不過樓層和樓層之間有夾層小窗隔開，小窗內是踩踏縫紉機和濃湯煮開後咕嚕嚕的聲響。再往上到頂樓，那裡有鐵皮屋頂，有歪斜的屋簷，有像壁爐一樣敞開的髒兮兮的老虎窗。

跟迷宮一樣的老舊樓梯從地下室穿過這棟老房子的主體攀爬到屋頂，宛如數不清的黑色血管分支，夾層和合租公寓的門貌似隨機出現在樓梯旁。往樓上走的員警無法改變自己踏步聲中的陰鬱，他們試著辨識寫在門上的姓名，在吱嘎作響的長廊上列隊踏步經過好奇探出頭來的孩童和蓬頭垢面的女子。

巴拉維諾走在員警隊伍中，讓他跟其他員警如出一轍的呆板頭盔在他天藍色的迷濛眼睛投下了冷酷陰影，但是他卻感到心煩意亂。根據通報，他們的敵人，警察和所有執法人員的敵人就躲在這棟大樓裡。巴拉維諾員警忐忑地從半開的房間門口往裡看，每一個衣櫃裡，每一扇門框後面說不定都藏著可怕的武器。要不然為什麼這裡的每一個房客、每一個女人看著員警出現的神情都是既憐憫又焦慮？與其說他們之中有人是警察的敵人，會不會其實他們全部都是？有人把垃圾從樓梯隔間牆後面的垂直管道往下丟，咚咚作響，說不定是有人急著湮滅證據乾脆拋棄武器？

他們闖入一間低矮的屋子，有一家人正圍坐在紅格子小桌前吃晚餐。幾個小孩哇哇大叫，只有最小的那個坐在爸爸膝蓋上，靜靜地看著他們，黑色的眼睛充滿敵意。「奉命搜查。」小隊長作了個立正的姿勢，同時挺出掛在胸前的警徽。「天啊，搜查我們這些窮苦人家！我們當了一輩子的老實人！」老太太手摀著胸口說。做爸爸的穿著一件T恤，臉很大很白，有刮不乾淨的粗硬鬍碴，忙著用湯匙餵小兒子吃飯。他先瞪了那些員瞥一眼，大概是覺得荒謬，隨後他聳聳肩膀，低頭專心照顧小孩。

屋子裡擠滿了警察，連走動的空間都沒有。小隊長下了幾個無用的指令，大家更是亂成一團。巴拉維諾忐忑地檢查每一件家具和每一個櫥櫃。那個穿著T恤的男人是他們的敵人。即便他本來不是，現在看著員警在他家裡翻箱倒櫃，把聖母像和死去的親人相片從牆上拆下來，也就無可挽回地變成他們的敵人。如果他原本就是，那麼這個屋子裡恐怕處處是陷阱：五斗櫃的每一個抽屜裡都可能藏有拆解後依序排列的機關槍；長槍上的刺刀說不定會在他打開餐具櫃的時候刺向巴拉維諾的胸口；掛在衣架上的外套下或許就掛著一排排金色的子彈帶，每一個平底鍋、湯鍋下面都可能藏著一顆叫人膽戰心驚的手榴彈。

巴拉維諾小心翼翼地伸出他細瘦的手臂。有一個抽屜裡叮噹作響，會是短刀嗎？不是，是刀叉。有一個箱子裡咣啷作響，是炸彈嗎？不是，是書。臥房裡堆滿了東西根本走不進去，有兩張雙人床、三張行軍床，還有兩張草蓆扔在地上。房間另一頭的小床上坐著一個小男孩，因為牙痛哇哇大哭。巴拉維諾原本想繞過那些床鋪走過去安撫他，可是如果這裡是經過改裝的軍火庫，萬一每張床下面都藏著一尊迫擊炮呢？

巴拉維諾走來走去，什麼都不敢碰。他想打開一扇門，猶豫再三，後面不會有大炮吧！他想像自己此刻是在童年那戶人家的華麗大廳裡，大炮炮口塞了一束玫瑰塑膠花，護盾上披了一塊蕾絲作裝飾，底座上還很純情地放了幾座陶瓷小雕像。沒想到那扇門突然打開了，門後不是大廳，而是一間儲藏室，裡面有墊子破洞的椅子和箱子。箱子裡會不會裝的全是炸藥？肯定是！巴拉維諾看到地上有兩道輪子印，所以某個有輪子的東西從這裡被拉出去，拉到狹窄長廊上。巴拉維諾跟著痕跡走，發現是一個老爺爺坐在輪椅上匆匆忙忙往前進。老先生為什麼要逃？說不定蓋在他腿上的毯子下面藏了斧頭！等我靠近他的時候，老先生再一鼓作氣用斧頭把我的腦袋瓜劈成兩半！其實老爺爺是往廁所的方向去。難道祕密藏在那裡？巴拉維諾跟了上去，這時候一間鴿子籠小屋的門打開，頭上綁著紅蝴蝶結的小女孩抱著一隻貓走出來。

巴拉維諾心想應該跟小孩做朋友，可以問他們問題打探消息。於是他伸出手摸那隻貓。「這隻貓好漂亮。」他說。那是一隻體態纖細的灰貓，毛很短，摸起來都是肌肉，彷彿跟他作對似的立刻跳開，像狗一樣對他跳腳外加齜牙咧嘴。「貓咪，乖。」巴拉維諾再試著摸貓，彷彿他最關心的事只有如何跟那隻貓交朋友。灰貓側身避開，跑走的時候還不時轉頭斜眼瞄他。

巴拉維諾在長廊上追著貓跑。「貓咪，乖貓咪。」他追進了一間屋子裡，裡頭有兩個女孩彎腰踩著縫紉機很忙碌，地上有成堆的碎布。「藏了武器嗎？」他一邊問一邊用腳踢飛碎布，結果被落下的粉紅色和紫色布條披掛了一身，呆立原地。兩個女孩笑了。

巴拉維諾走過一條通道和一段樓梯，灰貓有時候似乎在等他，可是他一靠近，灰貓便撒腿就跑。巴拉維諾走到另一條長廊，長廊上有一輛翻倒在地的腳踏車，擋住他的去路，一個穿著連身工作服的矮個子把腳踏車其中一個輪胎浸到水裡，試圖找出破洞的位置。灰貓則已經跑到長廊的另一頭。「借過。」巴拉維諾開口說。「有了。」矮個子叫他一起看，輪胎浸在水裡冒了好多氣泡出來。

「麻煩借過。」那個人是故意擋住他的去路，還是想把他丟出欄杆外？

矮個子讓路給巴拉維諾。他走進一間屋子，裡面只有一張行軍床和打赤膊仰面躺在床上的年輕人。年輕人抽著菸，雙手枕在一頭捲髮的腦袋瓜下面。很可疑。「抱歉，您有沒有看到一隻貓？」這是讓他可以搜查床鋪的好理由。巴拉維諾伸出的手被啄了一下。一隻母雞竄了出來，偷偷在家裡養雞是違反市政府規定的。打赤膊的年輕人沒有任何反應，繼續躺在床上抽菸。

巴拉維諾穿過樓梯平臺，走進一個戴眼鏡的傢伙開的帽子工坊。「奉命搜……」巴拉維諾才開口，就看見眼前成堆的帽子，有禮帽、草帽、高頂帽、圓帽，他被絆倒在地。灰貓從一扇窗簾後面跳出來，跟滿地的帽子玩了幾下就跑。巴拉維諾也不知道自己究竟是跟那隻貓過不去，還是真的想跟牠做朋友。

廚房裡有一個頭戴郵差帽的老頭，把褲腳管捲起來正在泡腳。看到巴拉維諾員警走進來，冷笑一聲，向他示意教他去另一個房間。「救命啊！」一個幾乎全裸的胖女人放聲大喊。巴拉維諾謙恭有禮地說：「很抱歉。」郵差雙手放在膝蓋上冷笑。巴拉維諾穿過廚房，走到陽臺上。

陽臺上晾滿洗過的衣服。巴拉維諾員警走過一條又一條忽黑忽白的窄道，走在床單拉起的迷宮中。那隻灰貓偶爾出現在某片衣角下，然後一溜煙鑽進另一片衣角下消失不見。巴拉維諾忽然有點擔心自己迷路，或是被隔離在外，說不定他的警察同僚已經淨空這棟建築，而他跟那些肯定被惹惱的住戶一起被困在裡面，困坐在那些晾曬的白色衣物之間。幸好最後他找到一個出口，從一道矮牆上探出頭，下面是中庭天井，周圍長廊陸陸續續點亮燈光。不知道該覺得慶幸或焦慮，巴拉維諾看到大批警察仍在長廊上、樓梯上下忙碌，他還能聽到有人發號施令，有人驚嚇呼喊，有人不滿抗議。

那隻灰貓就坐在他旁邊，在矮牆上晃著尾巴，事不關己地看著下面的動靜。但是巴拉維諾一動，牠就跳走了，走上通往老虎窗的一道窄梯，轉眼不見蹤跡。他跟在牠後面，已經不再害怕。老虎窗外什麼都沒有，月光漸漸照亮漆黑一片的民宅。巴拉維諾脫下頭盔，恢復人樣，露出金髮少年削瘦的臉。

「別動，」有一個聲音說。「否則我就開槍。」

一扇畫出來的大窗窗臺上坐著一個長髮披肩的少女，穿著絲襪，但是沒有穿鞋，聲音冷冷的，就著黑夜微光盯著一份全是插畫、只有寥寥幾句對白的漫畫週報看。

「槍呢？」巴拉維諾一把抓住她的手腕，似乎要強迫她張開手檢查。少女手臂一動，胸口毛衣就敞開來，原本在那裡蜷縮成一團的灰貓蹬腳一跳，齜牙咧嘴地向他撲了過來。不過巴拉維諾員警知道是貓在跟他玩。

灰貓逃到屋頂上，巴拉維諾扶著下面欄杆拉長脖子看著牠在屋瓦上優游自在地奔跑。

「躺在床上的瑪麗看見穿著燕尾服的男爵出現，」少女繼續往下讀。「便拿槍對準他。」

四周孤零零、高聳如塔的勞工之家亮起點點燈火，巴拉維諾員警看著腳下一望無際的城市，工廠圍牆內那些幾何形狀的金屬建築，縷縷白雲飄過工廠煙囪上方、劃過天際。「亨利爵士，您想要我的珍珠項鍊嗎？」少女雖然鼻塞，仍不肯放棄朗讀。「不，瑪麗，我要的是你。」

一陣風吹過，巴拉維諾看著那些糾纏不清的水泥和鐵塊與他對峙，上千隻豪豬從藏身處走出來豎起尖刺。只有他一個人站在敵人的土地上。

「我已擁有財富和品味、華服和華廈，也擁有奴僕和珠寶，此生夫復何求？」少女的黑髮落在印有水蛇般妖嬈的女子和臉上掛著微笑的男子圖像週報上。

巴拉維諾聽見尖銳的哨聲和引擎隆隆聲，警察要撤離這棟大樓了。他真想在天空連綿雲朵的掩護下溜走，把他的手槍丟進地上挖的大坑裡埋起來。

誰往海裡丟地雷？

在金融大亨彭波尼歐的別墅裡，受邀的賓客坐在露臺上喝咖啡。阿馬拉頌塔將軍用咖啡杯和小湯匙解釋第三次世界大戰是怎麼回事，阿馬拉頌塔將軍夫人微笑說：「嚇死人！」她是一位冷血的女士。

只有阿馬拉頌塔將軍夫人做出了一點驚恐反應，她會那麼做是因為她的丈夫英勇過人，主張立刻全面宣戰。「希望不會打太久……。」她這麼說。

過去身為記者的斯特拉伯尼歐對此提出質疑：「嗯，很難說。」他說。「閣下，您還記得我的那篇文章吧，去年寫的……」

「嗯，嗯。」彭波尼歐點頭，他之所以記得是因為對方那篇文章是跟自己談過之後才寫的。

「但是也不應該排除……」烏切里尼議員開口說。但是他沒來得及將教廷在不可避免的衝突發生之前、之間和之後所做的種種調停介入解釋清楚。

「當然，當然，議員大人……」其他人紛紛出來作和事佬。議員的妻子是彭波尼歐的情人，他自然也不希望把場面弄僵。

從條紋遮陽棚望出去，可以看到海浪拍打著沙灘，像一隻什麼都不知道的貓咪，在微風吹過的時候弓起背脊。

一名傭人走來詢問大家想不想吃海鮮。他說，有一個老先生帶了一簍海膽和帽貝。於是討論的話題就從戰爭的風險變成吃海鮮染上傷寒的風險，將軍引述了非洲的幾個案例，斯特拉伯尼歐則引述了幾樁文學事件，議員說他們兩個都有道理。彭波尼歐比較有經驗，說讓老先生帶著東西上來，他負責挑選。

老先生名叫巴契．礁石，因為不願意外人碰他的簍子，跟那名傭人拉扯很久。他一共帶了兩個破破爛爛的發霉簍子，一個抓著卡在腰側，一進門就扔在地上，另外一個扛在肩膀上，壓得他直不起腰，顯然非常重，拿下來的時候格外小心翼翼。這個簍子用麻布袋牢牢封住開口。

巴契頭頂是白花花的頭髮，跟鬍子連成一片。露出些許紅通通的皮膚，彷彿這些年來的曝曬都沒能讓他曬黑，只把他給煮熟了，掉了層皮。他的眼睛充滿血絲，好像眼屎其實是鹽。他個子矮，像個少年，四肢的關節粗大，從又破又舊的汗衫裡伸出來，衣服就這麼貼在皮膚上，外頭連件襯衫都沒有。他的鞋子應該是從海裡撈起來的，不但扭曲變形，而且根本是兩隻不同的鞋。他整個人渾身散發出腐爛的海藻味。在場的夫人們說：「真特別。」

巴契．礁石打開比較輕的那個簍子，展示那些黑色發亮尖刺張牙舞爪的成堆海膽。他乾枯的手上滿是被刺戳傷的黑點，像拿貝殼放在耳朵邊聽那樣順手就撈起幾顆海膽，翻過來讓大家看裡面紅色軟綿的肉。海膽下面用一層麻布袋隔開，再下面放的是帽貝，被海藻覆蓋的貝殼下是黃褐色的扁平身體。

彭波尼歐翻看後點點頭。「這不是從你們那邊的海溝裡撈起來的吧？」

巴契大鬍子笑開了嘴：「不是，我住海岬，海溝靠近你們這邊，你們做海水浴的地方……。」

賓客討論的話題又變了。他們買下海膽、帽貝，還委託巴契接下來幾天繼續供貨。他們每個人掏出了自己的名片交給他，讓他直接送貨到府。

「另一個簍子裡裝了什麼？」他們問。

「喔，」老先生眨了眨眼。「一個大醜八怪。那個我不賣。」

「留下來幹嘛？自己吃？」

「怎麼吃！那個醜八怪是鐵做的……，我得找到它主人，才有辦法歸還。他總得處理一下，對吧？」

其他人聽不懂。

「你們知道，」老先生繼續解釋。「海水送上岸的東西，我負責做分類。一種是鋁罐，一種是鞋子，還有一種是各類骨頭。結果來了這個東西，我要分到哪一類？我遠遠地看到它被沖上岸，一半在水裡，一半露在外面，上頭都是綠色海藻，而且還生鏽了。這些鬼東西怎麼會被丟進海裡，我真不懂。你們會希望它出現在床底下，還是衣櫥裡嗎？我既然撿回來，就得找出是誰丟的，然後跟他說：拜託你好好保管！」

他一邊說一邊小心翼翼地走向那個簍子，揭開上面的封蓋，露出一個可怕的碩大鐵件。在場的女士們原本沒聽懂，等到將軍驚呼：「是地雷！」的時候，大家齊聲尖叫，彭波尼歐夫人昏厥倒地。

大家亂成一團，有人忙著幫彭波尼歐夫人搧風，有人忙著安撫大家：「這地雷肯定沒有殺傷力了，都在海裡漂流這麼多年……。」還有人說：「快把那個東西弄走，把那個老頭抓起來。」老先生早已帶著那個嚇人的簍子不見了。

身為主人的彭波尼歐把傭人叫來：「你們有沒有看到他？他到那裡去了？」沒有人

有把握他是否已經離開。「去把他找出來，把所有衣櫥、五斗櫃都打開來找，地窖也要清查一遍！」

「大家保命要緊！」阿馬拉頌塔將軍突然臉色發白大吼。「這棟房子有危險，全部撤退！」

「怎麼會只有我的房子有危險？」彭波尼歐忍不住抗議。「將軍您的房子也一樣！」

「我得回去看著我家……」斯特拉伯尼歐想起他之前和最近寫的一些文章。

「皮耶特洛！」彭波尼歐夫人醒來後，撲向丈夫懷中。

「小皮耶！」烏切里尼夫人尖叫一聲，也朝彭波尼歐撲過去，跟合法元配撞在一起。

「路易莎！」烏切里尼議員冷眼旁觀。「我們回家！」

「您該不會以為您家就安全無虞吧？」其他人這麼說。「看您所屬政黨的政治路線，您應該比我們都有安全疑慮！」

烏切里尼議員靈光一現：「我們報警！」

警察在濱海小鎮忙得翻天覆地，四處尋找那個老人和地雷的蹤跡。金融家彭波尼歐、阿馬拉頌塔將軍、記者斯特拉伯尼歐和烏切里尼議員等人的海邊別墅都有武裝警察進駐，地雷解除工兵小隊從地窖到閣樓進行全面檢查。彭波尼歐的賓客那一晚全部留宿在他家中，露天而眠。

專門做走私生意的葛林龐特人脈廣，消息靈通，也開始打探巴契．礁石的行蹤。葛林龐特總是戴著一頂白色水手帽，他把持了那一帶海上和沿岸的所有非法生意。所以葛林龐特到老屋區幾家小餐館走一圈，就遇到微醺的巴契背著他那個神祕的簍子正準備離開。

他邀請老先生到割耳朵小餐館喝幾杯，一邊倒酒一邊說明他的想法。

「你不需要把地雷歸還給原主，」他說。「他只要逮到機會就會重新丟回你找到它的地方。你如果聽我的，我們可以一口氣撈很多魚，賣到沿岸所有市場，不用幾天就能變成百萬富翁。」

有一個遊手好閒的傢伙名叫澤菲利諾，最喜歡到處管閒事，跟在那兩個人後面溜進割耳朵小餐館，躲在桌子底下。他一聽就明白葛林龐特在打什麼如意算盤，立刻溜出來跟住在老屋區的窮苦人家通風報信。

「欸，你們今天想不想吃炸鮮魚？」

聞言從歪斜小窗探出頭來的，有懷裡抱著小孩、蓬頭垢面的削瘦女子，有戴著助聽器的老人，有挑揀菊苣的中年婦女，還有正在刮鬍子的失業青年。

「什麼？你說什麼？」

「不要講話，跟我來。」澤菲利諾說。

葛林龐特回家提了一個小提琴盒出來，跟老巴契往前走。他們走在濱海公路上，躡手躡腳跟在他們後面的是老屋區的那些窮人。女人身上還穿著圍裙，平底鍋架在肩膀上，癱瘓的老人推著輪椅，斷腿的拄著拐杖，還有一群小毛頭跟著大家一起走。

他們來到海岬的礁石群，把地雷丟進海裡，海流轉眼就把它捲走了。葛林龐特從小提琴盒裝的各種自動武器中挑了一把槍，架在一處礁石後面。等地雷出現在射程內，他便按下扳機開始掃射。子彈打在海面上激起一排小小水花。那群貧民肚皮朝下趴在濱海公路上，把耳朵塞住。

突然間，有一道巨大水柱從海面竄起，正是地雷出現的位置。爆炸聲響震耳欲聾，幾棟濱海別墅的玻璃窗都被震碎了，海浪嘩啦啦湧向公路。等海面恢復平靜，翻白魚肚便紛紛浮起來。葛林龐特和巴契正準備把手中的大型漁網撒出去，一群人就越過他們衝向大海。

那些窮人穿著衣服跳進海裡，有人脫下鞋子拿在手上，捲起褲管，有人連鞋子都沒脫就這麼跳了進去，女人的襯裙浮起在海面形成了一個圓，所有人都下水撈死魚。有人用手，有人用帽子，有人用鞋，有人把魚裝進口袋，有人則裝進皮包裡。小孩的動作最快，但是他們不爭不搶，因為大家都說好了要平均分配。所以他們還會幫忙照顧那些偶爾不小心摔進海裡、爬起來時鬍子上都是海藻和小貝殼的老人。最厲害的是那些老太太，她們兩兩一組前進，攤開頭巾在海面上橫掃千軍。那些美麗的少女不時放聲尖叫：「啊……啊……」因為有死魚漂進她們的襯裙裡，小夥子連忙鑽進水裡想辦法把魚撈出來。

岸邊出現一個個用乾海藻點燃的篝火，平底鍋也派上用場。每個人都從口袋裡掏出一小瓶油，炸鮮魚的香味開始飄揚。葛林龐特已經溜走，以免警察抓到他手中拿著那把自動步槍。巴契．礁石則跟那些人待在一起，各種魚、蟹、蝦從他衣服的大小破洞中冒出來，心滿意足的他生吃了一條緋鯉。

跋[7]

哲諾・龐帕洛尼

對一位作家而言，最困難的考驗是寫第二本書。因為誠如文評家龐克拉茲（Pietro Pancrazi）所說，有時候「一本」書是上天的禮讚，是經驗重現。龐克拉茲還說，卡爾維諾的《蛛巢小徑》出版時，就有人認為他是典型的「只此一本」作家，記錄下人生某個時期一段短暫的精彩回憶。出人意表的是，卡爾維諾重回相同議題的作品更有深度，也更豐富，真正為自己的文學生涯揭開了序幕。與其說這是一種肯定，不如說這是一個起步。其實有不少作家的第一本作品放在抽屜裡，等到更能夠證明自己的第二本書出版之後，才得見天日。

如今，卡爾維諾成功通過第二本書的考驗。這本書比初試啼聲的作品更飽滿、更多樣，也讓人對他更有所期待。卡爾維諾是寫冒險犯難故事的作家，這一點大家看法一致。他的短篇小說中充滿靈活多變、積極活躍的人物，形象鮮明自由，總是帶點異想天開的味道。他有很多可能性，這三十個短篇中只有極少數我覺得寫得不夠味。或許是我自欺欺人，也或許是義大利文壇已經很久沒有這樣穩健、讓人安心的年輕作家了。

卡爾維諾的世界很多元，大致可以分為四類。這四種類型在他的第一部作品中已見端倪（《蛛巢小徑》確實刻劃得栩栩如生）。第一個是童年世界，但不是常見於兒童文學中的夢幻或悲傷世界。卡爾維諾筆下的少年屬於大自然，熟知大自然的奧祕、鳥巢、植物和動物，以及在自然界中會發生的生存和殘酷遊戲（我不能說這裡面沒有海明威短篇小說的況味，但卡爾維諾的世界是另一種節奏，更有趣，更趨向童話）。第二個世界是戰爭童話，戰爭同樣被視為一種殘酷遊戲，而這個童話被拆解為一個個清晰透澈、真切熱情的畫面，再注入虛幻和冰冷魔法。以〈最後來的是烏鴉〉為例，一名義大利少年槍法神準，任何東西只要離開地面數公分他都能射中，而躲在大石頭後面不敢動的德國士兵慢慢被他的完美致命槍法吸引，當烏鴉緩緩從天而降，卻沒聽見槍聲劃破寂靜將烏鴉打下來，他執著於「槍靶」的必死命運，忍不住站起來提醒敵人注意，結果丟了小命。或是〈去指揮部報到〉，叛徒要被游擊隊執法槍決，他出於自衛本能不受恐懼左右，盲目相信，最後他被槍殺時，仍然以為那只是一個遊戲。至於〈動物森林〉，則與民間寓言故事的鋪陳如出一轍。

第三個主題是以獨特的寫實主義（偏向心理層面，而非視覺的寫實主義）角度切入，探討社會爭議問題。不過卡爾維諾對這個主題較少著墨，或許也比較不擅長。

最後一個主題是「趣味」。〈小兵奇遇記〉小兵托馬葛拉搭乘火車，身邊坐著一位豐腴的端莊婦人，小兵對不發一語的她先是輕戳，之後慢慢開始觸碰、撫摸，等列車包廂內只剩下他們兩個人的時候，小兵擁有了她，而他的獵物自始至終不曾失態，就連頭上戴的面紗小帽也不曾拿下；〈糕餅店失竊記〉警察和小偷在被闖空門的黑漆漆糕餅店裡，因為對糕餅的熱愛而無視於自己的責任和畏懼；〈十一月的願望〉穿上社會福利單位發放的保暖衛生衣褲後全身發癢的可憐人偷溜進皮草倉庫中過夜找到自己的幸福。我認為可以從這些故事勾勒出一個繁複的文化樣貌，同時不禁讓人遙想俄國作家果戈里的某種悲愴感。雖然此時此刻卡爾維諾的短篇小說才剛面世，但值得一提的是他能夠用簡單純樸的語彙書寫出種種虛幻，確實塑造了一種文風。

7（原注）原文標題〈卡爾維諾第二部作品〉（*Il secondo libro di Italo Calvino*），發表在《社群》（*Comunità*），III，5，一九四九年九、十月號，五十七頁。後收錄在《日常評論。一九四八年至一九九三年間的文學尖兵》（*Il critic giornaliero. Scritti militant di letteratura 1948-1993*），編者雷歐內利（G. Leonelli），Bollati Boringhieri出版社，都靈，二〇〇一年，二十七至二十九頁。

大師名作坊922

最後來的是烏鴉

作　者—伊塔羅・卡爾維諾
譯　者—倪安宇
編　輯—張瑋庭
企劃經理—何靜婷
美術設計—蔡南昇
內頁排版—極翔企業有限公司

總編輯—嘉世強
董事長—趙政岷
出版者—時報文化出版企業股份有限公司
108019台北市和平西路三段二四〇號三樓
發行專線—（〇二）二三〇六—六八四二
讀者服務專線—〇八〇〇—二三一—七〇五
（〇二）二三〇四—七一〇三
讀者服務傳真—（〇二）二三〇四—六八五八
郵撥—一九三四四七二四時報文化出版公司
信箱—一〇八九九臺北華江橋郵局第九九信箱
時報悅讀網—http://www.readingtimes.com.tw
電子郵件信箱—liter@readingtimes.com.tw
法律顧問—理律法律事務所　陳長文律師、李念祖律師
印　刷—勁達印刷有限公司
初版一刷—二〇一九年五月三十一日
初版三刷—二〇二四年四月八日
定　價—新臺幣三六〇元
（缺頁或破損的書，請寄回更換）

時報文化出版公司成立於一九七五年，
並於一九九九年股票上櫃公開發行，於二〇〇八年脫離中時集團非屬旺中，
以「尊重智慧與創意的文化事業」為信念。

最後來的是烏鴉 / 伊塔羅・卡爾維諾（Italo Calvino）著；倪安宇譯 .
– 初版 . – 臺北市：時報文化, 2019.05
面；　公分 . –（大師名作坊；922）
譯自：ULTIMO VIENE IL CORVO
ISBN 978-957-13-7803-9

877.57　　108006261

ISBN 978-957-13-7803-9
Printed in Taiwan